烏《からす》間《ま》壮《しょう》吾《ご》の憂鬱な使命

逆行探偵

阿泉来堂
Raidou Azumi

産業編集センター

逆行探偵

烏間《からすま》壮吾《しょうご》の憂鬱な使命

目次

プロローグ

ぼそぼそと、誰かが喋る声がして、烏間壮吾《からすましょうご》は泥濘《ぬかるみ》のような暗闇にからめとられていた意識を覚醒させた。

「……から……ないように……まく……」

「だがやはり……たしが……んしを……るのは……」

会話しているのは男と女。内緒話でもしているのか、よく聞き取れない不明瞭な声だった。口論している、というほどではないが、あまり友好的とも言えないような、どことなくぎこちない会話。

「……今更なに言ってるの。もう散々話し合ったでしょ。そのための準備だって……」

女性はやや呆《あき》れたように、諭すような口調で言う。

「だが、やっぱり……だいたい、なぜ私がこんな……」

対する男性はひどく不本意そうな声である。

いったい何を話し合っているのか。そもそも自分は、どうしてこの二人が言い合いをしているそばで眠っていたのだろう。喋り続ける彼らの声が鮮明になってくるとともに、おぼろげだった意識もクリアになってきた。

冷たい春の夜風が頬を撫でていく。どうやらここは屋外であるらしい。鼻先をくすぐるのは湿った土とアスファルトのにおい。それに、どこぞの飲食店が捨てた残飯のような異臭が周囲に充満していた。

ゆっくり瞼《まぶた》を開くと、まず最初に、黒く塗りつぶされた夜空が見えた。次いで、半ば朽ち果てたような年季の入ったコンクリートの建物と、頼りない街灯に照らされた路地裏の光景。そして、その片隅で向かい合って何やら話し込む二人の男女。

「……から、あとはあたしがうまく——」

言いかけた言葉を途切れさせ、女性が壮吾に視線を向けた。

「あれ？　あっれぇ？」

女性は赤茶けたような色をした、ゆるいウェーブのかかった長い髪をさっと耳にかけ、わずかに目を細めてこちらを凝視した。ややオレンジがかった口紅。ほんのり上気した赤い頬。すっと通った鼻筋。遠くからでも、かなりの美人だとわかる。おまけに服のセンスもいい。春だというのに、両肩を露出させたニットを着ているせいで、雪のように白い肌があらわになっている。下半身はやたらとひらひらした薄い生地のロングスカートに、ヒールの高いサンダルを合わせている。すらりと背が高く、スタイル抜群の大人びたシルエットにもかかわらず、その顔はどこかあどけなさの残る大きな瞳が目立ち、パッと見ただけでは年齢を窺い知ることができなかった。

「目が覚めた？」

女性が呼びかけてくる。同時に、男性の方もその気難しそうなまなざしを壮吾に向けた。こちらは女性とは対照的に、くたびれたトレンチコートを羽織り、安物のスーツを身にまとった冴えない服装。ゆるく締めたネクタイの柄もどこかパッとしない。年齢は壮吾より一回りほど上……四十代半ばだろうか。白髪交じりの癖っ毛頭に無精ひげ。眉間にしわを寄せた険しい表情で、刑事のように鋭い目をしている。少々日焼けした顔は思いのほか整っており、腹も突き出ていない。無精ひげさえどうにかすれば、それなりに見える気もするのだが、現状は毎日の仕事に疲れ果てた中年男性というのが率直な印象だった。

異様な取り合わせの二人にじっと見つめられ、壮吾はどう対応すべきかがわからず、身体を起こした状態で固まっていた。

「ねえ、大丈夫ぅ？　もしもーし」

「あ、だ、大丈夫……です……」

カツカツとヒールの音を響かせて近づいてきた女性が、壮吾のそばにかがみ込んだ。途端に漂ってくる蠱惑的《こわくてき》な香りに心地よい眩暈《めまい》を感じながら、壮吾はぶんぶんと首を縦に振った。

「自分の名前、思い出せる？」

「烏間壮吾……です。はい」

しどろもどろになりながら名乗った壮吾は、間近に迫る女性の顔を直視できずに視線を泳がせた。

「年は？　仕事は？」

「三十歳です。仕事は私立探偵を……」

「へえ、探偵さんなの」

女性が興味津々といった様子で目を輝かせた。

果たして彼女がどんな『探偵』を想像しているかは不明だが、少なくとも壮吾はフィクションの中に登場する探偵とも、世間一般に認識されている探偵とも異なる――いや、端的に言ってそんな立派なものではない、しがない私立探偵というやつだ。半年前までは業界最大手の探偵社に勤めていたが、ある理由からクビになってしまったせいで婚約者にマンションを追い出されて婚約解消。流れ着いた下宿先の定食屋の二階に小さな探偵事務所を開き、家出人捜しに浮気調査、そしてたまにやってくるペット捜索の依頼などを請け負っている。とは言っても、ろくに看板も出していないので依頼が来るのはごくたまにであり、基本的には毎日、閑古鳥が鳴いている状態だ。

以上が私立探偵烏間壮吾のリアルな現実であり、そんなしょぼくれた探偵とわかれば、きっとこの女性にもがっかりされるのだろう——などと、内心で自虐しながら、壮吾は立ち上がる。少し足元がフラフラするが、どこにも怪我をしている様子はなかった。微妙に頭痛がするのは、酒でも飲んだからだろうか。しかし、今夜は酒を飲んだ覚えなど……。

そこまで考えて、壮吾ははっとする。

覚えていない。なぜ自分がこんな寒空の下でのんきに眠っていたのか。そもそも、なぜこんなところに来たのか。改めて見渡してみても周囲に人通りはなく、どこかの雑居ビルの開け放たれた窓からは、げらげらと品のない笑い声が響いてきていた。

「やけに挙動不審だが、どうかしたのか？」

気難しそうな顔をした男性に質問され、壮吾は慌てて彼に向き直る。

「いえ、それがその……何も覚えていなくて……」

正直に答えると、女性の方がやや大げさに眉を寄せながら薄く微笑んだ。何でもないそのしぐさすらもどことなく妖艶で、いちいち艶《なま》めかしさを感じてしまう。

「覚えてないって、どういうこと？」

「ですからその、何も覚えてないんです。自分がどうしてここにいるのか、何をしに来たのか……その前後の記憶が全く……」

壮吾はもごもごと自信なげに口ごもり、後頭部に手をやった。

「あ、痛っ！」

突然、後頭部に鋭い痛みが走る。気を失って倒れた拍子に頭をぶつけたのか、大きなたんこぶができていた。

「大丈夫ぅ？　殴られた時の傷が痛むの？」

「え？　殴られた？」

思わず問い返すと、しゃがんだままの女性がこくりと頷き、細く白い指で壮吾の足元を示した。つられて視線をやった途端、壮吾は凍りつき、その目を大きく見開いた。

ああああああ、という獣の咆哮《ほうこう》じみた悲鳴が路地裏に響く。それが自分の悲鳴だと気づいたのは、喉がひりひりするほど叫んだ後のことだった。

「ど、どうなって……僕が……ぼ、ぼぼぼ、僕は……」

自分でもおかしくなるほど動揺しながら、女性と男性を交互に見る。女性は呆れたように肩をすくめ、男性はひたすら無表情を貫くばかりで、壮吾が置かれた現状の説明をしてはくれなかった。

壮吾の足元には、自分自身が横たわっていた。青白い顔で後頭部の辺りから血を流し、薄汚い油汚れの広がるアスファルトの地面に血だまりを作る自分の身体が、だ。

「し、死んで……死んでる……？」

呻《うめ》くような口調で自問しながら、壮吾はおそるおそる身をかがめ、目を閉じたままピクリともしない自分の顔を覗き込む。

間違いない。これは毎日鏡で見ている冴えない男の顔だ。重大なミスを犯して会社をクビになり、婚約者に見放され、予定していた結婚式場のキャンセル料二百六十万円を泣きながら支払った情けない男の安らかな顔が、確かにそこにあった。

これはどういうことなのか。まさかよくできた偽物《フェイク》だろうか。おずおずと手を伸ばしてみるが、実際に触れるのが怖くてすぐに引っ込めた。死体に触れたことなんてないし、その初めての経験が自分自信だなんて、おかしいにもほどがある。

というか、これが本当に自分の死体だとしたら、今ここで無様に震えているのは誰なのか
――いや、『何』なのか……。

そんな疑問が頭に浮かんでは行き場をなくして立ち往生していた。何がどうなっているのか。何をどうしたらいいのかがさっぱりわからずに困り果てていると、いよいよ見かねた様

子で立ち上がった女性が、そのしなやかな指先を壮吾の目の前で広げた。

「待って待って。落ち着いてってば。そんな風に動揺されちゃあ、やりづらくてかなわないよ」

「ある程度の予想はしていたが、まさかここまで小心者とは……」

壮吾をなだめようとする女性とは対照的に、男性は困り果てた様子でその顔を引きつらせながら悪態をついた。それからつかつかと近づいてきて、地面に横たわったままの壮吾を無遠慮に指さす。

「見ての通り、これは君の肉体だ。そしてそれを見下ろしている今の君は、肉体から排出された思念の塊。言ってみれば魂だ」

「たましい……」

おうむ返しにして、それから五秒から七秒ほど、じっくりと頭の中でその言葉の意味を咀《そ》嚼《しゃく》する。

「つまり、僕は死んでしまったってことですか……？」

女性と男性は互いに顔を見合わせ、それからゆっくりとこちらに視線を戻す。

「平たく言えばそういうことかな。でもまあ、こういう展開ってドラマや映画なんかでよくあるし、今更驚くようなことでもないよね？」

「いや、驚きます。めいっぱい驚いていますよ。こうして意識を保っているのがやっとです」

慌ててかぶりを振った壮吾だったが、女性は「え、そうなの？」などと意外そうな声を上げ苦笑する。

「それより君さぁ。本当に何も覚えてないの？」

「ええ、何も……」

「どうしてここに来たかも、何をしに来たかも？」

「はい。全く」

女性と男性が再び顔を見合わせ、それから、どこか意味ありげにうなずき合った。

「そっかそっか。それはいいことだね」

「……え？」

「ううん、こっちの話。うふふ」

なぜか嬉しそうにはにかんだ女性が肩をすくめて見せた。挙動の一つ一つがいちいちかわいらしくてたまらない。まるで天使のようだという、ありふれたたとえがこんなに似合う女性も珍しいなと、壮吾は場違いな感想を抱いた。

壮吾の頭の中を見透かすように薄笑いを浮かべた女性は、ずいと壮吾の前に身を乗り出

し、

「それじゃあ改めて。鳥間壮吾さん、このたびは無様な死にざまをさらしてくれてありがとう。そして、ようこそ死後の世界へ」

芝居がかった仕草で両手を広げながら言った。

「し、死んだ……？　僕が？」

「そう。ご愁傷様」

何でもないことのように言って、小さく拍手をする女性を前に、壮吾は言葉をさまよわせた。それから、再び足元に横たわる自分の身体を見下ろす。

何度見ても、やはり作り物や別人とは思えなかった。

「本当に……僕は死んだんですか……」

「そうだよ――って、大丈夫？　かなりショックを受けているみたいだけど」

のんきな口調で訊かれ、壮吾は思わず顔を上げた。

「大丈夫じゃないですよ。死んだなんて……そんな……婚約者にフラれたばかりで、結婚だってしてないのに。こんな場所で、わけもわからず死んじゃうなんて……そんなの、あんまりじゃないですか！」

「いや……あたしに言われても……。ていうか結婚は関係なくないかな？」

女性は困ったように問いかけてきたが、壮吾には応じる余裕がなかった。感情の高ぶりのせいか、涙が滝のようにあふれて止まらない。

「もう、怒ったり泣いたり忙しい人だね。ほら、気を落とさないで。目の前に自分の死体があるわけだから、厳密にはキミはまだ死後の世界に送られたわけじゃないんだよ」

「どういうこと……ですか……？」

言葉の意味が理解できずに問い返す壮吾。それに対し、女性は腕組みをして斜め上を見上げると、軽く唸《うな》ってみせた。

「すごく簡単に言うとね、人間は死を迎えると肉体から魂が離れて、行くべき場所へ送られるの。この理屈は理解できる？」

「天国とか、地獄とか？」

パチン、と指を鳴らし、女性が壮吾を指さした。

「そう、まさにそれ。天国や地獄、極楽浄土、天界に魔界、あとは涅槃《ねはん》とか奈落とか？　まあ好きに呼んでくれて構わないけど。そういう死後の世界に死んだ人間の魂を運ぶのがあたしたちの仕事。で、今回も死を迎えた人間がいるって連絡を受けてやってきたら、君がここにいたってわけ」

言いながら、女性は壮吾の鼻先に突きつけた指の先端を、ゆっくりと下へ向ける。その先にあるのは、言わずもがな壮吾の肉体である。改めて見つめた瞬間、壮吾は耐え難い不快感を覚え口元を手で押さえた。

「ところがね、ここで問題が起きたの」

「問題？」

問い返すと、そう、とうなずいた女性が溜息交じりに続けた。

「肉体から離れたキミの様子が、なんだかおかしくてね。気になって『上』に問い合わせてみたのよ。そしたら、烏間壮吾くんは、まだ死ぬ運命じゃありませんって返答が来たの。つまり、ちょっとした手違いがあって、本来、死ぬはずの運命じゃない君が死んじゃったってことがわかった。本当なら、通りがかりの人が気づいて救急車を呼んでくれて、すぐに蘇生するはずだったんだけど、偶然に偶然が重なっちゃって、運命に変化が生じちゃったみたい」

「手違いって……それじゃあ僕は、死ななくてもいいはずなのに命を落としたってこと？」

「そうだね。あえて言うならそういうことかな」

さらりと言われ、壮吾は開いた口が塞がらない。

「ぼ、僕はこれからどうなるんですか？」

身を乗り出すようにして尋ねると、女性は顎の辺りに指を当て、

「うーん、普通に考えれば魂だけの亡霊になって、自分の番が来るまでこの世をさまようか、それが嫌ならちょっと強引にあの世に送っちゃうところなんだけど……」

「……だけど？」

「それやっちゃうと、あたしたちの査定に響くのよねぇ」

悩ましげに眉を寄せ、女性は腕組みをすると男性に同意を求める。男性は油切れを起こしたようなぎこちなさでうなずいていた。

「だからね、あたしたちとしては、今回のことはなかったことにしたいの」

「なかったことって……僕の死を？」

「そういうこと。そうすれば君も首の皮一枚つながってこの世に戻ってこられるし、あたしたちも責任を問われることはない。誰も損しないんだから、ウィンウィンってことになるでしょ？」

いたずらっぽく笑いながら、女性は慣れた様子でウインクをして見せた。

「そりゃあ、生き返れるなら……」

嬉しいに決まっている。手違いで、しかもわけもわからず死んでしまうよりも、きちんと天寿を全うしてあの世に行きたいと思うのは、ごく自然な考えだろう。壮吾は内心でそう独り言ち、この奇天烈な状況を抜け出す手段があるということに早くも安堵していた。

——ところが。

「うんうん、やっぱりそうだよねぇ。生き返りたいよねぇ」

こちらの心中を探るように、どこか意味深な口調で、女性はにんまりと笑みを浮かべた。

さっきまでの弾けるような笑い方とは違う、どこか寒気を覚えるような、綺麗すぎる『微笑み』だった。

「……まさか、何か条件がある、とか……？」

「察しがいいね。つまりそういうこと。いくら君が手違いで死んでしまった哀れな魂だとしても、一度死んだものを生き返らせるなんて、そう簡単にできることじゃないんだよ。ねえ？」

「その通りだ。一度死を迎えた人間を生き返らせることは最大の禁忌。我々のような身分の存在にとっては、まさしく越権行為と言えるだろう」

同意を求められた男性が、強く首肯した。

「ちょっと待った。ということは、僕が生き返ることだって不可能なんじゃ？」

「そう思うのも当然だよね。でも安心して。その不可能を可能にしてあげるって言ってるの。君があたしたちの要求を呑《の》んでくれるならね」

要求。その一言に、壮吾は言い知れぬ危険性を感じ、わずかに身構えた。

いよいよきな臭くなってきた。たぶんその要求というものは、彼女の口調ほど軽いものではないのだろう。何か、とてつもない代償を必要とする危険なものなのではないか。

そんな危機感が、漠然と押し寄せてきた。

「そ、その話を聞く前に、一つ教えてほしいんだけど」

「何？」

ごく自然なしぐさでゆるふわパーマの髪をもてあそびながら、女性が問い返してくる。

一方的に要求を突きつけられることの恐怖。そしてその恐怖の正体を知ってしまうことすらも、とにかく怖かった。すでに逃れられない状況なのは理解している。だからこそ少しでも時間を稼ぎたくて、壮吾は油断のないまなざしを二人に向けながら、そもそも感じていた疑問をぶつけてみた。

「君たちは、いったい何者？」

瞬間、女性の表情が固まる。大きな目がぱちぱちとしばたたかれ、それからとぼけたような声を上げた。

「あれ、まだ言ってなかったっけ？　あたしたちは、いわゆる天使と悪魔ってやつよ。文字通り天国と地獄、それぞれにふさわしい人間の魂を運ぶ使者ってとこ」

「天使と……悪魔……？」

壮吾は呆けたように繰り返す。美しい外見からは想像もつかない突飛なことを言う目の前の女性を呆然と見つめながら、何かの冗談かと思って否定しかけた壮吾は、思わずその言葉を飲み込んだ。

二人とも、いたって真剣なまなざしをこちらに向け、壮吾が素直にこの話を信じるのが当然とでも言いたげな、自信に満ちた表情を浮かべていた。疑われる可能性など、少しも抱いていないかのように。

その、あまりにも自信に満ちた彼らの表情を前に、壮吾は考える。これがただの嘘なら、それでいい。そう判断できる要素があれば、すぐにここを離れ、この美人だがおかしな女性と、皮膚の下に機械の骨格でも隠していそうな男性から逃げ出せば済む話だ。しかし、万が一にもこれが事実だとしたら？　この二人が人知の及ばぬ超常的な存在で、こうして自分の前に現れたのも、本当に魂をあの世に運ぶためだったとしたら？

なんとも荒唐無稽。そして滑稽な想像である。だが、それを否とはねのけられない強い理由が、壮吾の前には横たわっている。そう、まぎれもない自分自身の肉体だ。

頭から血を流し、横たわって目を閉じているその身体は、三十年間使い続けた自分のものに間違いない。だとしたら、ここで馬鹿みたいに突っ立ってその身体を見下ろしている自分は何なのか？　これが悪い夢でないとするなら、この奇妙な状況が現実であるというのなら、壮吾はここに存在する自分を、生命活動を停止した肉体から追い出され、行き場を失った魂であると認めなくてはならない。

つまり、彼女たちの話を受け入れる以外に、話を先に進める方法などないということ。少なくとも今の壮吾には、彼女の話を否定し、かつ論理的に自分の置かれた状況を説明することは、できそうになかった。

「脳内会議は終了した？　往生際悪く『そんなの嘘だー』とかなんとか言って否定してもいいんだよ？」

茶化すように言われ、壮吾は複雑な気持ちでさらに押し黙った。視線を男性に向ける。瞬き一つしない、マネキン人形のように直立不動を貫いていた男性の鋭いまなざしは、ほかのどんな言葉よりも、女性の言葉が事実であると後押ししているかのようであった。

ここで、これ以上の口論をするのもエネルギーの無駄遣いだ。もとより、理解不能な状況に置かれている以上、理解の及ばないものをある程度許容する気持ちでいなければならないのだろう。

「えっと……本当に天使と悪魔なんだよね……？」

そうだよ、とうなずいた女性が、腕組みをして愛想笑いを浮かべる。

「でも、ここは日本だし、天使はまあともかく、悪魔っていうのはちょっと場違いなんじゃあ……？」

「場違い？　悪魔より鬼の方が信憑性があるって言いたいの？」

問い返され、壮吾が曖昧にうなずくと、女性はぷっと噴き出すようにして笑った。

「人間たちがそれぞれ、異なる宗教観を抱えているのはあたしたちも理解してる。だから、どうしても受け入れられない場合は無理しなくてもいいんだよ。神様だろうが仏様だろうが、地獄の魔王だろうが閻魔《えんま》様だろうが、それらしい存在だと思ってもらえれば話は通じるもんね。たとえばそう、お寺の和尚《おしよう》さんの場合、天国に行くのは宗教上の問題で難しいというけれど、『天国っぽいところ』って濁してあげれば納得してくれるし」

どうやら、その点を強制するつもりはないらしい。つまりは自分たちの存在も、必ずしも天使と悪魔ではなく、『それらしい存在』として認識してもらえればいいということか。

「天使や悪魔にも多様性が求められる時代ってことね」

「ふん、私はその言葉はあまり好きではないな」

ぼやくように言った男性が、不機嫌そうに鼻を鳴らす。

「しかしまあ、そんなことは今に始まったことではないし、さほど大きな問題というわけでもない。死者の中には我々の正体など気にしないという者もいる。自分の死を理解した時点で、細かいこだわりなどどうでもよくなるということらしい」

「なんでもいいから、さっさとあの世に連れていけって人間、意外と多いんだよね」

軽く肩をすくめて、女性は苦笑する。

死というもののとらえ方は人それぞれだ。確かに彼女の言う通り、細かいことを気にしても、どうせ死んでいるのだから関係ないと思う人は、多いかもしれない。

そんな風に考えると、疑っている時間が無駄なようにも思えてくる。気づけば壮吾は、これ以上問答を繰り返すのではなく、彼らが超常的な存在であるという話をとりあえずは受け入れたうえで、話を前に進めるべきだと感じていた。

深呼吸をして気持ちを落ち着かせ、改めて女性を見やる。陰鬱《いんうつ》な雰囲気の漂う場末の路地裏に咲く一輪の花のように可憐なその姿は、天からの祝福が降り注いでいるかのようにまばゆいものだった。たとえるならそう、菩薩《ぼさつ》のような神々しさとでもいうのか。夜風にふわりと揺れる長い髪も、宝石をちりばめたような輝かしい瞳も、見れば見るほど浮世離れして感じられる。まるで人知を凌駕《りょうが》した美しさ。それが、彼女が天使だからだというならば、受け入れるのは難しいことではない。

「それじゃあ、君が天使で、そっちの男性が悪魔だとして……」

「あははは。違う違う。残念でした。天使はそっちで、あたしが悪魔」

女性はさも愉快そうに笑いながら、壮吾の発言を訂正して男性を指さした。えっと声を上げた壮吾が見ると、男性は、どこか不本意そうに口をつぐんでいる。

　壮吾はキツネにつままれたような心地でゆっくりと首を巡《こうべ》らせ、再び女性に視線を戻す。前言撤回。どうやら彼女の美しさを形容する場合に、天使という言葉は使ってはいけないようだ。

「みんな最初はあたしを天使だと思うから、まあ気にしないでいいんだよ。それより、本題に戻っていいかな？」

　こちらの答えも待たず、女性――もとい悪魔は話を先に進めようとする。

　壮吾が止める間もなく語られたのは、彼らが求める『要求』についてであった。

「さっきも言った通り、あたしたちは君を無理にあの世に送るのではなく、生き返らせることにする。でもね、何の代償もなくただ生き返らせるなんてことはできないの。なぜなら、人間の死は運命で決められているから。あたしたちは魂を運搬する役目を負っているだけで、人間を生かすとか殺すとかの運命には干渉できないんだよね」

「だったら、その運命を定めるのは誰が……？」

「それはまあ、あたしたちとは別の部署ってことになるよね」

　そう言って、女性は意味ありげに口の端を持ち上げ、ぴんと立てた人差し指で、空を指さす。それが何を示すのか、詳しく問い詰めることは、何となくためらわれた。

「とにかく、君たち人間の運命っていうのは、そうやってあらかじめ定められているものなの。それはもう、気が遠くなるほどの複雑な形で絡み合った知恵の輪みたいにね。少しでもいじくったりしたら外れるべきところが外れなくなっちゃったり、いらないところで衝突が発生したりしてしまう。だから勝手な都合で変更することは厳しく禁じられているのよ。今回のケースで言えば、死ぬ運命になかった君が死んでしまったことで運命に狂いが生じた。だから緊急措置として特別に君を生き返らせれば、運命の歯車は致命的な崩壊を回避できる。あたしたちがやろうとしてるのはそういうことなの。それに、早くしないと魂が傷んじゃうわ」

「魂が、傷む？」

問い返すと、それまで黙していた男性——天使が口を開く。

「難しいことではない。肉や魚、野菜であっても、命を失った直後というのは新鮮なものだ。だが時間とともに鮮度が落ち、放っておくとすぐに傷んでしまう。人間の魂も同様に、死を迎えた後に放置されてしまうと、鮮度を失って腐敗する。つまり正気を失ってしまうんだ。そうなると、『向こう』に運んでからが大変になる。そういう魂というのは、今の君のようにまともな会話ができなくなるうえ、ちょっと乱暴に扱われると存在が希薄になってしまうんだ」

天使の説明は明瞭で、信じるに値するもののように感じられた。人の命が肉や野菜にたとえられることに引っかかりを覚えないでもなかったが、言いたいことは理解できる。壮吾は殊勝にうなずきながら、それでも半信半疑な気持ちを捨てられずにいた。

悪魔は、そんな壮吾の心中すらもお見通しといった様子で、

「まだ信じられないんだ？　だったら……」

おもむろに手を伸ばし、きらびやかなネイルの施された指先で壮吾の左手首をつかんだ。

「うぅあぁ！」

次の瞬間、手首をのこぎりで削られるような痛みを覚え、壮吾は悲鳴を上げて後ずさった。見ると、左手首には悪魔の手の形をしたどす黒い痣《あざ》がくっきりと残されており、不気味な黒煙をたなびかせていた。

すぐに手を放した悪魔が、両手をホールドアップするように顔の横に持ち上げる。

「どう？　魂のもろさを体感した感想は？」

「どうもこうも……めちゃめちゃ痛いよ」

涙目になりながら訴えると、悪魔はくすくすとおかしそうに肩を揺らし、満足げな笑みを満面に広げた。

悪魔というだけあって、人間が苦しむ姿を見るのが楽しいらしい。

「時間の経過とともに、魂はものすごい速度で腐り落ちていく。そうなってしまったら生き返るのは不可能だよ。あたしたちが手を貸したところで、壊れてしまった魂を修復することはできないんだからね」

「だ、だったら早く戻してくれないかな。壊れちゃったら、生き返れないんだろ？」

慌ててそう言うと、悪魔は肩をすくめ、何か意見を求めるように傍らの天使と顔を見合わせてうなずき合った。

「そうしてあげたいところなんだけどね、実は一つ、やってもらわなきゃならないことがあるの。それがさっきも言った『要求』なんだけど……」

要求。再び頭の中でその単語を繰り返し、壮吾は身震いした。この様子では、とてもまともな内容とは思えない。そもそもこれは、半分が『悪魔の要求』なのである。古今東西、悪魔の言うことを聞いて無事でいられた人間の話など聞いたことがない。

ゲーテの『ファウスト』だって、メフィストフェレスのせいでひどい目に遭った。いや、あれは彼自身の身勝手さが原因だったか……。

何にせよ、悪魔の要求を呑むのが危険だということは明白であった。だが、そうは言ったところで、拒否すれば自分が死んでしまう。その二つを秤《はかり》にかけた結果、どちらを選ぶのが正しい選択なのか。それは考えるまでもない気がした。

できることなら断りたい。でも断れない。そんなジレンマに見舞われ、がくがくと足が震えた。肉体から抜け出しているはずなのに、胸の鼓動は高まる一方だった。

「君には、あたしたちの仕事を『代行』してもらいたいのよ」

「……代行？」

車の運転でもさせるつもりかと内心で呟きながら問い返すと、悪魔はこくりとうなずいた。

「と言っても、実際は手伝いをしてもらう感じかな。あたしたちの仕事は死んだ人間の魂を天国か地獄のどちらかに運ぶこと。つまりは『魂の選別』ね。その仕事を君に手伝ってほしいんだ」

「ちょ、ちょっと待って、よく意味が……」

「心配する必要はない。君が魂の行き先を決めてくれれば、私か彼女がしかるべき世界へと魂を運搬する。君に運べと言っても、きっと物理的に不可能だろうからね」

天使が的の外れたフォローをしてくれた。別に、運搬方法について悩んでいるわけではない。

「そうじゃなくて、なんで僕がそんなことをしなきゃならないんだよ。君たちが自分でやればいいのに」

「もちろん普段はそうしているよ。でも、何十年かに一度のタイミングで、その時代、その土地の人間の代行者を選んで『魂の選別』をさせる取り決めがあるんだよね。人間はその時代ごとで法律やら倫理観やらが細かく変化するでしょ。ほら、江戸時代の常識が、今の世の中じゃあ通用しないように」

「それはそうだけど……」

「だから、定期的に人間の意見を取り入れて、あたしたちの認識も変化させていかないと、善悪の認識の基準があたしたちと人間との間でズレちゃうの。もちろん、すべてを人間の基準に合わせる必要なんてないんだけど、それなりにすり合わせる必要はあるっていうのが、上層部の考えってわけ」

さも不本意そうな口調で言いながら、悪魔はやれやれ、とばかりに肩をすくめた。どうやら天国や地獄というものは、想像していたよりもずっと形式ばった——合理的な運営の仕方をしているらしいと、壮吾はぼんやり考える。

「けど、それを僕がやる理由なんてどこにもないんじゃ……」

そもそも、誰のせいでこんな目に遭っているのかと問いただそうとした時、壮吾の発言を遮るように、悪魔が「ああ、もう！」と苛立たしげに声を上げる。

「そんなにグダグダ言うなら今すぐ魂を『上か下』に運んじゃおうか？　そうなると当然、

君は生き返ることなんてできなくなっちゃうけどね」

「え、そんな……」

突然、威圧的な態度を向けられ、壮吾は戸惑った。その反応を見て、少し言い過ぎたように感じたらしく、悪魔は困り顔で頬をぽりぽりやった。

「ぶっちゃけて言うとね。あたしたちの仕事って、かなりブラックなのよ」

「……はぁ？」

何の話かと目を丸くする壮吾をよそに、悪魔は続ける。

「休みはないし、招集されたら昼も夜も関係ない。お酒を飲んでいても、お風呂に入っていても駆けつけなきゃならない。意義のある仕事だってことはわかってるけど、これじゃあ人手不足になるのも当然だよね。人間の死にざまを見られるって点では悪くないけど、ほかに何の役得もない地味な仕事だもん。だから、こっちにいる間くらい、人間社会を満喫して羽を伸ばしたい。そんな風に思うのは普通の心理でしょ？」

ややオーバーとも言えるリアクションで、悪魔は自身の胸に手をやった。

「人間社会を満喫……？」

「そう。あたしたちがこうして人間の世界にとどまるためには、人間の身体を借りなきゃいけないの。この身体の持ち主は、ジムで汗を流すためにチャーターしたヘリで出かけちゃうようなお金持ちのお嬢様。そっちは何だっけ？」

「医療機器メーカーの営業だ。成績は常に中の下辺りを推移している。目立たず騒がずの中年平社員といったところだな。最近赴任してきた年下の上司に顎でこき使われ、家に帰れば妻と娘に煙たがられ、娘にはとうとう洗濯物を別にしてくれと言われ、休日に自分で洗濯機を回しているさみしい男だ」

誰が聞いても同情してしまうような話を、なぜか誇らしげに語り、天使は腕組みをした。

いずれにせよ、二人とも嘘をついているような様子は感じられなかった。言葉通り、彼らは普段、人間に紛れて日常生活を送っているらしい。

「もちろん、常にあたしたちが表に出ているわけじゃあないんだよ。この身体は借り物で基本的には持ち主の人間のもの。でもたまに、こうしてあたしたちが仕事をする時には使わせてもらってる。その間に何が起きたのかは本人にはわからないし、つじつまが合うよう記憶を操作してもいる。だから、どこかで普段のあたしや彼に会っても、この身体の持ち主は君のことはわからないってことね」

壮吾を指さして、悪魔は言った。

この話をすぐに受け入れられるかどうかは別として、それなりに筋の通った——というより、彼らが地上に滞在することに都合のいいシステムではあるらしいと壮吾は思った。

黙り込んだ壮吾を慮《おもんぱ》かってか、天使が「心配することはない」と助け舟を出す。

「代行といっても任せきりにするつもりはない。さっきも言った通り、君が選別した魂をそれぞれの場所に運ぶのは我々の仕事だ。君は、選別さえしてくれればいい」

「だったら最初からあなたたちがやればいいんじゃ？」

当然の疑問である。天使はわずかに口元をゆがめると、

「そういうわけにもいかない。我々はもうずっと長いこと君たち人間とかかわってきたが、いまだにわからないことだらけだ。特に、人が人を殺す理由なんてものは」

「人が人を殺す……理由……？」

その部分だけが、妙に冷たいイントネーションを含んでいて、壮吾は無意識のうちに身震いしていた。しばしの間、その様子を満足げに見つめた天使は、すぐにさっきまでの機械じみた無表情を取り戻す。

「だから、君には『代行』という名のアドバイザーをしてもらいたい。殺された人間と殺した人間、その間に何があったのかを解き明かしたうえで魂を選別する。君が選別をしてくれれば、我々は人間の心について知見を深められる。君は生き返って正しい運命のままに人生を送れる。さっきも彼女が言ったように、これは――」

「ウィンウィン、ってことか」

先回りして言うと、天使はゆっくりとうなずいて見せ、悪魔は「そうそう！」と高いテンションで手を叩いた。

「それに君、探偵なんでしょ？」

「まあ、そうだけど……」

「探偵っていうのは、殺人事件の犯人をスイリして暴いたりするんだよね」

「いや、それはドラマや映画の場合であって、僕はしがない私立探偵だから、そういうのはちょっと……」

「私立だろうがなんだろうが、探偵には変わりないでしょ。要は謎を解いてくれさえすればいいんだから」

でも、と食い下がろうとする壮吾をよそに、ぱちぱちと小さく拍手し、悪魔はその大きな瞳を輝かせる。

「ねえお願い。それをするだけで、君はこの世に戻ってこられるんだよ。そう考えれば安いもんでしょ？」

「うむ、ちょっとしたアルバイトだと思ってくれればいい」

天使が付け足すように言った。確かに悪い話ではないし、嫌と断れば命を落とすことになる。そう考えると、答えは決まったようなものである。

「受け入れてくれる？」

「……わかった。やるよ」

探るような口調で、壮吾はそう答えた。悪魔の顔に、言い知れぬ笑みが浮かぶ。

「よし、それじゃあ仮契約は成立。さっそく次の『選別』を行うタイミングで君を呼び出すからね」

上機嫌に話をまとめ、悪魔は清々しく息をついた。一仕事終えた時のように、満足げな表情を浮かべている。

「そうだ。一応自己紹介しておかなきゃ。あたしは杏奈《あんな》」

「私は日下《くさか》輝夫《てるお》という。日下と呼んでくれ」

便乗する形で、天使も自己紹介をした。だが、彼らが口にしたその名前に、壮吾は強い違和感を覚える。

「杏奈に、日下……？」

思わず繰り返し、壮吾は眉を寄せた。

「何か、気になることでも？」

「いや、だって普通悪魔って言ったら、バエルだとかベルゼブブだとかルシファーだとか、かっこいい横文字の名前がついているものじゃないかなって。天使だって、ミカエルとかなんとか、いろいろと名前があるじゃないか。それなのに……」

杏奈や日下などという、日本人丸出しの名前では、いささか拍子抜けである。おそらくそれは、彼らが取り憑いて（？）いる人間の名前を拝借しているのだろう。

壮吾の思うところを察したのか、悪魔——もとい杏奈は感心した様子でうなずいた。

「詳しいんだね。でも残念。そういう大物には、そう簡単に出会えるもんじゃあないの。彼らが抱えてるのはもっと大きな仕事だし、よほどのことがない限り、現場になんて出てこない。だいたい、こんな東の果ての辺境の地にやってくるような悪魔が有名人であるはずもないでしょ。地方の現場仕事なんてのはせいぜい、あたしくらいの無名選手がいいところなの」

自分を卑下するような口調のくせに、杏奈は自信満々な表情を崩そうともしなかった。そういうところは悪魔らしい。いや、悪魔だからこそ、何につけても不遜な態度で偉そうに見えるのか。

「それに、我々にとって名前というのは非常に重要なものだ。人間と違っておいそれと他人に教えたりはしないし、そもそも人間には正しく発音ができない。そのうえ、さっき君が口にした者たちのように有名になってしまったら、いろいろと不都合なんだ。だから基本的に人間の世界では、身体の持ち主の名前を名乗るのが通例となっている」

なるほど、それで日下に杏奈というわけか。天使社会や悪魔社会にも、いろいろと面倒な縛りがあるらしい。

「君たちもいろいろと大変なんだな」

「そう、地獄の獄吏《ごくり》も楽じゃないんだよ」

言葉の割には軽々しい口調で言うと、杏奈は肩をすくめた。

「さて、無駄話は終わり。あまりのんびりしていたら、魂より先に肉体の腐敗が始まっちゃう」

「そうだな。では、そろそろ目覚めてもらおう」

おもむろに言った日下が壮吾の前に立ち、持ち上げた手をゆっくりと、壮吾の胸の辺りに添える。

「ちょ、ちょっと待った。まだ聞きたいことがあるんだ。僕はどうしたら……」

「ああ、もう。本当に小心者だね。その時が来たらちゃんと呼ぶってば。それまではせいぜい普通の生活を維持することね。そうだ、せっかく生き返るんだし、この機会に新しい婚約者探しでも頑張ってみたら？」

天使のような美しい顔に悪魔的な微笑みを浮かべた杏奈は、さらりとした口調で言った。

いともたやすく心の傷を抉《えぐ》られ、消沈する壮吾の胸に再び日下の手が触れる。その箇所がぼんやりと温かくなったように感じた直後、世界が反転したかのごとく視界がぐるりと回り、そして次の瞬間、壮吾は意識を手放して深い闇の淵へと落下していった。

第一話　死の運命と落ちた女神

1

けたたましいアラームの音に目を覚ますと、そこは見知った自室だった。古ぼけてシミの浮いた天井、あちこちはがれた壁紙、そばの道路をトラックが通るたびにミシミシと不穏な音を立てる築五十六年の建物。いまどきエアコンすらも用意されていないこのボロ屋の二階にある寝室で、壮吾は布団に寝ころんでいた。

朧げに覚醒していく意識の中で、スマホに触れてアラームを停止した壮吾は、つい先ほど目の当たりにした光景を思い返し、勢いよく起き上がる。それからキツネにつままれたような気分で自分の身体を確認した。

「夢……か……？」

誰に聞くともなしに呟きながら、無意識に後頭部へと手をやった壮吾は、そこに覚えのないたんこぶがあることに気づく。じんわりと熱を持ち、押すと少し痛い。

「……あ」

ふと、呆けたような声が出た。後頭部に触れていた左手。その手首には、黒く爛《ただ》れたような指の痕《あと》が、くっきりと残されている。奇妙な夢の中で、悪魔を名乗る女性につかまれ、火傷のような怪我を負った箇所だった。

「夢じゃ、ないのか?」

再び、誰に向けたわけでもない呟き。

あのさびれた路地裏の光景が、今も鮮明に頭に残っている。漂ってくる残飯の饐《す》えたにおいも、それを運ぶ春の夜風すらも、とても夢とは思えないほどリアルだった。そして、自らを悪魔と名乗る美しい女性と、天使と主張するくたびれたサラリーマン風の男性。彼らの姿も、その表情の一つ一つですらも、はっきりと覚えていた。彼らが発していた声はもちろん、その話の内容も……。

「『魂の選別』……」

彼らはそう言っていた。後頭部を殴られ、地面に血だまりを作る自身の身体を見下ろしていた壮吾に対し、生き返らせる代わりに自分たちの仕事を手伝えと、半ば強制的に取り決めを交わされてしまった。必要になったら呼び出すから、その準備をしておけと。それからどうやってこの部屋に戻ってきたのか、壮吾にはまるで覚えがない。

そこまで考えたところで、再びスマホが鳴った。今度は着信音だ。スマホの画面を確認した壮吾は、海よりも深い溜息をついてから通話ボタンをタップした。

「なんだよ母ちゃん。こんな朝っぱらから」

『なんだよじゃないよ。もう八時半じゃないか。早く起きて顔洗いなさい！』

怒号のようにスピーカーからあふれ出してきた母、菜穂子《なほこ》の声に顔をしかめ、キンキンする耳とは逆方向の耳にスマホを持ってきた壮吾は「勘弁してくれよ」と情けない声を出した。

「今起きるところだったんだよ。子供じゃないんだから、そうやってガミガミ言うのはやめてくれよ」

『子供じゃないだってぇ？　三十になったっていうのに、婚約者に捨てられてうじうじしている親不孝者が、何を一丁前なことを言ってるんだろうねぇ』

「か、関係ないだろ。もう半年以上も前の話をいちいち蒸し返すなよ」

やや強い口調で言うと、突然、菜穂子が沈黙した。

「あれ、母ちゃん？」

呼びかけても、応答はない。その代わりにしくしくと、すすり泣くような気配がして、壮吾は溜息とともに額を手で押さえた。

『うぅ……それもこれも私の育て方が悪かったんだね。そりゃあ、相手は有名な探偵社の社長を父親に持つお嬢さんで、うちのような小市民とは身分が違ったかもしれないけどさ。あんたと彼女が結婚するって聞いて、母ちゃんは本当に嬉しかったんだよ。それなのに、仕事のミスで会社をクビになった挙句に結婚式の三日前に婚約解消だなんて、天国から地獄に突き落とされた気分だよねぇ……』

実際に地獄に突き落とされた気分を味わったのは壮吾の方なのだが、電話越しとはいえ、実の母親にこんな風に泣かれてしまうと、息子としては面目ない気持ちでいっぱいになる。

「お、おい母ちゃん。泣かないでよ。僕だって、まだあきらめたわけじゃないよ。なるべく早くいい人を見つけてさ、その、母ちゃんを安心させたいと思ってるし」

『ふん、そうかい。だったら早く婚活でも妊活でもして、孫の顔を見せておくれよ。大急ぎで仕込めば、来年の春には出てこられるだろ』

「馬鹿言うなよ。畑を耕すのとはわけが違うんだぞ。それに、まずは相手がいなきゃダメなんだし……」

『ああ、もう。いちいちごにょごにょと辛気臭い子だねまったく！』

歯切れの悪い返答が気に障ったのか、菜穂子は忌々しげに声を荒らげる。

『そんな悠長なこと言ってたら、婚期なんてあっという間に逃がしちゃうんだよ。それに人間いつ死ぬかなんてわからないんだ。あんたもいつまでも若いと思ってたらあっという間に年を取って、父ちゃんみたいにぽっくりいっちまうかもしれないじゃないか』

「父ちゃんは痔《じ》の手術で入院してるだけだろ。縁起でもないこと言うなよ」

思わず突っ込みを入れる壮吾だったが、『いつ死ぬか〜』の部分に関しては、少しばかりヒヤリとした。いつもの気まぐれから出た言葉にしては、タイムリーな話題である。

夢か現《うつつ》かもまだはっきりとしない記憶が再び喚起され、言い知れぬ焦りと不安が胸の内で渦を巻き、壮吾は母親との会話も上の空で押し黙る。菜穂子は菜穂子で、言いたいことだけを一方的に口にすると、満足したように一息ついて、

『あら嫌だ。もうこんな時間じゃない。今日は父ちゃんのお見舞いに行く前に、ピラティス教室があるからね。もう切るよ。それと、探偵だか何だか知らないけど、ろくに金にもならないような仕事にはさっさと見切りをつけて、まっとうな仕事を探しなさい』

「探偵だってまっとうな仕事だろ。僕は僕なりに人の役に立とうと……」

勝手な物言いに怒りを覚え、憤然として言い返そうとした時には、すでに電話は切られていた。一方的に言いたいことを言って満足したらしい。

スマホをその辺に放り、壮吾は再び布団の上に寝ころんだ。起きたばかりだというのに、なんだかどっと疲れを感じて目を閉じる。そして、母親との無益なやり取りの合間に脳裏に

浮かんだあの光景を、再び思い返した。

さびれた人気《ひとけ》のない路地裏。無表情にたたずむ天使と、天使に見まがうほど美しい外見をした悪魔。そして、足元に転がる血にまみれた自分の肉体。おびただしい量の血がアスファルトの地面に広がり、腐り落ちた皮膚の隙間からは蛆のたかった肉と真っ白な骨が覗いて……。

「ああ、もう！　なんなんだよいったい」

カッと目を見開き、過剰な妄想を振り払うようにして、かぶりを振る。それから、左手首に残る黒い指の痕に視線をやった。

夢じゃない。荒唐無稽でも、あり得ないことだとしても、実際に自分の目や耳で見聞きしたのだから、そう受け入れる方が楽に思えてきた。だがその一方で疑問は残る。天使だとか悪魔だとか、魂の選別といったことよりも、もっと根本的な疑問だ。

「そもそも、どうして僕があんな目に……」

答える相手のいない部屋に、壮吾の声が弱々しく響いた。

なぜ自分はあんな場所にいたのか。これといった用事もなくあんなうら寂しい路地裏にいたとは考えにくい。普通に考えて最も可能性が高いのは、誰かの依頼を受けて何かを調査していたということになるが、まるで覚えがないのだ。

なにかしらの依頼を受けてあそこに赴いたのなら、そのことに関する調査記録があるはず。そう思ってスマホをいじってみるも、写真やその他のデータにそれらしいものは見つけられない。起き上がり、洋服ダンスの前に脱ぎ捨てられた上着をまさぐって、手帳や財布なんかを確認しても、やはり収穫はなかった。

おかしい。調査対象が不貞を働く人間であれ迷子の猫であれ、何の記録も残さないなんてことはあり得ない。私立探偵として独立してからというもの、舞い込んだ依頼など数えるほどしかないから、自分の記憶力によほどの欠陥がない限りは、依頼人や調査内容を忘れてしまうことはないはずだし、記録の一つも残っていないなんてこともないはずなのだ。

いよいよもって奇妙である。いったい自分は、何のためにあそこへ行ったのか……。

疑問は再び、堂々巡りを繰り返す。

いてもたってもいられなくなり、壮吾は枠のゆがんだ寝室の木製ドアを蹴飛ばすようにして開くと、リビング兼仕事部屋へ。十二畳ほどの室内は雑然としており、生活空間となるソファやテーブル、テレビなんかが置かれた区画は飲みかけのペットボトルやビールの空き缶で足の踏み場もない。それらをかき分けて仕事用のデスクにたどり着いた壮吾は、書類やカメラ、複数のボイスレコーダー、写真類に無数のファイルで埋め尽くされた机の上をひっかき回す。

四丁目の猫カフェから脱走した猫の捜索依頼。市内に住む主婦からの夫の浮気調査。敏腕女性社長の夫で専業主夫をしている男性からの、妻の夜の交友関係調査。十七歳年下のホストに貢ぐニュークラブのママからの尾行案件……。

「だめだ……」

やはりそれらしい資料は見当たらない。腕組みをした壮吾は雑然とした室内で一人表情を曇らせた。どれもここ二か月の間に依頼を受けて調査したものだが、少なくともこれらの中に、壮吾が命を狙われるような案件は含まれていないように思える。それに、浮気調査やホストの尾行なら、町の中心部にある繁華街がメインになるはず。あんなさびれた路地裏にいたことの理由にはならない。

何がどうなっているのかと、壮吾は再び思考の深みにはまっていく。

自分は本当に、自らの意思であの場所に行ったのだろうか。後頭部を殴られ、危うく死にかける――いや、実際に殺されてしまうような危険な調査をしていたのに、そのことについての記憶も、記録も、丸ごと消失してしまうなんてことが、起こりうるのだろうか。

自問自答を繰り返すうち、自分の考えが自分で信じられなくなってくる。そのままどれくらいの時間が経過したのか、気づけば考え続けることにも嫌気がさし、壮吾は最後に一度深い溜息をついて、自らを悩ませる疑問から意識を遠ざけようとしていた。

いくら考えても答えなど出ない。もしあれがただの夢ならそれで終わりだし、夢じゃないなら、またあの二人が自分の前に姿を現すだろう。

うだうだ考えるのをやめ、楽観的に自分に言い聞かせると、少しだけ気持ちが軽くなった。同時に、朝から脳を酷使したせいで腹が減っていた。

ただでさえぐちゃぐちゃの机が、さらに混沌と化してしまった様子を忌々しげに見やり、手早く洗顔と歯磨きを終えた壮吾は、汚れていない適当な服を身に着けて部屋を後にした。

鍵も閉めずに外階段を下り、青々とした空や降り注ぐ陽光に目を細めながら通りに出て、建物の一階部分にある定食屋『万来亭《ばんらいてい》』の引き戸を開く。

「あ、おはよう壮吾くん！」

カウンター席をふきんで清掃していたエプロン姿の女性が顔を上げ、壮吾と目が合うなり朗らかに笑いかけてきた。

「おはようみっちゃん。朝食、お願いできるかな？」

もちろん、と元気よくうなずいたこの女性は乙橋美千瑠《おとはしみちる》。この店のオーナー兼大家の娘で、父親とともにこの『万来亭』を切り盛りしている。幼い頃に母親を亡くし、父一人娘一人で育ってきた苦労は、美千瑠を底なしに明るい性格の女性に成長させた。結婚に失敗し、幼い娘を連れて父親のもとに戻ってきてからも、その人柄に変化はなかったらしい。昼夜問わず常に忙しい店内で笑顔を絶やさず、客とのコミュニケーションを大切にする彼女の存在は、この店にとって、なくてはならない存在と言えた。

　年齢は壮吾の一つ上で三十一歳だが、何も知らない人間が見れば二十代半ばで十分通用するだろう。年中、Tシャツにエプロンという素朴な恰好であるにもかかわらず、彼女の魅力にやられて店に通い詰める客も多いのだという。下は近所の高校生から、上は御年九十を迎えようという老人まで、多くの常連客が毎日のようにやってきて、彼女のはつらつとした笑顔に元気をもらい、彼女の父親の作る料理で空腹を満たす。テレビで紹介されるような話題の店というわけではないが、地域の人々にこよなく愛されている店。それが『万来亭』である。

「モーニングセットでいい？」

　壮吾がうなずくと、美千瑠はカウンター越しに厨房へと注文を伝え、水の入ったグラスをカウンター席の壮吾に手渡してくれる。

「今日は早いのね。これから仕事？」

「まあね。いつも寝坊してばかりだから、たまには早起きしようかなと」

「やだ、水臭いなぁ。言ってくれれば、私が毎日起こしに行ってあげるのに」

　お盆を小脇に抱えながら、美千瑠はもじもじと指を絡ませて物欲しそうに壮吾を見据えた。

「いや、はは。大丈夫だよ。自分で起きれるし、みっちゃんにそこまでさせるのはちょっとね……」

壮吾が苦笑いで返すと、美千瑠は「ちぇ」と小さく口をとがらせる。だが、こんな程度で彼女はめげない。日頃から、何かと壮吾の世話を焼きたがり、必要とあらば容赦なくプライベートに踏み入ってこようとする。そのアグレッシブさに、壮吾はしばしば、困らされているのだった。

「ほら、璃子《りこ》。新しいパパ……じゃなくて壮吾くんにおはようのご挨拶して」

わざとらしく言い直した美千瑠が声をかけると、カウンターの端の席に座っていた小さな女の子が、手にした絵本から視線を上げた。

「おはよう、しょーご」

「おはよう、璃子ちゃん。今日は何を読んでるの？」

「おなかをすかせたヤギのきょうだいが、いじわるなトロルをいいくるめて、さいごにはぶちのめしちゃうおはなし」

「ぶ、ぶちのめす……？」

璃子と呼ばれた少女は絵本を持ち上げ、壮吾にタイトルを見せる。古い、外国のおとぎ話のようだ。何やら物騒なあらすじではあるが、絵柄は風情があってかわいらしい。

「璃子ちゃんは本当に絵本が好きだね」

「うん、えほんはおもしろいけど、ママにいいよられてこまってるしょーごは、もっとおもしろい」

唐突にそんなことを言われ、壮吾は返答に窮した。ちら、と視線をやると、厨房の柱の陰からこちらを覗き込んでいた美千瑠が、ニンマリと不気味な笑みを浮かべている。

「はは、何言ってんだよ璃子ちゃん。おませさんだなぁ。あははは。僕とみっちゃんは断じてそんな間柄じゃあないよ。ただのお友達さ。ははは」

言い終えると同時に、厨房の方から「なによっ！」と不機嫌そうな声が響いてきたが、あえて気にしないでおく。璃子はそんな二人のやり取りを「やれやれ」とでも言いたげな顔で眺めていた。まだ小学校にも上がっていないこの少女は、抜群の洞察力でもってシングルマザーである美千瑠と壮吾の複雑な――というより一方的な――関係を理解しているようである。

食事を待つ間、何気なく店内のテレビに目を向けると、市内で発生した殺人未遂事件のニュースが報じられていた。とある飲食店を利用していた客が、外からやってきた男と口論の末に刃物で刺されるというショッキングな内容で、駆けつけた警察官に逮捕された犯人はしきりに「俺の金を返せ」とわめいていたという。その後の調べで被害者の男性は加害者に対し、架空の投資話を持ち掛けてかなりの金額を騙し取っていたことがわかった。傷は浅く、一命をとりとめたことは幸いと言えたが、刺した方が完全に悪とは判断しがたい、複雑で後味の悪い事件だ。

この場合、もし刺された方の男が死亡していて、魂を選別しろと言われたら、天国と地獄のどちらに魂を送るべきなのだろう。

そんな思いが、ふと壮吾の脳裏をよぎる。今までは、こういったニュースを見て多少の興味を持ちはしても、深く考えることはなかった。あの妄想じみた不可解な出来事のせいで、少しナーバスになっているのかもしれない……。

「しょーご、やけどしたの？」

不意に璃子の声がして、壮吾は我に返った。顔を上げると、璃子は心配そうな顔をして壮吾の左腕を指さしていた。壮吾の左手首に痣となって残された『悪魔の指の痕』が気になったらしい。

「ああ、これは……ちょっとね」

正直に説明するのは難しい。かといって適当な作り話も思い浮かばなかったので、壮吾はまたしてもははは、と締まりのない笑みを浮かべてごまかした。璃子は納得したのかしていないのか、黙り込んだまま小さく息をつき、再び絵本を広げて読み始めた。

駅にほど近い繁華街の一角ということもあり、朝食を求めてやってくる客は多い。そのため、店が忙しい時間帯が過ぎるまでは、璃子はこうして母親の手を煩《わずら》わせることなく絵本などを読み、保育園に行く時間を待っている。美千瑠は璃子を園に送り届けた後、店に戻り、夕方になるとまた迎えに行くというサイクルの日々を送っているようだった。

「へい、モーニングセットお待ち……って、なんだお前か」

カウンター越しにのっそりと現れた図体のでかい中年男性が、曇り眼鏡のレンズの向こうから鋭い目を光らせた。この店の店主、乙橋剛三《ごうぞう》である。

「どうも、大家さん。いやあ、おいしそうなトーストとコーヒーだなぁ。定食屋なのにモーニングをやってるなんて、すごいですよねほんと」

「あぁ？　定食屋がパン焼いちゃいけねえって言いてえのか？」

突然、ドスの利いた声で迫られ、壮吾は小刻みにかぶりを振った。

「いや、そういうわけじゃ……」

「そんなことよりよぉ、お前、今月の家賃はどうした？」

「あ、はい。えっとそれは……あれ、おかしいなぁ。振り込みがうまくいってないのかなぁ？」

大嘘である。普段、家賃は手渡ししているので、振り込んだことなど一度もない。

あからさまな言いわけに気を悪くしたらしく、どん、と剛三の毛むくじゃらの腕がカウンターを叩いた。活気のある店内に、水を打ったような静寂が訪れ、壮吾は喉元まで出かかった悲鳴をかろうじてこらえた。

「これでもう二か月連続だぞ。もしこのまま払わなかったら、わかってんだろうなぁ？」

「あは、あははは、もちろんですよ。必ず払います。今、抱えている仕事がもうすぐ片付くので、今週中には必ず……」

ぶんぶん音が出そうなほど首を縦に振りながら、壮吾は震える手でトーストをつまみ上げ、バターを塗るのも忘れて口の中に押し込む。

涙目になりながらコーヒーを飲み干す壮吾を、剛三はカミソリのようなまなざしでにらみつけていたが、

「ちょっとお父さん。私の壮吾くん——じゃなくて、お客さんを威嚇するのはやめてよ」

美千瑠が割って入ってきた瞬間、表情を一変させ、うっとたじろいだ。

「こいつは客じゃなくてうちの店子だぞ。大家の俺には家賃を払わないこいつを好きなようにする権利がある」

「馬鹿言わないで。いくら大家でもそんな権利ありません。たかだか数万円の家賃なんて、

ちょっとくらい待ってあげたって罰は当たらないでしょう？」

地獄に仏とはこのことである。さすがの剛三も一人娘には頭が上がらないらしく、ぶつくさ言いながらも厨房に戻っていった。

「助かったよ、みっちゃん」

「全然いいの。壮吾くんのためなら私、璃子以外のすべてを捨ててもいいと思ってるから。必要とあらば父さんとも遠慮なく縁を切るわ」

ズシリと鉛のように重たい言葉をまともに喰らい、壮吾は軽い眩暈を覚えた。

「……あ、うん。縁は切らなくてもいいと思うんだけど、家賃の件は本当に助かるよ」

「大丈夫。今後も、もし家賃が払えないなら言ってね。壮吾くんさえよければ、父さんをさっさと隠居させて、私と二人でこの店を切り盛りするっていう選択肢も――」

「家賃は必ず払います」

美千瑠の言葉を遮るように、壮吾は強く言い切った。

「しょーご、ほんとうにはらえるの？　しごとうまくいってなくて、たいへんなんでしょ？」

ちぇ、と再び口をとがらせる美千瑠をよそに、それまで絵本に没頭していたはずの璃子が、またしても大人の会話に割り込んできた。

「こら璃子。失礼なこと言うもんじゃありません」

「でも、じーちゃんがいってたもん。しょーごは『まけぃぬ』だから、しかたなくひろってやったんだって。やちんがはらえないのは、たんていとしても『さんりゅう』だからだって」

「璃子！」

美千瑠が慌てて璃子の口をふさぐ。だが、すでに吐き出されてしまった三歳児の言葉は、容赦なく壮吾の胸を抉っていた。

半年前、探偵社をクビになり、社長の娘でもある元婚約者に家を追い出されて、住む場所もなく路頭に迷った壮吾は、偶然この店に立ち寄った。なけなしの金で空腹を満たし、今後の人生に対する不安から溜息を繰り返していた壮吾は、心配した美千瑠に声をかけられ、愚痴交じりに事情を説明した。すると彼女は、ちょうどこの店の二階が空いているからと、下宿を提案してくれたのだ。しかも、その部屋を住まい兼事務所として使用することも認めてくれた。乙橋一家は店舗奥の住居部分に三人で暮らしており、かつて剛三の両親が存命だった頃は彼と妻が二階を使用していたのだが、祖父母が亡くなって以降は長いこと使われていなかったため、多少なりとも家賃を入れて住んでくれるなら彼女たちも助かるのだという。

これによって壮吾は私立探偵として新たなスタートを切ることができたわけだが、面白く思わないのが剛三だった。どこの馬の骨かもわからぬような人間が突然、オーナーである自分に断りもなく大切な店の二階に住みつき、しかも探偵事務所など開いたのが気に入らなかったのだという。それでも、愛する一人娘に人助けだと説得されたことでしぶしぶ折れてくれたようだが、顔を合わせれば先ほどのように何かと理由をつけて壮吾を威嚇し、隙あらば退去させることを画策しているように思える。

もちろん、家賃を期限までに支払えず、いつも遅れがちになってしまう壮吾にも、大いに問題はあるのだが。

そんな経緯で、入居から半年が過ぎてもなお、剛三の壮吾に対する風当たりは強い。美千瑠は「見た目ほど悪い人じゃないんだけど、私と璃子に対して、ちょっと過保護っていうか、過干渉なのよね」と困り顔をしていたが、初対面の際に「美千瑠に対しておかしな気を起こしてみろ。お前を切り刻んでチャーハンの具にして食ってやる」と鬼のような形相で凄まれた壮吾としては、否定はできなかった。

ちなみに、言うまでもないが壮吾は美千瑠に手を出すつもりなど毛頭ない。にもかかわらず剛三が一方的に壮吾を敵視する背景にはきっと、美千瑠の壮吾に対する言動が大いに関係しているのだろうと思うのだが、これぱかりは壮吾にはどうしようもできないことであった。

そんなこんなで店内に設置されたテレビで放映されている子供向け番組を璃子とともに眺めながら残りのトーストを平らげ、通常価格よりも百円引きの代金を支払った壮吾は、璃子に手を振り、剛三ににらまれ、そして必要以上に熱っぽい美千瑠のまなざしに見送られて店を後にした。

この日は午前中から、抱えている調査の事務処理を行い、午後には家出人捜索の依頼人に調査結果を報告。家を出たきり、半年近く行方不明だという十九歳の息子が『娘』になって繁華街のガールズバーで働いていたことを報告すると、母親は白目をむいて卒倒しかけていた。今後のことはさておき、無事を確認できたことには安堵の表情を見せてくれたので、調査は成功と言えた。近日中に報酬を口座に振り込んでもらえることになっているため、剛三の家賃催促におびえる日々からは、とりあえず脱出できそうである。

その後は特にこれといった雑務もなく、閑古鳥の鳴く事務所でぼんやりと時間をつぶすことにした。こういう時、いつもなら昼寝の一つでも楽しむところだが、朝からもやもやと胸の中に渦を巻く鬱屈とした思いのせいで、そういう気分にもなれなかった。ぼんやりと窓の外を眺めつつ、あの奇妙な体験に関することで何か思い出せるものはないかと、つい考え込んでしまう。そうして日が傾き、町を夕暮れの空が覆いつくした頃、事務所に来客があった。

「よう、相変わらず暇そうだな」

「なんだ、逆町《さかまち》か」

ノックもせずにドアを開き、顔を覗かせた男に対して、壮吾は溜息交じりに応答した。

「暇とか言うなよ。それだけ世間が平和だってことだろ」

「おいおいおい、それは警察官である俺のセリフだろ。とは言っても、警察は万が一にだって暇だなんて口にできやしねえけどな」

気取ったスーツ姿のその男——逆町俊司《しゅんじ》はそう言って肩をすくめると、断りもなく上がり込み、雑然としたソファから空き缶やらコンビニ袋やらを払い落として、我が物顔で座り込んだ。

「その、忙しいはずの警察官が、毎日のようにうちにやってきては無駄話をしていくのはどうしてなんだよ。真面目に捜査しなくていいのか」

「あいにくだがなぁ。我が捜査一課には、この俺を筆頭に優秀な捜査員が大勢いてな。どんな事件もたちどころに解決だよ。おかげで、今日も定時で帰れた」

「だったら、デートにでも出かけたらどうなんだよ」

その相手がいればな、と内心で毒づく。すると逆町は瞬時に表情を曇らせ、ぶんぶんとかぶりを振った。

「おい壮吾、何だよその言い草は。まるで俺がデートの一つもできないほど女に不自由しているみたいじゃないか。言っておくが、それは全くの見当違いだぜ。俺は一に仕事、二に友情をモットーにしてるんだ。女子供はその次で十分なのさ。だからこうして毎日、私立探偵なんていう霞《かすみ》を食って生きているような親友を心配して、足を運んでやってるんじゃあないか」

感謝しろよとでも言いたげな主張はさておき、要するに遊び相手がいないのだ。危険は伴うが安定した職に就き、充実した生活を送る独身貴族を気取ってはいるものの、見栄っ張りな性格が災いして、女性との付き合いもいつもうまくいかない。そして結局は長年の友人である壮吾のもとへやってくるのだから、こちらはいい迷惑である。

とは言っても、こちらはこちらで、逆町の来訪を断るほど仕事に追われているわけではないから、結局はこうして、暇な者同士、無為な時間を過ごしているわけなのだが。

逆町は壮吾の高校の同級生で、現在は北海道警察捜査一課の刑事である。階級は警部補で、見た目の軽薄さとは裏腹に、そこそこの頭脳と大胆な行動力でもっていくつもの事件を解決し、本部長のお墨付きをもらっているという若手の有望株であり、ゆくゆくは捜査一課長の椅子が約束されているとかいないとか。もちろん、これはあくまで本人の談であり、真偽のほどは定かではない。それに、彼の功績が純粋に彼自身の手によるものであるかは、はなはだ疑問な点が多かった。特に逆町は捜査に行き詰まると、たまにポロっと捜査情報を壮吾にこぼすことがあり、その都度、壮吾は自分なりの見解を彼に伝えている。本人ははっきりとは言わないが、そうした壮吾の意見が思わぬ突破口となり、事件解決の糸口になったこともしばしばであるらしい。

もしかすると今日も、そういう目的があってやってきたのかと思ったが、「なあ、少しは空き缶片づけろよ。いや、その前に俺にも一本くれ」などと横柄な態度でアルコールを要求してくる辺り、本当に暇なだけなのだろう。

仕事が立て込んでいれば追い出す口実にもなるのだが、あいにくそういった状況ではなく、一人でいても鬱々とした考えを抱くばかりである。そんなことなら、気心の知れた相手と酒でも飲んで気晴らしをするのも悪くないのかもしれない。そう考え、冷蔵庫から缶ビールを二本取り出して、一本を逆町に渡した。

悪いな、と口だけの謝罪を述べた後、プルタブを上げた逆町は喉を鳴らしてビールを流し込んだ。

ぷはぁ、うめえ！　と歓喜の声を上げた逆町が、不意に首を傾《かし》げ、

「どうした？　お前は飲まないのか？」

ビール缶を手にしたまま、ぼんやりと遠くを眺めていた壮吾に声をかけた。

「いや、ちょっと考え事があってさ」

壮吾は取り繕うように言いながらプルタブに指をかけるが、口を開くのをためらい、そのまま指を離して缶をテーブルに置いた。

「──なあ、逆町」

「なんだよ。真剣な顔して気持ちわりいなぁ。腹でも痛いのか？　それとも悩みでもあるのかよ？　まさか、ついに『万来亭』のみっちゃんと親密な関係に……？」

「そんなわけあるか。彼女と僕はそういう関係じゃないよ」

バッサリと切り捨てるように言い放つ。

ぐび、ともう一口ビールを流し込み、逆町は怪訝そうに眉を寄せた。

「そうか。婚活のことだな？　お前のおふくろさん、婚約解消の件があってから随分と神経質になってるもんな」

「まあそれも、悩みであることには違いないんだけど、そうじゃないんだよ」

「だったらなんだよ。辛気臭い奴だな。つーか顔色も悪いぞ。まるで死人じゃねえか」

早くも酔いが回ったのか、逆町は自分の発言に笑い出し、すでに飲み干した缶をテーブルに置いてから壮吾が置いた方の缶を手に取った。

「死人か……そうなのかもしれないな……」

ところが、この壮吾の発言を受け、逆町はさぁっと酔いがさめたかのように表情を硬くした。

「おい壮吾、マジでどうしたんだよ。何かあったのか？」

室内に、不穏な沈黙が流れる。壮吾はしばしの黙考の末に、意を決して息を吸い込み、親友の顔をまっすぐに見据えた。

「逆町、人って死んだらどうなると思う？」

「はぁ？」

素っ頓狂な声を上げ、逆町は目を何度も瞬く。

「そんなこと知るかよ。一般的に言えば、あの世に行くんじゃあねえのか？」

「あの世って、天国とか地獄とか？」

「ああ、そうだよ」

「だったら、天使とか悪魔は？　いると思うか？」

「はぁ？　なんだお前、ひょっとして俺が来る前から飲んでたのか？　まさかこの缶、一日で空けたんじゃあねえだろうな」

逆町は周囲に転がる空き缶をぐるりと見回して言った。だが、壮吾はその問いに頓着することなく、すがるようにして逆町の腕をつかんだ。

「なあ答えてくれよ逆町。天使とか悪魔って、本当に存在するのかな？」

「お、おいやめろ。こぼれるだろバカ！　よくわかんねえけど、そういうのって大抵、いるって信じる奴のところには、やってくるとか言うだろ。だからまあ、いる……と言えばいるんじゃねえのか？」

手にしたビールを守るように掲げながら、逆町は壮吾の手を払った。

「それって、どんな恰好だと思う？」

「か、恰好？　外見の話か？　そりゃあお前、天使っていうくらいだから、神々しい姿……なんじゃねえのか？」

「……だよなぁ」

間違っても、トレンチコートを着た険しい顔つきのサラリーマンなんかじゃないだろう。一般的に想像される天使の姿と、自身の前に現れた『自称天使』とのビジュアルの差に納得のいかない気持ちを抱きながら、壮吾は曖昧にうなずいた。対する逆町は、もはや何のことかわからず首をひねるばかりだった。

「お前、本当に大丈夫か？　悩んでるなら、おかしな宗教にはまっちまう前に相談しろよ」

逆町の神妙な顔を見返して、壮吾は逡巡する。自分の身に起きた奇妙な出来事を、打ち明けるべきか否か。

土台、信じてもらえるような話ではないが、打ち明けることで楽になれる部分はあるかもしれない。それに、誰かに強く否定してもらえれば、あの出来事がただの夢で、壮吾を悩ませる天使と悪魔の要求も、絵空事に過ぎないと思えるような気がした。

「実は昨日、おかしなことがあったんだよ。信じてもらえないかもしれないけど……」

逆町は無言でうなずき、食い入るような姿勢で、壮吾の話に耳を傾けている。その真摯な姿勢に背中を押され、壮吾は何度もためらいながらも、この胸にわだかまっていた奇妙な出来事の記憶を打ち明けようとした。そんな矢先――

「うわっ……！」

唐突に、強い耳鳴りに襲われ、壮吾は反射的に声を上げた。

「……あれ、逆町？」

びりびりと鼓膜を震わせるような感覚に見舞われる最中、逆町の様子が何かおかしいことに気づく。真剣なまなざしをこちらに向け、やや前傾姿勢で身を乗り出した逆町は、まるで呼吸することすら忘れてしまったみたいにその身を固め、ピクリとも動かない。

「おい、どうしたんだよ」

さっきとは立場が逆転し、今度は壮吾が逆町の身を案じる番になった。目の前で手を振って、その肩をつかんで揺さぶっても、逆町は瞬きすらせずに固まっている。まるで、目を開けたまま意識を失ってしまったかのようであった。

「これは……どうなって……」

何かがおかしい。そんな胸騒ぎを覚えて、壮吾は立ち上がり室内を見回す。特に変わった様子のない自室を注意深く観察しながら窓辺に行き、ベランダに続く窓を開け外に出る。そして普段と変わらぬ見慣れた通りの様子を目にした瞬間、壮吾はあっと声を上げてのけぞった。

止まっている。通りをゆく車も、行き交う人々も、飼い主にリードを引かれ散歩する犬も、石塀の上で伸びをする野良猫も。何もかもが停止したまま微動だにしなかった。

あり得ない現象を目の当たりにした壮吾は、言葉を失ってその場に立ち尽くす。

何がどうなっているのか。これは夢か。幻か。そんな疑問がせわしなく脳内を駆け巡る。あらゆる人々が、生物が静止した不可解な光景が、たまらなく恐ろしく感じられて、壮吾は無意識に後ずさった。がくがくと冗談みたいに震える両足を鞭打って、一歩ずつ慎重に後退し室内へ戻ろうとして窓枠に手をかける。そして、室内に足を踏み入れた瞬間、壮吾の周りの景色が一変した。

「あ……えええ？」

再び、素っ頓狂な声を上げ、壮吾は瞬きを繰り返す。目の前に広がっているのは見慣れた部屋ではなく、夕暮れの色に染まった空に向かって、いくつものビルが建ち並ぶ商業街であった。どういうわけか、まばたき一つの間に全く別の場所に移動してしまったらしい。予期せずその一角に立ちつくした壮吾は、ここでも行き交う人々や車がことごとく動きを止めていることに気づき、吐き気にも似た気分の悪さを抱く。

「——お、来た来た。待ってたよ」

まるで、時のはざまに陥ったような奇妙な感覚に軽いめまいすら覚えていた壮吾は背後から声をかけられ、弾かれたように振り返る。

瞬間、目に飛び込んできたものは三つ。一つは声の主であろう若い女性。ゆるくウェーブのかかった長い髪を耳にかけ、はにかむような笑顔を浮かべた悪魔——杏奈。二つ目はそのすぐ傍らに立ち、皮膚の筋肉の動かし方を忘れてしまったのではないかと思うような無表情を貫く中年の天使——日下。そして三つ目は、その天使がじっと見下ろしている、地面に倒れた女性の姿だった。その女性は通りの人々と同様にピクリとも動く気配はなかったが、それは単に時間が停止しているからではない。物言わず地面に伏したその女性の脳天はぱっくりと割れ、こぼれ出した脳漿《のうしょう》と大量の血液が辺り一面を濡らしていた。

「う、うわあああ！」

壮吾はとっさに叫び、後退しようとしてすとん、と尻餅をついた。腰が抜けるとは、こういうことを言うらしい。

「そ、その人……ししし、死んで……」

壮吾の指先を追うようにして、杏奈は倒れている女性に視線を送り、

「そう、死んでる。だから君を呼んだんだよ」

「僕を、呼んだ？」

問い返した壮吾にいたずらな笑みを返し、杏奈はうなずいた。

「言ったでしょ。その時が来たら呼ぶって。今がその時ってわけ」

当然のように言いながら、杏奈はその場にかがみ込み、うつぶせに倒れたままこと切れた女性の横顔をじぃっと覗き込む。

「この人はたった今、そこのビルから転落して死亡した。すぐに魂が肉体を離れるはずだよ」

こともなげに言って、杏奈は視線を上げると、相棒の『天使』を見やる。彼女の言葉の先を引き継ぐようにして、日下は口を開いた。

「これから君に、彼女の魂がどちらの世界へ進むべきか、『魂の選別』をしてもらう。それが代行者たる君の役割だ」

日下の淡々とした声を聞きながら、壮吾はようやく理解した。

やはりあれは夢なんかじゃなかった。自分が昨日、命を落としたことも。彼らの仕事を手伝うという条件を受け入れ、死の淵からよみがえったことも。

何もかも夢などではない。紛れもない現実であったのだと。

2

ごくりと生唾を飲み下し、壮吾は座り込んだままの体勢で日下と杏奈を交互に見据える。

「あの、質問いいかな?」

もちろんだ、と日下が抑揚のない声で応じた。

「どちらの世界へ進むべきかっていうのはつまり、その人の魂が天国へ行くか地獄へ行くかを、選べってことだよね?」

日下が答える前に、でも、と自らの発言に否定的な言葉を付け足して、壮吾は左右に首を振った。

「僕はこの人のことを何も知らない。それなのに天国か地獄かなんて、どういう基準で選べばいいんだろう」

じっと押し黙る日下の代わりに、腕組みをした杏奈がその疑問に応じる。

「基準か。そういうのって知る必要あるかな?」

「あるに決まってるだろ。何もわからない状態でどうやって天国行きか地獄行きかを判断するんだよ」

「そんなのは適当に……いや、なんとなーくでいいんじゃないかな? ほら、見た目がかわいくて周りから嫉妬されちゃうから地獄とか、髪の毛を染めているから地獄とか、スカートの丈が短いから地獄とか、そんな感じで」

「それじゃあちょっと厳しい学校の校則じゃないか。ていうか、そんなことで地獄行きなんてあんまりだ」

壮吾は助けを求めるように日下を見る。

日下が腕組みをして唸りながら、難しそうな顔でうなずくと、悪魔は「ちぇ」と舌打ちをしてから両手を上げ、ホールドアップの姿勢をとった。

「これは失礼。でもあたしが言いたかったのは、選択基準はあくまで個人の裁量にゆだねられてるってこと」

「それって、大した理由もなく、適当に天国でも地獄でも好きな方を選べばいいって言ってるように聞こえるんだけど……」

「平たく言えばそういうことだね」

「そんな……」

壮吾は狼狽《ろうばい》した。仮にも人一人の魂がかかっている状況で、そんないい加減なことはできない。

「もっとこう、厳しい判断基準があるわけじゃないの？」

「たとえば？」

「たとえば……生前に人を傷つけたりして悪事を働いた人は地獄、逆にいいことをすれば天国、みたいなやつだよ」

現状、世の中の天国と地獄についての観念というのは、大雑把に言ってそういうものだろう。ところが、壮吾の説明を聞いた杏奈は目をまんまるくさせて、数回ぱちくり瞬きを繰り返した後、突然大声で笑い出した。

「な、なにがおかしいんだよ」

抗議する壮吾を無視して、杏奈は口を大きく開け、下品で軽薄そうな笑い声を響かせ、お腹を押さえながら笑い続ける。そうやってひとしきり笑い転げた後は、目じりに涙を浮かべ、そばにいた日下の肩を意味もなくバシバシと叩いた。

「いやぁ、ごめんごめん。あまりにおかしくてつい、ね」

「おかしいからといって私を叩くのは動機に矛盾がある。私は何一つおかしいことを言った覚えはない」

「それも含めてごめんって言ってんの。それより壮吾くん。君は一つ、すっごく大きな勘違いをしているね」

「勘違い……？」

そう、とうなずいて、杏奈は深く息をついた。

「まず最初に言っておくけど、人間が信じている善悪の基準なんて、あたしたちには何の関係もないことなんだよね。そんなものは結局、人間が自分たちのために作り出した都合のいい尺度でしかないんだから。特にあれ、法律？　あれこそ、人間の傲慢さの象徴たるものじゃない」

「そ、そんなことないだろ。法という名の正義があるからこの国の平穏は保たれているわけだし」

「あーあ、どこかで聞いたような解答だね。だったら、どうして法があるのに君たちが悪党と呼ぶ類の連中はいなくならないの？」

「いや、それは……」

鋭く返され、壮吾は口ごもる。そういった類の質問に対する答えを常日頃から用意している人間というのは、そうそういるものではない。

困り果てたように頭をかいた壮吾に、杏奈は畳みかけるように言葉を紡いでいく。

「悪事を働き、汚職を繰り返す政治家が裁かれないのはなぜ？　暴力団が堂々とフロント企業を使って金儲けできるのはなぜ？　家族を思うやさしさに漬け込んで、老人ばかりを狙う特殊詐欺グループを根絶できないのはなぜ？　遊び半分に人を殺した少年少女がろくに反省もせず、刑務所に入ることもなく、ほとぼりが冷めた頃に平然と普通の暮らしを送れるのはなぜなの？

全部、法の抜け道をかいくぐってるからじゃない。そしてその法というのは、強者に都合がいいようにできている。君のような小市民には、容赦ないほど厳しいものなのにね。それを権力を持つ人間の傲慢さと言わずになんて言うのかな？」

杏奈は切れ長の目をギラギラと輝かせながら、その身を乗り出して壮吾の顔を覗き込む。追い詰められた人間の動揺を咀嚼し、心から味わうような目つきだった。

「ある国では見ず知らずの男にレイプされた未婚の女性が、婚姻相手以外の男と交わってはならないという法に触れて罪人となり死刑に処されたケースがある。これが人間の定めた法の正しい姿だって、君は認められるの？　人間の命っていうのは、法よりも軽いものなのだと、声高に宣言できるのかな？」

もはやぐうの音も出なかった。提示された問題に対して、壮吾は何一つ意見することができず、一方的にやり込められてしまった。

いや、そもそも悪魔を相手に口論しようという考え自体、無謀な話だったのかもしれない。

「いささか話が脱線している。今は彼女の魂の話をしよう」

「あー、はいはい。相変わらず腹が立つくらいに冷静だね」

日下の指摘に小言を漏らし、杏奈は肩をすくめた。

「でもまあ、こうしている間にもどんどん鮮度は落ちちゃうわけだから、さっさと話を進めるに越したことはないんだけどね」

「鮮度って……」

半ば無意識に繰り返す。まるで、スーパーで刺身を買う時のような物言いに、壮吾はなんとも形容しがたい抵抗を覚えた。

「魂の選別に時間がかかり、現世に長くとどまった魂というのは、人間性を著しく欠いてしまい、対話することも困難になる場合がある。ゆえに我々には迅速な選択が求められる。簡単に言えば、死者の人生のすべてを遡っている時間などないということだ」

少しだけ鼻にかかったような低い声で、日下は付け足すように言った。その意見に強く同調して、杏奈は先を続ける。

「もちろん、そうは言っても、あたしたちにだって最低限のモラルはあるのよ。そしてそのモラルは、ある程度人間たちと共通している。列に横入りする奴はムカつくし、電車で足を踏まれたら当たり前にイライラする。でも、その程度のことが死んだ人間の向かう先を決める要素にはなりえない。完全なる善人はいない代わりに、どんな悪人でも慈悲をかけることがある。つまり何が言いたいかっていうとね、あたしたちが人間の魂を運ぶ時に重要視するのは、あくまで『死の直前までの行動』と『死の原因』なの。たとえば、飲酒運転をして事故死した人間が全員一律で地獄行きなんて、ちょっと酷じゃない。その中には、無理に酒を飲まされて、運転を強要された人がいるかもしれない。お酒と知らず飲まされて、運転中に気分が悪くなっちゃう人だっているかもしれないよね。そういう人間が必ずしも地獄へ向かうことのないよう、ある程度の公平性を考慮することが、天国側との協議で決まっているの。あ、でも自殺者は問答無用で地獄行きね」

なるほど、確かに彼らの間にも人間と共通する意識は存在しているらしい。

だが、死の直前までの行動と、死の原因がその人の死後の行き先を決めるというのは、一見理にかなっているようでいて、ひどく曖昧なことのように思える。なぜならこうやって遺体を見下ろしているだけではそれらのことは知りえないからだ。

「それなら尚更、僕は彼女のことを知らないし、どういう理由で、どんな経緯で死んでしまったのかだってわからないんじゃ、公平な判断なんて難しいよ」

「鈍いなぁ。だからこそ、君が代行者に選ばれたんじゃない」

「はぁ？」

問い返す壮吾を、杏奈がビシッと指さした。

「だって君、探偵でしょ？　彼女がどうして死んだのか、殺人なら誰に殺されたのか。どうして死ななければならなかったのか。そういうこと、簡単に見抜いちゃうのが探偵ってものじゃない」

あっけらかんとした調子で言われ、壮吾は目を点にさせて瞬く。

「ちょ、ちょ、ちょっと待った。それは違う。いくら探偵だからって、そんなことは簡単にわかるもんじゃないよ」

「だって、キンダイチコースケとかアケチコゴローはどんな事件でもたちどころに解決しちゃうんでしょ？」

唇に指先を当て、斜め上を見上げた杏奈は、こともなげに言う。

「シャーロック・ホームズしかり、エルキュール・ポワロしかり、そして桃太郎侍しかり、古今東西の探偵はそういうものだと相場が決まっている」

日下も便乗してそんなことを言い出した。というか、最後のやつは探偵とは違う気がするが、そのことを指摘する余裕もないほどに、壮吾は慌てて二人を遮った。

「ちょっと待った。ああいうのは全部フィクションだよ。わかるよね？　作り話なんだ。現実の探偵は、そういうものとは全然違うんだよ」

家出人の捜索。ペットの捜索。浮気現場の張り込み。その他もろもろ、日々自分が取り組んでいる退屈な仕事を脳内に反芻《はんすう》しながら、壮吾は言った。

「それに、こうやってただ死体を目の前にしただけじゃ、わかるものもわからないよ。そもそも殺人事件を解決するのは警察だ。その警察だって、大勢の捜査官が何日もかけて証拠を探し出して、容疑者を絞り込んで、ようやく犯人を見つけているんだ。僕みたいな凡人が一人でどうこうできるはずないだろ」

壮吾の必死の訴えが響いているのかいないのか、二人はあまりぴんと来ていない様子で顔を見合わせては、首をひねったりしている。

「仮に君が名探偵じゃないとしても、探偵を名乗っているくらいだから、ヒントさえあれば、ある程度のスイリはできるんじゃない？」

「ヒント……？」

「そう、ヒント。この人が生前どういう人だったか、どういう人間関係があったか。そして誰に恨まれていたか。そういう人物背景がわかれば、死の真相を導き出すことはできるよね？」

探偵ってそういうものでしょ、と付け加えて、杏奈は小首を傾げる。

「それは……」

「まあ、できないって言うなら仕方ないけどね。その場合は君の代わりを探すだけだし」

杏奈がさらりとそんなことを言うので、壮吾はまたしても動揺し、無意識に歯を食いしばっていた。遠回しに「できなきゃ死ぬだけだ」と言われた気がして、心臓が縮み上がる。

「そ、そんなこと言われても……どうやってそのヒントを聞き出せばいいんだよ。肝心の彼女はもう……」

死んでいるのに。そう続けようとしたところで、日下の声が遮った。

「我々が数時間ほど時間を巻き戻し、君を過去に送る。君は探偵として生きている彼女に話を聞いて、やがて訪れる死の原因を調べればいい」

「そんなことができるの？　だったら……」

この亡くなっている女性に危険を伝えれば、死を回避できる。とっさにそう思った壮吾の頭の中を見透かすように、杏奈はかぶりを振った。

「勘違いしないでね。君を過去に戻すのは、この人の死を回避するためじゃないの」

「え……？」

ひやりと、全身が寒気を覚えるほどの冷徹な笑顔で、杏奈は続ける。

「だって当然でしょ。彼女の死は確定された運命。すでに起きた事実を覆すことなんてできない。たとえあたしが悪魔であってもね」

「もちろん、私にもその権限は与えられていない。彼女の死は、起こるべくして起きたものと認識すべきだ」

「そんな……」

突きつけられた言葉に、壮吾は戸惑いをあらわにした。

過去に戻り、死の真相を知るためにまだ生きている段階の被害者に話を聞く。だが彼女に「死が迫っている」と告げることは許されない。

死を目前に控えた人間に危険を告げることができないなんて、そんなバカげた話があるのか。

「それじゃあ……まるで僕が、彼女を見殺しにするみたいじゃないか。そんなことできないよ」

きっぱりと告げると、途端に頭を抱え天を仰いだ杏奈が、

「あーあ、まったく。どうして人間ってこう、物わかりが悪いんだろ。これじゃあ悪魔の方

がよっぽど素直だよ」

「同感だな。彼は他人に肩入れしすぎる傾向がある。こんなことだから調査対象に同情してしまい、依頼人の怒りを買って仕事をクビになって婚約者にも捨てられるという愚かな失態をおかすのだ」

話した覚えのない過去の失敗をあげつらわれ、壮吾は驚きとともに強く狼狽した。

「ぼ、僕の失敗はここでは関係ないだろ。ていうかそっちこそ、やたらと息が合いすぎじゃないかな？　天使と悪魔がそろって人間に小言を言うなんて、聞いたことないけど」

「それだけ君が頼りないってことだよ。あーもう、こんな話してる間にも、秒単位で魂の鮮度は落ちちゃうんだってば」

危機感をあらわにしながら、杏奈は物言わず倒れている女性に視線を戻した。

「過去に戻る前に、この子のこと、よく観察しておいた方がいいと思うけど。せめて名前くらいは知っておかなきゃ、時間を戻したところで彼女にたどり着くこともできないよ」

どこか投げやりな口調で促され、壮吾は気が進まないながらも女性の遺体を観察する。血だまりに沈む女性は紺のタイトスカートに白いブラウス、その上にチェック柄のグレーのベストを身に着けていた。おそらくは、このビルに入っている会社の制服だろう。ベルトの細い腕時計をつけた左手はあらぬ方向にねじれ、左ひざから下も見るからに骨折していた。血だまりの中に広がるセミロングの髪は、無数の蛇がのたくっているかのようだ。幸か不幸か、その髪の毛が顔を覆っているおかげで、悲痛にゆがんでいるであろう表情を直視せずにいられた。だがこれでは、個人を特定するヒントはほとんど得られない。

「言っておくけど、遺体には触らない方がいい。一時的に時間の流れに干渉しているため、我々の姿は誰にも見られないが、指紋や痕跡は残ってしまう」

「わ、わかってるよ」

頼まれたって触る気なんてなかった。壮吾は地面の血だまりを踏まぬよう注意を払いながら、やや距離をとって女性の遺体をさらに観察。だが年齢は不明。背丈や身体つきはごく一般的な女性といった様子で、これといった身体的特徴も見出せなかった。

「ねえ、そこに何か落ちてるよ」

杏奈が指さしたのは、投げ出された女性の右腕の少し先、生け垣のそばに落ちたパスケースのようなものだった。壮吾は反射的に拾い上げようとして手を伸ばし、しかし触れてはいけないことを思い出して手を引っ込める。近くで観察してみると、首から下げるタイプの社員証であることがわかった。落下の衝撃のせいか、紐の部分はちぎれている。

「長浜未華子《ながはまみかこ》……」

記された名前を読み上げながら、壮吾は再び女性を振り返る。

彼女の身に何があったのか。どうして彼女は死ななくてはならなかったのか。現時点ではまるで想像もつかないその原因に思いを馳せ、壮吾は視線を上げて、女性が落ちてきたであろうビルの屋上を仰いだ。

通りに面したビルの窓は、一つも開いていない。となると、落ちたのは屋上からだ。彼女はあそこから転落した。高さ三十メートルはあろうかというビルの屋上を見上げながら、壮吾はもし自分があの高さから転落したら、などと想像を膨らませ、無意識に身震いする。

同時に、壮吾の頭に一つの考えがよぎった。もしこの女性があのビルの屋上から転落したというのなら、彼女をそこに近づけなければ、死の運命から救えるのではないか。だめだとわかっていても、そんな希望めいた考えを抱かずにはいられなかった。

「準備はできたかな。それじゃあ、そろそろ始めよっか」

杏奈はそう言うと、右手を軽く掲げ、親指と中指をくっつけた状態で壮吾の前に突き出した。

「あ、ちょっと待って」

「何よ。まだ何かあるの？　のんびりしてる時間はないんだってば」

「本当に彼女を救う手立てはないのか？」

「ないって言ってるでしょ。君もしつこいね」

焦れた様子で返されるも、壮吾は更に食い下がる。

「でも、君たちは僕を生き返らせることはできたわけだろ。だったら、彼女を救うことも絶対に不可能ってわけでもないんじゃ……」

食い下がる壮吾の眼前にさっと手を上げて遮ると、杏奈は言った。

「そもそもの話、君の死は手違いだったわけだし、生き返る代わりにあたしたちの仕事を手伝うという代償を負ってもらった。だから生き返れた。でもほかの人間をみんな君と同じように扱うわけにはいかないでしょ？　彼女の死はごく一般的で普通の死。ありふれていて、どの人間にも平等に訪れる突発的な死。だから、その自然の摂理を覆すことは絶対にあってはならない」

「だったらもし、僕が彼女の死を回避しようとしたら……？」

そう来ると思った。とでも言いたげに、杏奈は口元をゆがめて笑った。その艶っぽい唇の間から、鋭い犬歯を覗かせて。

「……そんなこと、できるはずないよ」

ぞくりと、背筋に爪を立てられたような感覚を覚え、壮吾は言葉を失った。これまで無邪気で明るく、人懐っこい笑みを絶やさなかった杏奈の顔にほんの一瞬だけ浮かんだおぞましい表情。それを前に、壮吾は自分でも驚くほど足がすくんでしまった。

これはきっとハッタリなんかじゃない。もし約束を破ってこの女性を救おうとでもしようものなら、きっと恐ろしいことが起きる。

そんな恐怖心にも似た予感に、壮吾はただただ我が身を震わせる。そして、否応なしに思い知らされるのだった。目の前にいるこの美しい女性は自分と同じ人間ではなく、ずっと邪悪で抗いようのない相手だということを。

「それじゃあ、今度こそ行くわよ」

悪魔が再び右手を壮吾の目の前に掲げる。

「我々は、君のスイリに期待している。ぜひとも真相を見出してくれ」

最後に、日下がそう言った直後、杏奈は乾いた音を響かせて指を鳴らした。

そして、世界は唐突に暗転する。

3

けたたましい電子音に目を覚ますと、そこは見知った自室だった。

「戻った……のか……？」

後頭部に手をやるとたんこぶがあり、左手首には、黒く爛れたような指の痕。これまでのことがすべて夢でないことは、確認するまでもないだろう。

一度収まった電子音が再び鳴り響き、壮吾はスマホに手を伸ばす。

「なんだよ母ちゃん」

『なんだじゃないよ。もう八時半じゃないか。早く起きて顔洗いなさい！』

スピーカーからあふれ出してきた母、菜穂子の声。耳がやられないよう、あらかじめスマホを耳から離していた壮吾は、内心で「間違いない」と独りごちる。

「ごめん、今ちょっと話していられないんだ。出かけなきゃならなくて」

『話していられないだってぇ？　あー、いやだいやだ。もう三十だっていうのに、婚約者に逃げられるような親不孝者が、そんな風に母親をないがしろにするなんて十年早いんだよまったく』

阻止しようとしても、容赦なく降り注ぐ菜穂子の言葉の雨に、壮吾は顔をしかめながら適当に相槌を打ち、「今度帰った時にゆっくり話そう」などと気休めの言葉を吐いて強引に電話を切った。

そして、スマホで日付と時刻を確認する。

「本当に、今日の朝に戻ってる……」

彼らの言うことは本当だったようだ。壮吾はすでに終わったはずの一日を遡り、今日の朝をやり直している。

壮吾はこの時になってようやく、日下と杏奈がもたらす異様な事態を受け入れざるを得ない状況にいることを強く認識させられた。それまでは心のどこかで夢ではないかと疑ってみたり、貧乏私立探偵生活に嫌気がさして心を病んでしまった末の妄想ではないかと考えてみたりもした。だが、妄想なんかじゃなかった。

これは現実。逃れようのない現実だ。そして、その現実の世界の中、あと数時間後に、長浜未華子なる女性は命を落とす。それまでに、彼女の死の真相についての情報を少しでも集めなくてはならない。

もう一度スマホに表示された時刻を確認し、壮吾はクローゼットの奥から引っ張り出したスーツに着替えて部屋を出た。外階段を下り、すでにのれんの出ている『万来亭』の引き戸を開くと、騒がしい店内の音があふれ出してくる。

「おはよう、壮吾くん。あれ、スーツなんて珍しいね」

「おはようみっちゃあぁぁっ！」

突然、奇怪な声を上げた壮吾に、店内にいた全員の視線が集中した。それが悲鳴なのか自分の名を呼んだのかの判断がつかず、美千瑠は目をぱちくりさせている。厨房で調理中だった剛三も、奇声を発した壮吾を珍しいものでも見るような目で凝視していた。

だが、当の壮吾はというと、そんな彼らをものともせずに、まっすぐにカウンター端の席へと視線を釘づけにしていた。

そこには、いつものように奥の特等席に座って絵本に集中している璃子の隣で優雅にモーニングコーヒーを飲む杏奈の姿がある。

「ななな、なんで、君がここに……？」

「おはよう壮吾くん。いい朝だね」

杏奈は先ほどの美千瑠の口調を真似て、わざとらしいしぐさでコーヒーカップを掲げた。その顔には、いたずらを仕掛ける相手を見つけた子供みたいに、無邪気で容赦のない笑みが浮かんでいる。

「壮吾くん、大丈夫？　もしかしてこちらのお客様とお知り合いなの？」

「いや、こちらはその……」

怪訝そうに問いかけてきた美千瑠に、どう説明したらいいかと頭を悩ませながら言葉を濁していると、見かねたようにコーヒーカップを置いた杏奈が一言。

「知り合いなんてもんじゃないよ。あたしたちは、とても人には言えない親密な関係なの。たぶん、あなたよりずーっと、ね」

「親密な……関係……？」

美千瑠が目を点にして繰り返した。それから、大きな瞳をゆっくりと動かし、壮吾を見据える。

「やだ。壮吾くん。まさかこの女と……？」

お客を『この女』呼ばわりしてしまうほど動揺をあらわにした美千瑠が、今にも泣きだしそうな顔で壮吾に詰め寄った。

「ひどいわ！　あたしというものがありながら、ほかの女に手を出すなんて！」

「ちょ、ちょっと待って。ていうかいろいろと間違ってるよ。彼女とは知り合ったばかりだし、別にそういう関係じゃなくて……」

慌てて抗議しようとした壮吾だったが、そもそも自分と美千瑠との間にも、男女のそういう関係は存在しない。ただの下宿人と大家の娘という間柄である。ここで必死に抗議するのも何か違う気がして、壮吾は言葉を失ってしまった。

「知り合ったばかりなのに親密なのね！　私とは知り合って半年も経っているっていうのに、ちっとも親密じゃないくせにぃ！」

「そんなぁ……」

狼狽する壮吾に縋りつくようにして、美千瑠は声を荒らげた。

「目を覚まして壮吾くん。こんな、若いだけの女なんて……」

言いながら杏奈を指さした美千瑠は、しかし、続く言葉を途切れさせ、しばし彼女を凝視する。そして、

「ああ、もう！　若くてかわいいわ！　それにいい匂いもする！　ああ悔しいぃぃぃ！」

きー、とお手本のような奇声を発しながら、美千瑠はエプロンの裾を噛みしめて厨房に駆け込んでいった。

「しょーご、これはへたをうったな」

「璃子ちゃんまでそんなぁ……」

事態を冷静に観察していた三歳児にまで白い目を向けられ、壮吾は泣きそうになりながら、恨めしげな視線を杏奈に向ける。当の彼女は余裕の表情でコーヒーに口をつけ、満足げに息をついた。壮吾はその隣に座り、声を潜めて問いかける。

「おい、こんなところで何してるんだよ」

「何って、朝食でしょ。どんなに寝坊しても、朝はちゃんと食べる派なの」

「そんなこと聞いてるんじゃない。君が用があるのは僕だろ？　どうしてわざわざ店に来て、みんなの前に姿を見せたりするんだよ？」

問いかけてから、壮吾ははっとして立ち上がり、杏奈の隣に座っていた璃子を慌てて抱え上げた。

「まさか、璃子ちゃんに何かする気なのか？」

「えぇ？　あたしがその子に？」

杏奈は心外そうに声を上げた。一方、抱え上げられた璃子は何のことかと首をひねりながらも、手にしたオレンジジュースのストローから口を離そうとはしない。

「あのねぇ。あんたが悪魔をどんな風に考えてるかなんて知らないけど、子供に危害を加えるような人でなしとは一緒にしないでほしいわね」

「……でも、悪魔ってのはそういうもんだろ？」

問い返すと、杏奈は勘弁してくれとでも言いたげに肩を落とす。

「あーあ、そういうのって差別だよ？　連続殺人犯が青森県出身だったら、青森の人はみんな危険な犯罪者なわけ？　テッド・バンディはアメリカ人だから、アメリカ人はみんな猟奇殺人犯？　その理屈なら、数え切れないほどの小児性愛者と同じ人類に数えられる君も、子供を狙う変態趣味のおじさんってことになるけど？」

「ぼ、僕にはそんな趣味はない」

「あたしだって仕事と無関係な人間をどうこうする趣味なんてないもん。ましてや、こんなに小さくてかわいい子供を相手に何かしようなんて思わない。だから、変な言いがかりをつけるのはやめてよね」

ぴしゃりと言い放ち、杏奈は飲み干したコーヒーカップをソーサーに置いた。それからナプキンで口元を拭う。艶っぽい唇から落ちたオレンジ色の口紅が、真っ白なナプキンに色を移す。

「あたしはただ、君の周りの人間を見ておきたかっただけ。これからは仕事仲間になるんだし、君の人となりをよく知るためにも、情報収集は必要でしょ」

「……そう、なのか」

その言葉がどれだけ信頼できるものかどうか、わかったものではないが、少なくとも壮吾やこの店の人たちに危害を加えるつもりはないらしい。とりあえずではあるが、壮吾は胸を撫でおろすついでに抱えていた璃子をそっと椅子に戻した。

「それに君が現実逃避せずに、きちんと仕事をしてくれるかどうかもまだわからないでしょ。だから様子を見ておこうと思って」

仕事……つまりは魂の選別のことだ。壮吾がきちんと仕事をこなさなければ、困るのは彼女と日下であることは間違いない。壮吾がそれを投げ出し、どこかへ逃走するのではないかということを、危惧しているのだろう。

だが、壮吾としても逃げるつもりなどなかった。その約束でこうして生き返ったのだから、約束は果たさなくてはならない。でないと、何をされるかわかったものではない。

「ちゃんとやるよ。うまくできるかはまだわからないけど……」

「なに弱気なこと言ってるのよ。やってもらわなきゃこっちが困るの。あのサイボーグみたいに融通の利かない天使と二人で、長浜末華子ちゃんの死の原因やその理由なんかをスイリするなんて、あたしには到底無理だもん」

二人があぁでもないこうでもないと議論を交わし、被害者の死の真相を推理する場面を想像し、確かに無理そうだと、壮吾は納得する。

「僕だって探偵のはしくれだ。ちゃんと調査はするよ。まずは長浜さんって人に接触して、トラブルに巻き込まれたりしていないかを調べて――」

「――ナガハマさんって誰？　まさか、別の女……？」

不意に背後から声がして振り返る。いつの間にそこにいたのか、盆を片手にした美千瑠が口元を手で覆い、驚愕のまなざしでこちらを見下ろしていた。

「その女のほかにも、まだ親密な女がいるの……？　壮吾くんがそんな節操のない人だったなんて……」

「え、いや、ちょっと待ってみっちゃん。何か誤解が……」

どうやら、美千瑠はよからぬ妄想を膨らませているらしい。だが、うまく弁解することもできずに、壮吾は言葉をさまよわせる。

「いいんだよぉ。あたしはそういうの気にしないしぃ、壮吾くんのことを深く深ぁーく、誰よりも理解しているから、ね」

ね、のところで壮吾の腕を引き寄せ、ぎゅっとしがみつく杏奈。見た目に反してその力はすさまじく、壮吾がどれだけ引きはがそうとしても、彼女の腕はまるで鋼鉄のようにびくともしなかった。

必死にもがき、抵抗する壮吾の姿をまじまじと見ながら、美千瑠はその身体を怒りに震わせている。

「おい、離せ。みっちゃん、違うんだよ。別に僕たちはそういう……」

「もういい！　壮吾くんが気安く女を取っかえひっかえするようなスケコマシだったなんて……不潔だわっ！」

カウンターに叩きつけるようにして置かれたモーニングセットの食パンは、目を疑うほどに黒く焼け焦げていた。何をどう勘違いしているのかはわからないが、美千瑠はまんまと杏奈の術中にはまって涙ぐみながら厨房に駆けていく。その背中を見送りながら、クスクス笑う杏奈。それぞれに複雑な思いを抱きながら、しかしここで必死に言い訳するのも何か違う気がして、壮吾はがりがりと頭をかいた。

本当のことを話したからといって理解してもらえるはずもない。こんな状況で杏奈が人ではなく悪魔なのだと突飛な発言をしたら、余計に混乱を招いてしまうだろう。

「あーあ、怒らせちゃった」

「あーあ、じゃないよ。どうしてみっちゃんを挑発するようなこと言うんだよ。彼女はちょっと思い込みが激しいところがあるけど、たくさん世話になってるんだ。変なこと言って困らせないでくれよ」

「別に変なことは言ってないよ。それに、君のことであんなに怒るってことはさ、つまり、そういうことなんだから、喜べばいいじゃない」

「それはまあ……うーん……」

それはそれでなんだか複雑な気がしてしまう。曖昧にうなずくばかりで言葉を返そうとしない壮吾に、杏奈は呆れたような顔をして小さく息をついた。

「なるほど、君が婚約解消された理由、わかる気がするよ」

「何の話だよ」

忌々しげに言葉を返しつつ、壮吾は黒く焼け焦げたトーストを口に詰め込み、コーヒーで流し込む。苦いものと苦いものの組み合わせで、口の中はもうわけがわからない。

「ところで、のんきに朝食なんて食べてないで急いだ方がいいよ。何度も説明したけどさ、運命が定まっているということは、長浜未華子の死は今日、確実に訪れる。その時刻が変更されることも絶対にない。死が訪れる時間になれば、答えを見つけていようがいまいが関係なく『やり直しの一日』は終わって、君は彼女の死体の前に戻る仕組みになってる。つまりそこでタイムアップってわけ」

杏奈の説明を注意深く聞きながら、壮吾は考える。

つまり、彼女の死の瞬間を壮吾が見ることはできない。あくまで死の直前までこの『やり直しの一日』を送り、そしてゼロ時間に到達した瞬間に、壮吾は長浜未華子の遺体を発見したあの瞬間に戻されるということだ。

「君は調査のプロかもしれないけど、まだ起きていない死の調査はそう簡単じゃないよ。これから起きる死の原因を探るために、誰の話を聞くのか。殺される人間だけじゃない、その周囲の人間に目を光らせて、ターゲットを絞る。けど本当に大変なのは『どうやって話を聞き出すか』だよ」

確かに彼女の言う通り、初対面の人間に「あなたはもうすぐ死んでしまう」なんて言われて、信じる人間はまずいない。それは長浜未華子の周囲の人間に関しても同様だ。彼女の危機を訴えても、根拠がなければ信じてもらえないし、有力な情報を得られない。何より、はっきりとした説明もなしに知り合いでもない相手から情報を聞き出すのは簡単なことではなかった。

「時間はいくらあっても足りないよ。その黒焦げの食パンをもそもそ食べている間にも、リミットは迫ってる。だからせいぜい――」

杏奈が言い終えるより先に、壮吾は席を立ち店を飛び出していた。

「しょーご、もーにんぐせっとのおかね、わすれてる」

璃子の呆れたような声が、騒がしい店内にむなしく響いた。

店を後にした壮吾は、電車で二駅先にある商業区の一角にやってきた。この辺りにはめったに来ないのだが、見上げるほどのビルがいくつも建ち並ぶその通りには新鮮な見覚えがあった。それはつまり昨日――厳密には今日の夕方ということになるわけだが――ここで長浜未華子の遺体を目撃した記憶に他ならない。

今も脳裏に鮮明に焼きついた未華子の亡骸。そのイメージをうまく振り払えぬままに、壮吾は彼女が倒れていた路上に立ち、目の前のビルを見上げた。そこは地元ではそれなりに名の知れた広告代理店企業の自社ビルであるらしく、広いエントランスには社員や取引相手と思しきスーツを着た人々の姿がいくつも見受けられた。

間違っても壮吾のような名もなき私立探偵が訪れるような場所ではない。自動ドアを通り、磨き抜かれた大理石の床を一歩歩いただけで、自分が場違いな人間であることを思い知らされたような気持ちになる。

それでも、飛び込んでいかなくてはならない。その意志を強く固めて、壮吾は深呼吸を一つ。

「――よし、行こう」

天井からの明かりでまばゆいばかりに照らされたエントランスを歩きながらネクタイを直し、受付にいた女性に声をかける。

「あの、ちょっとお伺いしても？」

「どちらに御用でしょうか？」

二十代と思しきその女性社員は、営業スマイルが型押しされたような表情でうなずいた。

「ええと、こちらに長浜未華子さんという女性社員がいると思うのですが」

「……ええ、長浜は当社に在籍しております」

手元のＰＣ端末を操作しながら、女性はうなずいた。その後に向けられた値踏みするようなまなざしを前に、壮吾は声をワントーン高くして、

「わたくし、キョーツープリントのエザキと申しまして、長浜さんよりコピー機の点検に来てほしいとご連絡をいただきました。なんでも、急な故障とのことで、出先から大急ぎで参ったのですが……」

「さようでございますか。では、エレベーターで八階へどうぞ」

とっさのデタラメに対し、女性はいぶかしむ様子を見せることなく淡々と応じた。コピー機の点検に来たというのに、工具の一つも持っていないことを怪しまれなかったのはラッキーだった。首から下げるタイプの入館証を受け取り、壮吾は足早にエレベーターに乗り込む。

身分を偽ってしまったのはあまり褒められたやり方ではないが、馬鹿正直に私立探偵ですなんて言ってしまったら、それこそ怪しまれて警備員を呼ばれかねない。そこで詳しい事情を説明するわけにもいかないし、説明したところで信じてもらえないだろう。そんなことをしている時間も余裕もない以上、ある程度の強硬手段に出るしかない。

最悪、不法侵入で通報される危険性はあるが、その時は、逆町に泣きついてどうにかしてもらおう。

そんな安易な考えを頭の中でまとめ、八階で停止したエレベーターから降りた壮吾は、ガラス張りのオフィスを覗き込む。このワンフロアだけで三十人以上の社員が確認できる。ビル全体になると、いったい何人いるのだろう。ざっと想像しても百や二百はくだらない。そんな中から、被害者だけでなく、彼女に害をなそうとする人間を探し出すとなると……。

壮吾は踵《きびす》を返し、オフィスから離れて廊下の奥にある給湯室へと向かった。タイミングよく、給湯室には四人の女性社員が寄り集まっており、何やらおしゃべりに興じていた。

軽く耳をそばだててみると、やれ総務課の課長と経理課の女性社員がダブル不倫しているだの、営業課の若手社員を取り合って数人の女性社員がＳＮＳ上で互いを罵り合っているだのという、取るに足らぬ噂話に花を咲かせていた。

思った通り、会社内の情報を集める近道は、おしゃべりな女性社員である。

「どうも、お疲れ様ですぅ」

突然、低姿勢で現れ、揉み手をしながら笑みを浮かべる壮吾を前に、女性社員たちはそろって眉を寄せた。

「え、誰？」

「不審者？」

「入館証持ってるってことは、どこかの業者さんじゃないの」

三人の女性社員たちは、壮吾をじろじろとねめつけ、口々に言った。

「いやいや、一昨日から中途採用で入社したマツイって言います。まだ社員証がなくて、これ使っててくれって言われてるんですよ」

「中途採用？　そんな話あったっけ？」

「さあ。うちって出入り激しいからね。この前入った子も二週間で辞めちゃったし」

「それはあんたのパワハラが原因でしょ。人事の方で噂になってるみたいよ」

やだー、なんて笑い合う女性社員たちに同調してへらへら笑いながら、壮吾はちょっとしたカマをかけてみることにした。

「噂と言えば、総務課の長浜さんって、どんな人なんですかね？」

「長浜さん？　どうして？」

三人のうち、一番ノッポの女性が食いついた。彼女が一番話し好きらしい。何か面白い話が聞き出せるのではないかという期待で、すでに目が輝いている。

「新人研修でいろいろ教えてくれた先輩がその人の話をしてたんですよ。それで気になっちゃって」

壮吾の言葉に、三人はどこか含みのある顔で苦笑いを浮かべる。

「長浜さんねぇ。一言でどういう人って説明するのは難しいよねぇ」

「いろいろと噂あるしね」

「妻子持ちばかり狙って付き合うって聞いたけど、それってホントなの？」

一番背の低いショートカットの女性社員の問いかけに、残りの二人は曖昧に首をひねる。

だが、その表情は明らかにイエスと物語っていた。

「なるほど、恋多き女性ってことですか。でも、それ自体は珍しくないんじゃ？」

これだけ大きな会社である。社内恋愛だって、よくあることだろう。その中に不倫を伴う恋愛があったとしても、さほど珍しいことではない。

しかし、やや小太りのボブカットの女性は頭を振って、

「それがね、長浜さんと付き合った相手は、必ず破滅しちゃうって噂なのよ」

「破滅する？」

問い返す壮吾に、彼女は強くうなずいた。

「あの子、社内の男といい感じになって、一か月くらい経つとすぐに関係を絶っちゃうのよ。で、気づけば次の男に走ってる。そうやっていろんな男をとっかえひっかえするんだけど、別れた途端に相手の男は不倫してたことが奥さんや会社にバレちゃって、居づらくなって別の支社に飛んでいっちゃうのよ」

「そうそう、こういう時代だし、女の方を処分したらハラスメントになりかねないって上も慎重なのよ。だから割を食うのは立場のある男の方。ほら、総務の井上《いのうえ》係長は奥さんに三行半《みくだりはん》を叩きつけられて、今は単身で福岡支社でしょ。経理の横島《よこしま》部長なんて、網走支店に左遷されちゃったし、最近じゃあ社内結婚間近だった営業部のエースを誘惑して、婚約破棄まで追い込んじゃったのよね」

「そうそう、しかもその後、会社辞めちゃったのよね。婚約相手の南《みなみ》さん、すっかり落ち込

んじゃってさぁ。仕事でもミス連発して、このまま辞めちゃうんじゃないかってみんなで心配してるのよ」

ノッポの女性が大げさに表情をゆがめ、口元を手で押さえる。とても本心とは思えない様子である。

「ひどいことするわよねぇ。南さんって、長浜さんが入社した時にいろいろ親切に教えてあげてたじゃない」

「そういう恩をあだで返すのが長浜さんでしょ。男も女も関係なく、彼女と関係持っちゃったら、みんな奈落の底に真っ逆さまよ」

なるほど、と口中で独り言ち、壮吾は腕組みをした。長浜未華子の人物像が、おぼろげに見えてきた気がする。

「怖い人ですねぇ。あ、ちなみにその長浜さんって、このフロアにいるんでしたっけ？」

壮吾の問いに、腕時計を確認した小柄な女性社員が答える。

「いるけど、この時間は社食じゃない？」

「いつも窓際の席にいるからすぐわかるわよ。モテるだけあって男好きする外見だから。でも、あんたも気をつけた方がいいよ。下手に近寄ると破滅させられちゃうかも」

けらけらと、他人の不幸を面白がるように笑う三人に礼を述べ、壮吾は給湯室を後にした。

その足でエレベーターに乗り込み、今度は三階の社員食堂へ向かう。エレベーターホールの正面にある両開きのドアは開放され、その先にいくつものテーブルと椅子が配された食堂があった。食堂の奥が厨房で、用意されたメニューをお好みで盆にのせていくスタイルらしく、数人が列を成している。

ぐるりと食堂を見渡した壮吾は、窓際の四人掛けの椅子に一人で座り、サンドイッチとサラダ、そしてスープを盆にのせ、スマホを片手に頬杖をついている女性社員を見つけた。身長や髪の長さから推測しても、長浜未華子に一致する。

間違いない。そう心中で独り言ち、壮吾は窓際の席へと近づいていく。周囲の喧騒のせいか、壮吾がすぐそばに迫っても、彼女は顔を上げようともしなかった。

「失礼ですが、長浜未華子さんですか」

「はい？」

きょとんとした顔でこちらを向いた女性は、確かに美人であった。念のため確認すると、彼女が首から下げた社員証には確かに『長浜未華子』とあった。

突然声をかけてきた壮吾を怪訝そうに見上げた未華子は、二秒ほど沈黙した後で軽く首を傾げ、大きな目を瞬いた。

「えっと、どちら様でしたっけ？」

見た目の年齢は二十代半ば。いや、見ようによっては大学卒業直後といった感じだ。ほっそりとした輪郭に高い鼻、長いまつ毛に二重瞼の少しうるんだような目。やや厚い、潤いたっぷりの唇は、外からの光を浴びてきらきらと輝いている。確かに、誰が見ても男好きのする外見と言えた。

「僕は烏間壮吾って言います」

「からすま……？」

聞き慣れない単語を頭の中で思い浮かべるようにして、未華子は繰り返す。

「うちの社員にそんな人いたっけ？　っていっても、別に全員の名前を把握してるわけじゃないけど。新人さん？」

「ええ、まあ」

「その割には、あまり若くないわね」

怪訝そうに眉根を寄せ、未華子は値踏みするようなまなざしを壮吾に注ぐ。

「中途採用なもので」

「そうなの。で、私に何の用？」

質問され、壮吾は逡巡する。本音を言えば単刀直入に情報を引き出したいところだが、そうもいかない。まずは慎重に。

「先輩たちが噂していたのを聞いたんですよ。総務に長浜さんっていう美人の女性社員がいるって。それで、一目見ておきたくて」

「へえ、それで感想は？」

「正直、本当に美人だったんですごく驚いてます」

普段なら絶対に言わないような言葉を口にして、壮吾は軽く唾を飲み込んだ。心にもない発言をしていることを悟られぬよう、平静を装う。

未華子は一瞬、驚いたように目を見開き、「うわ、直球」と呟いて鼻を鳴らす。それからスマホを持つ手を下ろし、再度上から下までなめるように壮吾を見た。その後、二秒から三秒ほど経つと、軽く肩をすくめて、興味を失ったように息をつく。

「悪いけど、ナンパならよそでやってよ。私はあなたに興味なんてないから。どうせ尻軽だからすぐヤレるとかいう噂を聞いてきたんでしょ」

ふてくされた物言いをして、未華子は再びスマホに視線を向ける。

どうやら、未華子は壮吾が彼女に好意を抱き近づいてきたと思ってくれたようだ。反応ははかばかしくないが、この流れを利用して情報を引き出すことにしよう。

「尻軽……なんですか？」

おずおずと尋ねると、未華子は不機嫌を前面に押し出して顔をしかめた。

「失礼ね。否定はしないけど肯定もしない。言いたい奴には言わせておく主義なの」

「だったら、ちゃんと否定した方がいいんじゃ……？　ほら、変な誤解を生んじゃうこともあるし」

その発言に反応して、未華子の眉がピクリと動く。

「……変な誤解ね。それって、既婚者にばかり手を出すとか、そういうやつでしょ？」

何でもないことのように言って、未華子はもう一度肩をすくめた。それから、食べかけだったサンドイッチを一口かじる。

「それじゃあ、不倫の話は事実なんですね？」

ごく自然な動作でテーブルの向かいに腰を下ろすと、壮吾は問いかけた。途端にジロリ、と警戒するような視線が向けられる。

「セカンドパートナーって言ってよ。言っとくけど私は、相手の家庭を壊すつもりなんてないの。向こうが勝手に盛り上がって自滅してるだけなんだから」

自滅、か。

内心で独り言ち、壮吾は複雑な思いを抱く。セカンドパートナーというのも、随分と都合のいい言い回しだ。

「それじゃあ、既婚者じゃない僕は対象外ってことになっちゃいますか？」

「だから、それ以前にあんたになんて興味ないって言ったでしょ。既婚者かどうかだって、別にどうでもいいし」

そう言ってから、未華子はどことなく気まずそうに視線をそらし、スマホをテーブルに置いた。その拍子に、ケースにぶら下がったストラップがカランと音を立てる。

「ていうか、どうして初対面のあなたにこんな話しなきゃならないの？」

失笑交じりに言った後、テーブルに手をついて立ち上がった未華子は財布を片手にカウンターへ向かった。その背中を見るともなしに見つめながら、壮吾は考える。

やはり、未華子は妻子ある男性たちと関係を持っていたらしい。必死に隠そうとせず、妙に堂々としている辺り、あまり罪の意識は抱いていないのかもしれない。

そのことが彼女の死に関係していると考えるのは自然な流れであるように思えた。過去に関係のあった相手との痴情のもつれが、やがて殺人に発展した。だとするなら、犯人を絞り込むのは難しくない。だが現状では、彼女と関係のあった男性社員は地方へ飛ばされたり、亡くなってしまった者もいるようなので、彼らを疑うのは現実的とは言えない。

もしかすると他に、現在進行形で関係を持っている相手がいるのだろうか。それとも、全く違う理由が……。

脳内で自問しながら、壮吾は何気なく視線をテーブル上の未華子のスマホに向けた。その拍子に、先程のストラップに目が留まる。細いナイロンの紐で結びつけられたストラップは金属製で、三角形のメダルのような形状をしている。そこに描かれているマークに、どことなく覚えがあった。

壮吾は取り出した自身のスマホでストラップを撮影する。その画像を検索ソフトにかけると、ものの数秒でヒット。表示された検索結果を見て、壮吾は思わず息をのんだ。

――これは……。

ごくりと喉を鳴らし、壮吾はいくつかの記事を急いで目で追った。その記事が、彼女の死に直接関係があるかはわからないが、長浜未華子という女性を知るためには、なくてはならない情報であるのは間違いなかった。

「ねえちょっと、まだいたの。さっさとどこかへ行ってよ」

気づけば、迷惑そうな声を上げながら、紙パックの野菜ジュースを手に戻ってきた未華子が、こちらを見下ろしていた。壮吾はスマホをポケットにしまい、軽く咳払いをして彼女に向き直る。

「あの、実は僕……ここの社員じゃないんです」

唐突な告白に、未華子は驚いたように目をぱちくりさせて、「社員じゃない？」と繰り返し、警戒心をむき出しにした。

「本当は、私立探偵なんです」

「私立、探偵……」

壮吾の言うことをいちいちおうむ返しにして、未華子は自分に言い聞かせる。そうやって、返答までの時間を稼いでいるのだろう。戸惑いをあらわにする表情の陰には、わずかながら緊張の色が見て取れた。

「全然わからない。どうして探偵が？　もしかして、私のこと調べてるの？」

壮吾は答えに窮した。あなたの死の真相を探るためですと言ったところで、信じてもらえるはずはない。だが言わなければ、これ以上の情報は引き出せないだろう。いっそ本当のことを打ち明けるべきかという考えが脳裏をよぎるが、実行には移せなかった。彼女が迎える死を回避しようとすることは、天使と悪魔によって固く禁じられている。

考えを巡らせる一方で、壮吾の視線は卓上のスマホのストラップへと吸い寄せられていく。

「最近、身の回りで危険を感じることはありませんか？」

「はぁ？」

「誰かに恨まれているとか、視線を感じたり後をつけられていたりなんてことは？」

「別に、おかしなことなんて何もないわ。強いて言うなら、あなたに声をかけられたことくらいかな」

じっとりと敵意に満ちた視線を向けられ、壮吾は狼狽する。

「本当は、覚えがあるんじゃないですか？　誰かの恨みを買って、身の危険を感じるような経験をしているんでしょう？」

「ちょっと何……？」

未華子の表情が強ばった。それが、壮吾の言うことに覚えがあるからなのか、それとも壮吾自身を警戒するが故の反応なのかは、判断がつかない。

「お願いです。僕を信じてください。あなたに危害を加えるつもりなんてない。社員だと偽ってあなたに質問したのも、あなたがどんな恨みを買っているか知りたくて……」

「だから、恨みなんて買ってないわ。失礼なこと言わないで。何なのよもう……！」

言うが早いか、未華子は食器をのせた盆を手に立ち上がり、今度こそ立ち去ろうとする。

「ちょっ、待ってください。このままだと大変なことに――」

「いやっ！　近寄らないで！　何が探偵よこの変態！」

追いすがろうとする壮吾に対し、未華子は手にした盆を思い切り投げつけた。

「わっ、うわっ！」

硬い食器をまともに顔面に叩きつけられ、壮吾はそのままのけぞって後退する。サラダのドレッシングが目に染みてふらついた拍子に、すぐ後ろにあったパイプ椅子に足を取られ、盛大に倒れ込んでしまった。

ガタガタと騒がしい音を立て、テーブルや椅子を巻き込んで床に転がった壮吾は、後頭部を床にしたたかにぶつけ、痛みに呻いた。

「長浜さん、ちょっと待って……あなたの身に危険が……」

息も絶え絶えに声をかけるも、未華子はぷいとそっぽを向き、我関せずとばかりに早足で食堂を出ていってしまった。

食堂内は水を打ったように静まり返っていたが、やがて徐々に喧騒を取り戻していく。大勢の社員がにやにやと壮吾を遠巻きに見ながら、しかし関わり合いにならないようにと近づいてこようとしない。

しくじった。冷静に話をするつもりが、焦って話を急ぎすぎた。自分のふがいなさに舌打ちをしながら身体を起こし、未華子の去っていったドアの向こうを恨めしげに見やった壮吾が、のろのろと立ち上がろうとしたところで、目の前に白いハンカチが差し出された。

「あの、大丈夫ですか？」

問いかけてきたのは、長い髪を後ろでまとめた一人の女性社員だった。身長のほどは未華子と同じくらいか、しかし年齢はいくつか上らしく、三十手前といった様子。どちらかと言うと地味な印象を受ける女性で、気弱そうな瞳が心配そうに壮吾に注がれている。

「ありがとう、ございます」

ハンカチを受け取り、ドレッシングで汚れた顔を拭う。それから立ち上がり、倒れた椅子やテーブルをもとに戻すのを手伝ってくれた女性社員に、壮吾はもう一度礼を述べると、彼女は少しばかり不思議そうに壮吾を見て、

「失礼ですけど、長浜さんとお知り合いなんですか？」

「いえ、そういうわけじゃないんですけど……」

その先を濁したつもりだったが、彼女は黙ったまま壮吾を見つめ、質問の答えを求めている様子だった。当然だろう。こんな風に大勢の前で目立つ行動をとってしまった以上、下手な言い逃れはできそうにない。対応次第では警備員を呼ばれてしまう。

壮吾はしばし黙考し、どう答えるべきか考えあぐねた。

すると相手の女性は壮吾が喋るのを待たずに、

「さっき、少し聞こえてしまったんです。あなた、私立探偵なんですよね？」

「あ、はあ……そうですけど……」

うまいかわし方が思い浮かばず、壮吾は正直に認めてうなずいた。すると女性が突然、壮

吾の手をがっちりとつかみ、ぐっと力を込めて握りしめた。

「お願いします。私を助けてくれませんか？」

4

壮吾にハンカチを差し伸べてくれたのは、総務部で事務職をしている南朱里《あかり》という女性だった。

壮吾は彼女に連れられて社員食堂を後にし、二階フロアにある休憩室の一室に移動していた。この場所は社員が自由に利用できるもので、仮眠部屋も用意されている。二人がいるのはフロアの一角にあるコミュニケーションルームと称された個室で、普段はちょっとした面談や仕事の悩みを上司や同僚に相談するために利用されるものだという。

こぢんまりとした室内で丸テーブルを挟み、壮吾と朱里は向かい合って座る。

「実は体調が悪くて、お昼で早退しようとしていたんです。でも帰る前に飲み物でも買おうと思って食堂に行ったら、いきなり怒鳴り声がして……」

少し困ったように笑いながら、朱里は言った。

「長浜さんと何があったんですか？」

「いや、それはまあ、いろいろありまして……」

細かく説明することができないことを暗に主張すると、朱里は「すみません、立ち入ったことを聞いてしまって」と理解を示してくれた。

「それであの、助けてほしいっていうのは？」

逆に壮吾が問いかけると、朱里はやや神妙な顔でうなずき、少しだけ言いづらそうに眉を寄せた。

「探偵さんは、長浜さんのこと、お調べになっているんですよね」

「ええ、まあ。彼女が、社内で何人かの男性と関係を持ち、彼らを破滅させてしまったことは把握しています」

壮吾の返しに、朱里はどこか安心したように首を縦に振った。話が早くて助かる、といった様子だ。

「実は、その長浜さんに関係したことなんですけど……」

慎重に、言葉を選ぶようにして朱里が語ったのは、以下の内容だった。

朱里は短大卒業後、この会社に契約社員として入社し、数年後に正社員として総務課に配属された。事務職というのは目立った業績を上げることができず、出世とは無縁であるため、多くの社員が嫌がるものだが、彼女はそういった打算をおくびにも出さず、日々真面目に働いてきた。その甲斐あってか、数年後には新人社員の教育担当を任されるようにもなり、上司からの信頼も厚かった。またこの頃、社内の懇親会で親しくなった一人の男性社員と交際するようにもなった。彼は営業部のエースで将来有望。学生時代、これといった恋愛経験を経てこなかった朱里にとっては初めての彼氏でもあり、ゆっくりと時間をかけ、大切に関係をはぐくんでいった。そして、交際から二年が過ぎた頃には互いに結婚を意識するようになり、正式に婚約を交わした。

そんな頃に入社してきたのが長浜未華子だった。

朱里は未華子の教育係を任され、社内のこまごました仕事から書類関係に至るまで、丁寧に仕事を教えた。そのうち、人懐っこい性格の未華子とプライベートでも一緒に過ごすようになり、二人の仲はどんどん深まっていった。

そんな関係が三か月ほど続いたある日、朱里は未華子が他部署の妻子持ちの男性社員と交際している事実を知ってしまう。最初は何かの間違いだと思っていたが、ほどなくして二人の関係は社内の噂になり、それからさほど時間を置かずに、男性社員は左遷されていった。

その後、今度は別の男性社員――こちらも妻子持ちだった――との関係も露呈し、また、一《ひと》月《つき》ほどで男性社員が地方に飛ばされた。

ちなみにこの二人というのが、壮吾が給湯室で耳にした総務部の井上係長と経理部の横島部長だという。どちらの場合も、妻子ある立場にありながら、長浜未華子と不倫関係にあったために、仕事も家庭もうまくいかなくなってしまった。

そんな噂が広まれば、未華子と付き合おうという人間はいなくなるはずなのだが、そういった男性の警戒心を解きほぐすことにかけて、未華子は天才的だった。根も葉もない噂を立てられ、傷ついている女性を演じることで、誰もが彼女の魅力に屈し、溺れ、そして転落していく。口さがない女性社員たちの間では、未華子は不誠実な男性社員が転落していく様を見て喜んでいるのだろうと陰口を叩かれるようになったが、本人はまるで動じるそぶりも見せず、我が道を進み続けていた。

そんなある時、朱里は婚約者の男性から、未華子と関係を持ってしまったことを告げられた。

謝罪して未華子との関係を絶ってくれると信じ、彼を激しく糾弾したが、返ってきた答えは『婚約を解消してほしい』だった。これには、朱里は強く打ちのめされた。互いに両親に紹介し合い、婚約までしていたのだ。両家の顔合わせはもちろん、式の日取りだって決まっていた。そんな幸せの絶頂に突如として訪れた災厄。長浜未華子という名の悪夢に、朱里は耐えがたい怒りを覚えた。

「私は彼を責めました。強くののしりました。親になんて言えばいいのかわからなくて、悔しくてたまらなかった。彼は何も言わずに、ただじっと私の言葉を受け止めていました。言い訳の一つもしないで、ただじっと……」

感情がこぼれ落ちるのをこらえるように黙り込み、その先を続ける代わりに朱里は一筋の涙を流した。

その様子を見る限り、彼女と婚約者との間に起きた悲惨な過去は、それだけでは終わらないことを予感させた。

「彼はその後、どうなったんですか？」

「……亡くなりました。三週間前のことです」

――死んだ？

口中で呟きつつ、壮吾は朱里の言葉を待った。ひとしきり自身の中の感情の高ぶりが収まるのを待ってから、朱里はゆっくりと口を開く。

「駅のホームから飛び降りたんです。電車にはねられて即死でした。お葬式でも、棺桶の蓋は閉じたままで……」

見ていられないほどに口元を震わせながら、朱里はその顔を悲しみにゆがませた。彼女の瞳の奥に宿る強烈な怒り、そして憎しみの炎を、壮吾は見逃さなかった。

「その時彼はすでに会社を退職していましたし、葬儀は身内だけでひっそりと行われましたから、彼があんな死に方をしたことを知らない人は多いと思います」

気丈にふるまいながら、そう説明した朱里の姿からは、自分の言葉が婚約者を死に追いやったと思いつめ、苦しんだ挙句、その責を長浜未華子に向けている、罪悪感に苦しむ一方で、婚約者を寝取った女への憎しみに身をやつしている、そんな印象を受けた。

「長浜未華子のこと、恨んでるんですね？」

問いかけると同時に、まさか、と心が騒ぐ。彼女こそが、長浜未華子をこのビルから突き落とした犯人なのだろうか。

結論を急ごうとはやる気持ちを抑えながら、壮吾は相手の言葉を待つ。

「当然じゃないですか。あの人が私たちの人生を壊したんです。あんな人にかかわらなければ、彼は今もきっと私のそばにいてくれた」

「でも、長浜未華子を選んだのは彼の意思だったんですよね。あなたとの婚約を解消して、彼女と一緒になろうとしたのも、脅されてというわけじゃないんでしょう？」

朱里の表情がくしゃりとゆがむ。事実を突きつけられてショックを受けたのだろうか。

「わかってます。でも、何かがおかしくて……」

「おかしい？　彼の死に不審な点があったんですか？」

壮吾が問い返すと、朱里はゆるゆるとかぶりを振ってから、少しだけ声を潜めて、

「違うんです。おかしかったのは、生きていた頃の彼の様子です」

「というと？」

「彼は普段からお酒も飲まず、ギャンブルもせず煙草も吸わなくて、車やバイクにもほとんど興味がない人でした。これといった趣味もなければ、スポーツをやっているわけでもない。休みの日には家でゲームができれば満足という感じで、そういう人を退屈だと思う女性もたくさんいると思うんですけど、私は彼のそういうところ、好きだったんです。お金のかかる趣味がないってことは貯金もできますからね。そうやって貯めたお金で、いつか脱サラしてお店でもやろうかなんて、冗談交じりに話をする彼のことが大好きでした」

どこか懐かしむような口調で言った後、朱里は「でも」と表情を曇らせた。

「ある時を境に、彼のお金の使い方に変化が起きたんです。それまで、平日はスーパーの特売弁当なんかを狙って買っていたのに、外食に私を誘うことが増えたり。休日に遠出した時なんかも、ちょっと高いホテルを平気で予約したりして……」

「突然、金遣いが荒くなったと？」

朱里は曖昧に首をひねる。

「荒くなった、というほど派手な使い方はしないんです。でも、それまでの彼なら手を出さないものに手を出すようにはなりました。私へのプレゼントも、どこか背伸びしたようなブランド品ばかりを勧めてくるようになって」

そう言って彼女は、左手につけた腕時計に視線を落とした。

「これだって、オーダーメイドで注文してくれた一点ものなんです。すごく値の張るもので、私はいらないって言ったんですけど……」

朱里の左手首に光るその時計は、確かによく見かける既製品とは違い、半円のドーム型のガラスと惑星を模した文字盤が印象的な珍しいデザインをしていた。

「ひょっとして、彼の金回りがよくなった時期というのが……」

「ええ、長浜さんとの関係が始まった時期だったんです」

壮吾はうなるように喉を鳴らし、しばし考える。通常、浮気や不倫に走る場合、既婚――あるいは恋人を持つ男性の方が女性に金をつぎ込むケースが多いはずだ。長浜未華子から金を受け取っているわけではないはずなのに、どうして男性側の金回りがよくなるのか。亡くなった婚約者が、長浜未華子につぎ込むだけでなく、朱里にも高価なプレゼントを贈る理由としては、後ろめたさや謝罪の意があると考えられなくもないが、だとしたらその金の出どころはどこだったのか。彼は無駄遣いをしないタイプだったというから、ある程度の貯金はあったはず。しかし、貯蓄を切り崩していっては、いずれ尽きる時が来る。何かの記念日でもない限り、急に金の使い方が変化するというのはおかしな話なのだ。

どこか不穏な心持ちで首をひねる壮吾をよそに、朱里は話を続ける。

「あの時、ちゃんと彼に話を聞いておけばよかったのに、私はそれができませんでした。結局、宝くじでも買ったのかな、なんて自分を無理やり納得させるだけで、終わらせてしまったんです」

「でも、その状況は長く続かなかった？」

朱里はぎこちなくうなずいた。

「二か月くらい経ってから、彼の家の電気が止まっていることを知りました。そのすぐ後にガスも止まって、家賃も支払っていないみたいだった。さすがに心配になって聞いてみたんですけど、やっぱり彼は何も言ってくれなくて。それから二週間くらい経った後に、長浜さんと付き合っているという話をされて、婚約を解消しました」

「ちょっと待って。そのタイミングで婚約解消って……」

言いかけた壮吾ははっとする。

「もしかして、彼には借金があったんじゃ？」

再び、朱里はうなずく。

「彼の死後、ご両親が教えてくださったんです。銀行口座は空っぽで、複数の消費者金融から督促状がいくつも届いていたって。合計したら、六百万円以上の借金がありました。最初は長浜さんにつぎ込んだんだって思っていたんですけど、でも、私どうしても納得できなくて」

一呼吸おいてから、朱里は続ける。

「彼がほかの女性を好きになってしまったのなら、それは仕方がないと思います。でも、借金をしてまで長浜さんにお金をかけるなんて、彼らしくない。それに、そこまで彼女のことを好きになったのに、私にまで高価なプレゼントを贈るのは矛盾している気がするんです。私を裏切ったことが後ろめたかったんだとしても、彼は以前と変わらずに私と会う時間を作ってくれていたし、結婚式だって楽しみにしてくれていた。だから私、彼がほかに好きな人がいるなんて考えもしなかったんです」

うつむいた朱里の小さな肩は、強く訴えるかのように震えていた。

彼女は今でも、恋人が長浜未華子と男女の関係にあったという事実を認めてはいないのだ。

「正直、長浜さんのことは憎いです。でもそれ以上に、私は本当のことが知りたい。彼の死にはちゃんとした理由があるはずなんです。借金をしていた理由も、私と別れなくてはならなかった理由も。それがわからないままだと、私……どうしても……」

再び、彼女の頬を涙が伝う。大きな悲しみを噛み殺すようにして身体を震わせるその姿には、壮吾は強く心を揺さぶられた。どうにかしてやりたい。そう強く思った。

重くのしかかるような沈黙の中、壮吾は未華子の姿を頭に描き、そして思案する。

若く、美しい彼女を手に入れたいと思う男性は、きっと多くいるはずだ。給湯室の三人組に聞いた話では、井上や横島という男性たちは、かなり彼女に熱を上げていたらしい。

――待てよ。

ふと、ひらめきのようなものが脳裏をよぎる。

本当にそうなのだろうかと、もう一人の自分の声が、頭の中に響いた。

「あの、教えてほしいんですど」

「な、何ですか？」

突然声をかけられ、朱里は虚を突かれたように目をしばたたく。

「井上係長と横島部長の二人は、実際に長浜未華子との関係が表ざたになったわけじゃないんですよね？」

「ええ、はっきりとは」

「それぞれ、彼女との関係は秘密だった？」

「そうですね。でも、みんな知ってました。仕事中、妙に仲良さげに話していたり、ランチで食事に出かけたりしているのを目撃されていましたし。見ている人は見ていますから、噂になるにはそれなりの理由があったんだと思います」

壮吾は腕を組み、再び思案する。

「あなたの婚約者はどうだったんですか。彼女とランチに出かけたりしていた？」

「いいえ、そういうことは一度もありませんでした。お昼はいつも私が作ったお弁当を食べてくれましたし、たまに営業先の方と外で食べるくらいでした。浮気が疑われるようなそぶりは本当に思い当たらなくて、いつ長浜さんと会っていたのか私にはまったく……」

「……そうか、なるほど」

壮吾は一つうなずき、小さく息をついた。

「何か、わかったんですか？」

朱里の瞳に、わずかながら期待の色が宿る。壮吾は曖昧に肩をすくめて、

「これはあくまで僕の仮説というか、推測でしかないんだけど……」

「いいです。聞かせてください！」

朱里はずい、と身を乗り出し、強く言った。その勢いに気圧されつつ、壮吾は静かに語り出す。

「たぶん、あなたの婚約者は長浜未華子と恋愛関係にはなかったんじゃないかな」

「……え？」

朱里は呆けたような声を出し、戸惑いと希望を混ぜ合わせたような表情を浮かべた。

「彼だけじゃない。もしかするとほかの男性たちも、未華子との間に恋愛関係はなかった。彼らの間にあったのは、金銭的な利害関係だと思います」

「でも、会社中が噂していたことなんですよ？」

「確かにそういう噂は広まっていた。でも、あくまで噂だった。現実に何が起きたのかは、当人同士にしかわからない」

「けど彼は、私に長浜さんと付き合っているから別れてほしいって……」

自らの傷を抉るような声で、朱里は言った。

「それは、本当のことを隠すためについた嘘だったんじゃないかな」

「嘘……？　だったらどうして、お金を？」

問いかけてから、朱里ははっとして、

「まさか、彼女に脅されていたとか？」

「いや、少し違う。彼らは彼女に金を貢いでいたんじゃない。預けていたんだ。たぶん、投資とかそういう目的で」

「投資……」

聞いたこともない単語を繰り返すように、朱里は呟いた。壮吾はポケットからスマホを取り出し、先ほど撮影した画像を表示させる。

「これは長浜未華子のスマホのストラップなんだけど、このロゴをよく見てください」

画像を拡大し、三角形の枠の中にアルファベットの『G』と『U』が配されたロゴマークを指さす。画面に顔を近づけ、目を凝らした朱里は「これって……」と記憶をたどるように言葉をさまよわせた。

「どこかで見たような気がするんですけど、思い出せません。何なんですか？」

「『グロウ・アップ』っていう企業のロゴマークらしい。気になって調べてみたら、美容品やサプリメントなんかを販売する会社でした。表向きは健康で美しい毎日のために高品質な商品を提供するってうたっているけど、その裏では、会員による強引な勧誘や多重契約の常態化が問題となって、いくつか裁判沙汰にもなっているうさんくさい会社です」

朱里の瞳が驚きに揺れる。それはおそらく、壮吾がこの事実に行き当たった時と同様の驚きであったことだろう。

「長浜さんは、この会社を紹介していたんですか？」

「はっきりとはわからないけど、可能性はあると思う。単純にマルチ商法の勧誘だったら、そう簡単に引っかからないはずだけど、周到に計画された投資詐欺となると、話は別です」

今朝、『万来亭』のテレビで流れていたニュースの刺された男性も、この『グロウ・アップ』がらみのトラブルだった。ニュース映像で偶然目にしたロゴマークと未華子のストラップが重なり、壮吾は引っかかりを覚えた。軽く記事を読んだだけでも、同じような詐欺の被害に遭ったという訴えは多く見られていた。

「長浜未華子に架空の投資話を持ち掛けられた三人は、最初は少額の投資を行った。面倒な手続きは省いて、彼女にお金を預けるだけでそれが増える。何度か繰り返してみても、損をする様子がない。どんどん増えていく金額を見て、彼らはさらに長浜未華子を信用していった。だがそれこそが彼女の狙いだった。徐々に男性たちの信頼を得た彼女は、次第に預ける金額を増やすように促す。儲かることがわかっているようなものだから、彼らは彼女を疑わない。そして、ある一定のところで、儲けが出なくなる。稼ぐためにはもっと預ける必要がある。そうやって負けを取り戻そうと躍起になり、ドツボにはまっていく」

察するに、未華子が標的となる男性を選ぶ基準は、金銭的に余裕のある人物だったはずだ。派手に遊び歩かず、しかしある程度の金銭的余裕があり、自由に使うことが許されている男性。それでいて既婚者であれば、いざという時弱みを握るのに都合がいい。彼女が「既婚者かどうかだって、別にどうでもいいし」と言っていたのは、そういうことだったのだ。

内心で納得する壮吾とは対照的に、唐突な話に理解が追いつかない朱里は、ただ唖然とした様子で壮吾の話に聞き入っていた。

「負債が膨れ上がるうちに、彼らはようやく、未華子に騙されていたことに気づく。そして彼女を責めるが、そこで彼女は逆に彼らを陥れたんだ。『投資のことを口外すれば二人の関係を周囲にばらす』とね。君の婚約者はともかく、井上や横島は、一度くらい彼女と関係があったのかもしれない。彼らにとっては遊びだが、未華子にとっては餌を吊り上げる手段であり、同時に口止めの材料でもあったというわけさ」

投資の損はどうにか補填できても、浮気の代償に家族を失うのは避けたい。そんな風に思ったのかもしれない。だからこそ、未華子を訴えることはせず、泣き寝入りして会社を辞め、彼女から逃げることを選んだのだろう。

「しかし、君の婚約者だけは違った。目先の利益に飛びついて、欲に目がくらんでしまった自分を恥じ、君にもご両親にも真実を打ち明けることができぬまま絶望の末に命を絶った。婚約破棄を申し出たのは、借金のことで君に迷惑をかけたくなかったからだろう。もしかすると、悪い筋の連中からも金を借りていたのかもしれない。警察に通報しても失った金が戻ってくる保証はないし、裁判で戦おうにも、そんな金は残っていなかった」

「そんな……」

弱々しい声を漏らし、朱里は視線をさまよわせた。壮吾の話を信じられないのか、あるいは物わかり良く受け入れることを拒んでいるのか。

「彼は、騙されただけだったんですか……？　長浜さんを好きになったっていうのも、私を守るための嘘で……一人で苦しんで……最期まで本当のことを言えずに……」

「朱里さん……」

「だとしたら、彼はどれほど苦しんだんでしょう。私、何にも気づいてあげられなくて……自分ばかりが苦しいと思って……」

最後の方は、ほとんど言葉にならなかった。ひどく震えた声で呻き、両手で顔を覆った彼女は、声をかけるのもためらわれる様子でむせび泣いた。

壮吾の語った推測がどれほど真相を射止めているのかは、現時点ではわからない。だが、おそらくこれが納得のいく解釈なのではないか。そう思う一方で、この事実を彼女に伝えたのは酷だった気がした。それでも、自分が彼を責めたせいで自殺したという最悪の思い込みから、彼女は脱却できるだろう。恋人の死の責任は朱里ではなく、あくまで長浜未華子にあるのだと。

婚約者の死は覆せないが、その死の意味を変えることはできる。そして、それが彼女の救いになるなら……。

——いや、待てよ……。

そこで壮吾は、もう一つ気がついた。この事実が明らかになることで、朱里の抱く憎しみがかえって大きくなったのではないか。そして怒りの矛先は、長浜未華子に向けられてしまう。

それはまずい。とっさに時計を確認し、壮吾は舌打ちをした。壮吾の知る未来では、長浜未華子はもうすぐ何者かによって殺される。現場はこのビルの屋上。犯人はおそらく、彼女に尋常ならざる恨みを持つ人物。

壮吾の視線が、無意識に朱里へと向く。彼女こそが未華子を転落死させる犯人なのではないか。もしかすると自分は、殺人を犯そうとする彼女の背中を、意図せず押してしまったのではないか。そんな危機感に見舞われ、息苦しさを覚える。

「探偵さん……」

「は、はい?」

朱里に呼びかけられ、応じる声が無様に震えた。そして、次の瞬間――

「ありがとうございました」

「あ、え……?」

突然、礼を言われ、わけもわからず問い返すと、服の袖口で涙を拭った朱里が、ふいに笑みを浮かべた。

「探偵さんの話が本当なら、あの人が亡くなった理由がわかったことになります。勘違いをしたままでいるよりも、その方がずっといい」

たとえそれが、より大きな怒りと悲しみを伴うことになったとしても。

そう続けて、朱里は小さく息をつく。その、どこかすっきりしたような横顔に、壮吾は問いかけた。

「長浜未華子に対して、怒りは感じていないんですか？」

「もちろん憎いですよ。彼女が法に触れるようなやり方であの人を陥れたんだとしたら、絶対に許せない。相応の報いを受けてほしいです」

「報いっていうのは、つまり……」

壮吾が思わず繰り返すと、朱里はさも当然といった口ぶりで、

「警察に通報して、逮捕してもらうとか」

「ああ、なるほど……」

壮吾はほっと胸を撫でおろす。どうやら、彼女は自力で未華子に対し復讐を行うつもりはないらしい。

「それじゃあ、彼女を殺そうと思っているわけじゃないんですね？」

「えぇ？　当たり前じゃないですか。そんなこと、とてもできませんよ」

壮吾の唐突な発言に、朱里は困ったように笑う。

「確かに、それくらい憎い気持ちはあります。復讐できるものならしてやりたい。でも、きっとあの人はそんなこと望まないと思うんです」

静かに言いながら、朱里は婚約者から贈られた腕時計にそっと触れた。

「それじゃあ、本当に手荒な真似をするつもりはないんですよね？」

しつこく確認する壮吾に、朱里はふっと笑みをこぼし、

「どうかな。こんな話をしていても、面と向かったら衝動的に首を絞めちゃうかもしれません」

「そ、そんな……」

あわわと取り乱す壮吾を見て、朱里は再び笑い出す。

「冗談ですよ。探偵さん、私がそんな怖いことをする人間に見えるんですか？」

「あ、いや、そういうわけじゃなくて……」

ごにょごにょと口ごもった壮吾は、朱里につられて笑った。

「さっきも言いましたけど、私は本当のことが知りたかったんです。彼は本当のことを話してくれなかったけど、最後まで私のことを好きでいてくれた。そのことがわかっただけで、胸のつかえがとれた気がします」

最初の印象とは打って変わり、朱里の表情にはすがすがしいほどの明るさが戻りつつあっ

た。恋人の死を乗り越えるのはきっと簡単なことじゃない。きっと今も、笑顔の裏では悲しみに打ち震えているはずだ。それでも、きっと彼女なら乗り越えられる。そう思わせてくれるような強さが、その小さな身体からあふれ出しているように思えた。

「本当にありがとう、探偵さん」

朱里はもう一度、深く頭を下げてから、ふと思い出したように顔を上げた。

「そういえば、まだ探偵さんのお名前聞いてなかったですよね」

「壮吾です。烏間壮吾。また困ったことがあったら、いつでもご連絡を」

壮吾は取り出した名刺を差し出す。あまりお金のかかっていない、シンプルなデザインの名刺を両手で受け取り、朱里は胸の辺りで大事そうに抱えた。

はにかむようなその笑顔に、壮吾もまた自然と笑みがこぼれる。つらく、重い話をしたせいだろうか、ほんの数時間一緒に過ごしただけなのに、彼女とはもう何年も一緒に過ごした間柄のような気がした。

彼女の苦しみを取り除くことは、きっと自分には不可能だ。しかしそれでも、彼女が人殺しという罪を背負うことを回避することができた。この笑顔を護ることができたのだという達成感のようなものを抱き、壮吾は強くこぶしを握りしめた。

死の運命は変えられない。その定説を覆し、自分は不可能を可能にした。あの二人の鼻を明かしてやれる。そんな風に思い、壮吾はたとえようのない満足感を覚えた。

「烏間さん？　どうかしましたか？」

突然黙り込んだ壮吾を、朱里が不思議そうな顔で覗き込む。

「……朱里さん、僕は本当は――」

その先に、何を言おうとしたのだろう。ありのまま、自分の体験したことをすべて彼女に話して聞かせようとでもしたのか。到底信じてもらえぬような与太話を口にしようとしたのだろうか。だが、いずれにしてもそれはかなわなかった。

壮吾は突然、強烈な耳鳴りに襲われ、それから強い眩暈のようなものを感じて頭を抱え込んだ。周りの景色がぐにゃりとゆがみ、そして唐突に、世界が暗転した。


気がつくと、見覚えのある通りに立っていた。

いつの間にか、ビルの中から外へ移動しており、辺りは夕暮れ色に染め上げられていた。行き交う車や人間たちは、一人残らず凍りついたように動きを止め、世界は風の音すらも感じられぬ静寂に包まれていた。

まばゆい夕日に目を細めながら、壮吾は目の前に立つ二つの人影を目に留める。

「おかえり。それで、答えは見つかった？」

そう言ってにんまりと笑みを浮かべた杏奈は、隣に立つ日下に視線を向けた。日下はと言うと、もはや彫刻のようにピクリとも動かない無表情で壮吾を凝視しながら、あまりセンスがいいとは言えない、中年趣味のネクタイを締め直している。

そして、壮吾と二人とのちょうど中間、目の前の地面には、無造作に投げ出され、左の手足があらぬ方を向いた女性の死体が、血だまりの中に横たわっていた。

5

「どうして……」

壮吾は嘆いた。目の前に横たわる無残な亡骸が現実のものとは到底思えない。そんな気持ちを体現する悲痛な声だった。

「言ったでしょ。死の運命は変えられないって」

くすくすと、せせら笑うような声で杏奈が言った。壮吾のそばへと歩み寄り、白く細い指で頬を撫でる。氷のように冷たい感触が、否応なくこれが現実であると知らしめてくる気がして、壮吾はぐっと奥歯を噛みしめた。

「なんで……朱里さんは僕が……」

「説得した？　長浜未華子を殺さないように？　言っておくけどそれって、契約違反だからね」

こちらをおちょくるような質問の後で、杏奈は鋭い声を放つ。

「何度も念を押したはず。死の運命を変えようとしたら、君がひどい目に遭うって」

「でも、それは――」

言いかけた壮吾は、追いすがるように手を伸ばした。だが次の瞬間、予想だにしない光景に絶句する。

杏奈に向けて伸ばした左手。その指先から、何かが落ちた。べちゃりと音を立ててアスファルトの上に落下したそれは、壮吾の第一関節から先の『指の肉』だった。

「う、うわあああ！」

悲鳴とともに後ずさり、肉がこそげ落ちた指先を凝視する。紫色に腐り果てた皮膚がどろりと液状化し、見る見るうちに残りの指を含むすべての肉が、筋組織が溶解して滴り落ちた。後に残るのは、赤黒い組織片が付着した真っ白な骨、骨、骨……。

「わあぁぁ、あああああ！」

肉体の腐敗。その浸食はおさまることなく、手首から這い上がるように全身へと広がった。早回し映像を見ているかのように、壮吾の身体はすさまじい速度で蝕まれていく。痛みとも、苦しみともつかぬ異様な感覚に陥り、あっという間に思考がマヒしていた。これは現実なのか、それとも幻覚か。その判断すらも曖昧な悪夢の中に意識を覚醒させたまま叩き落とされ、壮吾は喉を引き裂くような悲鳴を上げた。

「おい、やめないか。悪趣味なことをするのは」

不意に、日下がたしなめるような口調で言った。その声を遠くに聞いた壮吾は、次の瞬間、頬をひっぱたかれたように我に返る。そして何の変化も起きていない自身の腕や身体に気づき、素っ頓狂な声を上げた。

「え……どうなって……？」

声の限りに叫び続けたせいで喉がガラガラだった。だがそんなことに頓着している余裕などない。疑問の答えを求めるように日下を、そして杏奈を交互に見据える。

「何よ。ちょっと脅かしただけじゃない。生きながら身体が死に向かう気分ってのを味わわせてあげたかったのよ。今後の戒めのためにね」

杏奈は意地の悪い口調で言いながら日下をにらみつけた。眉間にしわを寄せ、小難しい顔でそれを聞いていた日下は、何か言おうと口を開きかけたが、あきらめたように小さくかぶりを振る。杏奈は視線を巡らせ、改めて壮吾を見据えた。

目が合った瞬間、そらすことも、瞬きすらもできないような呪縛に囚われ、壮吾は息をのんだ。ほんの一瞬、杏奈の目が黄色く光ったように見えたのは、たぶん気のせいじゃない。

自分は今、人ならざるおぞましい存在と対峙しているのだという事実を突きつけられたような気がして、壮吾は生唾を飲み下した。この美しい見た目をした女性が、今にも角と尻尾、そして蝙蝠《こうもり》の翼を生やし、蛇のうろこをまとった怪物へと変身して壮吾に頭からかじりつく。そんなふざけた想像ですらも、笑い飛ばす余裕などなかった。

「やだ、怖がらないでいいんだよ。別に君を取って食べたりなんかしないから。あたしは消化に悪いものは口にしない主義なの。それより気をつけてね。もしまた死の運命を変えようとして、被害者に余計なことを話そうとしたら、さっきの続きを味わうことになるから」

冗談ではなく、杏奈の目がきらりと光る。

「忘れてるようだから言うけど、君はあたしたちの親切で生き返っただけの、いわば中途半端な蘇生者なの。まだ魂と身体のつながりが不安定で、油断するとすぐに身体が死を認識して腐っちゃう。だって、一度は死を迎えた肉体なんだもん。要するに君は、あたしたちの助けがなければ、一分たりともこの世にいられないってこと」

「この世に……いられない……？」

壮吾は弱々しく繰り返す。杏奈の顔を直視できず、助けを求めるように日下に視線を転じるが、アンドロイドよろしく感情のこもらない表情をした彼は、何も言葉をかけてはくれなかった。

　死の運命を変えることはできない。もし強引に変えようとしたら、契約違反とみなされ、壮吾自身の肉体が腐り落ちてしまう。

　突きつけられたその事実に恐れを抱きつつ、壮吾は吐き気をこらえて口元を手で覆った。生きながらにして死を実感するような、あのおぞましい体験は二度とごめんだと、強く思った。

「さて、それじゃあそろそろいいかしら？」

「え？」

　杏奈の陽気な声に問い返すと、彼女は怪訝そうに形の良い眉を寄せて、

「え、じゃないのよ。君、何をしに過去へ戻ったのか忘れたの？」

「魂の選別を行うために、彼女の死の真相を解き明かす。それが君の目的だ」

　呆れた口調の杏奈に続き、日下が補足するように言った。

　壮吾はいまだ落ち着きを取り戻さぬ心臓を強引に抑えつけるようにして、深呼吸を繰り返す。できることなら今すぐここから逃げ出したい。でも、そんなことをしても、彼らから逃げ出すことができないのは目に見えていた。そして皮肉にも、壮吾が彼らのことをどこか頭

のおかしいイカレた人間ではなく、正真正銘の超常的な存在、天使と悪魔であることを認めたのは、この時だったかもしれない。

「ほら、早くスイリしてよ。そしてこの子の魂が向かうのにふさわしいのはどっちか、判断してちょうだい」

杏奈は腕組みをして、艶っぽい唇の端を軽く持ち上げる。

「その結果が地獄だったら、言うことなしなんだけどねぇ」

挑戦的な視線を向けられた日下は、それでも表情一つ変えずに、すました表情を貫いて、

「神の子である君には正しい判断ができるはずだ。君の決断が正当なものであることを、私は信じている」

気弱そうな顔つきの中年男性の外見とは裏腹に、力強く、壮吾の背中を押すような日下の言葉は、しかし壮吾にとって、ただのプレッシャーに過ぎなかった。どちらの結果を選んでも、必ずどちらかには落胆される。この場合の選択とは、天使と悪魔のどちらかを敵に回す危険な行為でもあった。

人知を超えた二つの存在。太古より争いを続けてきたその二つの種族による、穴が空きそうなほど強烈なまなざしを全身に浴びながら、壮吾はもう一度深呼吸をして、気持ちの整理をつける。そうして目の前に横たわる女性の亡骸を見下ろした。

「長浜未華子は生前、何人もの男性をたぶらかし、架空の投資話を持ち掛けて彼らを欺いた。彼女を殺したのはおそらく、被害に遭った男性の婚約者――朱里さんだ。僕と話をして、婚約者の本当の気持ちに気づいた彼女は、未華子に対して復讐する気はないと言っていた。だから僕も警察に通報して終わりだと思った。それなのに……」

実際は違っていたのだ。あの後、彼女は結局、屋上で未華子と話をした。そして、本人を目の前にして怒りがこみ上げたのか、あるいは自首を勧めたことで未華子の怒りを買ったのか、そのまま揉み合いになった。その結果、未華子は転落してしまった。

それが真相だ。その答えに行きついた壮吾が、しかし真っ先に感じたのは、未華子を憐れむ気持ちなどではなかった。優しく微笑む朱里の顔が脳裏をよぎる。この停止した時間が再び動き出せば、殺人を犯した彼女を警察が逮捕するだろう。婚約者の仇を討った朱里の心は、果たして満たされたのだろうか。それとも、人を殺してしまった罪に苦しみ、嘆いているのだろうか。そして、彼女の凶行を止められなかった自分には、どんな罪があるのだろう。そんな思いに駆られ、胸がきしむように痛んだ。

壮吾は死体の傍らに転がった『長浜未華子』の名札に視線を移し、

「……彼女の魂の行き先は、地獄だ」

声を絞り出すようにして告げた。

「へえ、そう。あはは、そっかぁ。了解。それじゃあ、今回はあたしがもらっていくね」

杏奈は少しだけ意外そうに、しかし弾んだ声で言ってから一歩、死体に歩み寄った。一方の日下は無言のまま、苦笑交じりに壮吾を見つめている。てっきり反対されるかと思ったが、その意思はなさそうだった。壮吾がどのような選択をするにせよ、天使である彼は壮吾の意見を尊重してくれるのだろう。

壮吾はというと、どこか空虚な気持ちで成り行きを見守っていた。杏奈が死体のそばにかがみ込み手をかざすと、死体の背中の辺りから、ふわりと白い煙のようなものが立ち上り、やがて空中でソフトボールほどのサイズに膨れ上がる。それが未華子の魂――というか、人間の魂なのだろう。それは初めて目にする異様な光景であったが、もはやこの程度のことで驚く気にはなれなかった。いろいろなことがありすぎて、気持ちの整理がつかない。自分でもよくわからない投げやりな気持ちで、杏奈が魂を大事そうに両手で抱えるさまを見守っていた。

「それじゃあこの魂、地獄に連れていくね。幸先良いスタートが切れて嬉しいよ。君とはこれからもいい仕事ができそう」

にんまりと舌なめずりをする杏奈。その、どことなく含みのある笑みに、壮吾はたとえようのない不快な気持ちを抱く。

――いや、それだけではなかった。杏奈が手にした魂を見つめていると、何やら強烈な違和感が胸の内からふつふつと湧き上がってくる。それは、事が済んでから自分が取り返しのつかないことをしてしまったことに気づいた時の、血の気の失せるような感覚。その事実に遅まきながら気づき、激しい後悔とともに打つ手はないかと騒ぎ立てる焦燥感。そして、何かがおかしいという漠然とした疑問。

魂を大切そうに抱き、こちらに背を向けた杏奈と、倒れている女性の亡骸を改めて注意深く観察した壮吾は、そこで唐突に雷に打たれたような衝撃を体感した。

「――ちょっと待った」

半ばかすれた声で呼び止める。杏奈が立ち止まり、肩越しにこちらを振り向く気配を感じたが、視線はそのまま、うつぶせに倒れた女性の亡骸へと向けている。

乱れた髪。飛び散った大量の血液。おかしな方向にねじれた手足。それらに視線を走らせた壮吾は、最後に左手首に巻かれた腕時計へと視線を留める。

ドーム型のガラス。惑星を模した文字盤……。

そして、違和感の正体に気がついた。

「……天国だ」

「えぇ？　何？」

ぼそりと呟いた声が聞こえなかったのか、杏奈は問い返す。

壮吾はもう一度、今度ははっきりと声を大にして言った。

「彼女の魂の行き先は、天国だ。地獄じゃない」

「待ってよ。どういうこと？」

「魂を地獄へ送るのを中止するというのか？」

そろって声を上げた二人に振り返り、壮吾は強くうなずいた。

「しかし……なぜ突然考えを変えたんだ？」

理解できないとばかりに問いかけてきたのは日下の方だった。魂が天国行きに変更され、喜ぶどころか戸惑いの色を濃くしている。

「そうよ。今更何言ってんの？　一度は地獄って言ったじゃない。なのにどうして急に変更するのよ？　あたしたちをおちょくって楽しんでるわけ？」

「君の方こそ、僕を騙していたんだろ」

抗議する杏奈を遮って強く言い放つと、美しい悪魔の表情に、ほんの一瞬、険が交じる。

その反応こそが、壮吾の指摘を肯定する何よりの証であった。

「――いや、騙していたのとは違うのかもしれない。何しろ君は一度だって、ここに倒れているのが長浜未華子だとは言わなかった。そばに落ちている社員証を見て、僕が勝手に勘違いしただけだからね」

「少し違うな。正しくは、君がそう思い込むよう誘導した。と言うべきだ」

淡々とした口調で訂正した日下をひとにらみして、杏奈は盛大に舌打ちをした。

「ええ、そうよ。そこに落ちた社員証からヒントを得るよう促したのはあたし。それは認める。けど仕方ないでしょ。そうでもしなきゃあ、魂がもらえないと思ったんだから」

「だからと言って彼を謀《たばか》ったことを正当化することはできない」

「言われなくたってわかってるよ。けどそれが何だっていうの。そもそも、嘘をついて人を欺くのが悪魔ってものじゃない」

拗ねたように口をとがらせて、杏奈はそっぽを向いた。ふてくされたようなその態度を横目に、壮吾は倒れている女性の亡骸に近づいてしゃがみ込む。それから手を伸ばし、乱れた髪の毛をそっとかきわけた。あらわになったのは、眠るように安らかな表情で目を閉じる南朱里の横顔であった。

「やっぱり、君だったんだね」

意図せず呼びかけた言葉とともに、壮吾は激しい落胆と悲しみの感情に押し包まれて両眼を閉じた。地面についた手を強く握りしめ、やり切れない思いとともにこぶしをアスファルトに打ちつける。

屋上から転落して死亡した女性は朱里だった。彼女は未華子を屋上に呼び出し、婚約者の死について問い詰めた。やがて口論となり二人は揉み合いになった。そこまでの推理に間違いはないだろう。だが、落下したのは未華子ではなく朱里だったのだ。宙に身を投げ出される直前、朱里は助けを求めて手を伸ばした。未華子がそこで故意に助けようとしなかったのか、あるいはとっさに手が出なかったのかはわからない。その時、藁《わら》にも縋る思いで朱里がつかんだのは未華子の手ではなく、首から下げた社員証だった。

落下した朱里のそばに未華子の社員証が落ちていたのは、そういう理由からだろう。

「僕が朱里さんの死の真相に気づいたら、地獄に送るとは絶対に言わない。そのことを察した君は、死んでいるのが彼女だという事実を隠すために、長浜未華子の社員証を使って僕を誘導したんだ。魂を地獄に送らせるためにね」

「ちょっと、そんな風に被害者面するのはやめてよね。こんなにかわいくても、あたしはれっきとした悪魔なんだから、簡単に信用する君が悪いのよ」

まるでこちらに落ち度があるかのような物言いで、杏奈は鼻を鳴らす。あと一歩で悪だくみが成功しそうだったのに、うまくいかなかったことに腹を立てている様子だ。

「本当に天国でいいのか？　魂を運んでしまった後では、取り消すことはできないんだぞ」

黙って様子を窺っていた日下が確認するように問いかけてきた。その表情はひどく切迫し、強い緊張の色が浮かんでいる。

「もちろんだよ。彼女の魂は天国へ送ってほしい」

「そうか……。ならばその魂は私が移送しよう」

「……ちぇ」

どこか気が進まなそうに、日下は重々しく言った。杏奈は口をとがらせ、見るからに不満げな表情で日下の手の上に魂を移動させる。

壮吾の目には、魂はただの白い塊にしか映らない。そのかすかな光の中で、朱里がどのような状態にあるのかは想像もつかなかった。でもきっと、彼女は今柔らかな祝福の光に包まれ、天国で待つ恋人のことを思っている。そんな風に思えた。

「あの……本当に彼女のことは……」

生き返らせることができないのか。そう問いかけようとした壮吾を遮るように、日下はゆっくりとかぶりを振った。

「そこにいる悪魔は確かに嘘つきだが、嘘しか話さないわけではない。死の運命が変えられないというのは残念ながら事実なのだ。私たちには相応の役目が課せられているが、死者をよみがえらせる権限は与えられていない。……いや、我々だけではなく、大多数の天使と悪魔にも許されぬ行為だ。運命というものは、それほどまでに尊く、絶対的なものであるということだ」

そんな、と内心で嘆き、壮吾は再びうつむいた。だが、次に向けられた日下の声は、壮吾をはっとさせる。

「ゆえに君は、この先も人の死から目を背けることは許されない。その死を覆すことも許されない。ただ観測し、選別する。それが君の使命だ」

「そこに、感情なんて必要ないって、そういうことなのか？」

問い返した言葉に応じることなく、日下は曖昧なしぐさでうなずいて踵を返した。その背中が、燃え盛るような夕日の輝きに照らされる。

「あーあ、今回はタダ働きだったなぁ。もう帰って休みたい。当てが外れてがっかりしたから、スパでも行ってゆっくりしなきゃ」

のんきな口調で言った杏奈は、日下とは別方向に向き直り、「じゃあね」とこちらに背を向けて手を振った。

「あ、ちょっと……」

呼びとめようとした瞬間、杏奈の足元にどす黒い影がじわりと広がり、彼女を飲み込んでいった。波のない水面に潜り込むようにして杏奈が姿を消すと、音もなく広がった黒い円形の影はゆっくりと小さくなっていき、やがて跡形もなく消えた。

目を疑うような光景を前に、壮吾がただ唖然と立ち尽くしていると、

「君も家に帰るといい。伝え忘れていたが、私と彼女がこの場を去れば、時間の流れは正常に戻る。つまり、君の姿も周囲の人々に認識されることになるんだ」

「え……？」

思わず問い返す。それはつまり、壮吾がこのままここにとどまっていたら、遺体の第一発見者になってしまうということだ。

「面倒を避けたいのなら、すぐにここを立ち去ることだ。君はこの先、いくつもの人の死にかかわることになる。そのたびに遺体の第一発見者になるのは、人間たちの基準で言えば、不可解なことなのだろうから」

「あ、え、ちょっと待っ……」

制止する暇もなく、一方的に言い終えた日下は颯爽と歩き出した。その背中は、ほんの一瞬強い光を放ち、それから夕暮れの光に溶け込むようにして消えてしまった。ほとんど同時に、静寂に包まれていた世界に音が戻る。光が揺れ、時が徐々に動き出していくのを、壮吾ははっきりと知覚していた。

「くそ、何なんだよもう！」

誰にともなく呟き、壮吾は周囲を見回して、人通りの少ない裏通りへ進もうと足を踏み出

す。世界が正常な時間を刻もうとする刹那に、壮吾は足を止め、最後にもう一度、地面に横たわる女性の遺体を見下ろした。

「さよなら。朱里さん」

その名を呼ぶ声は震えていた。途端に脳裏をよぎるのは、彼女のはにかんだ笑顔……。

壮吾はこぼれ落ちる涙を強引に拭って彼女の横顔を見つめる。自らの血にまみれ、物言わぬ躯《むくろ》と化した朱里の死に顔は、無念の死を遂げたとは思えないほど安らかで、満ち足りたものに見えた。

通りを照らす深紅の光が、彼女を包み、神々しいまでの輝きを放っている。それはきっと、天使が彼女にもたらした祝福の光だったんだろうと、壮吾は勝手な想像を巡らせた。

6

『万来亭』の戸を開くと、いらっしゃーい、と威勢のいい美千瑠の声がした。毎日のように耳にするその声は、壮吾に束の間の安堵を与えた。

ほんの二駅の距離だというのに、ひどく遠くまで行っていた気がする。閑散とした店内を見渡すと、家に帰ってきたという実感が湧いて、不思議と涙がこぼれそうだった。

「おかえり壮吾くん。ご飯にする？　お風呂にする？　それとも子連れのシングルマザーとの甘い……ひとときを……」

肩を落とし、とぼとぼ歩いてカウンター席についた壮吾を見て、美千瑠は冗談まじりの言葉を途切れさせ、心配そうに眉を寄せた。

「大丈夫？　何かあった？」

「うん、ちょっと仕事でね……」

適当なごまかしの言葉が浮かばず、壮吾は苦笑した。カウンターに水の入ったグラスを置いた美千瑠は、そこで何かを察したように「そう」と短く返す。

「何か食べる？　食欲がなければスープだけでも……」

「ありがとう、みっちゃん」

礼だけを述べて、壮吾は口をつぐんだ。こちらを見つめる美千瑠の顔に一瞬、朱里の顔が重なり、壮吾は慌てて視線をそらす。美千瑠の目には、さぞ不自然な動作に映ったことだろう。

「しょーご、だいじょうぶ？」

二人のやり取りを見てか、カウンター端の席に座って絵本を読んでいた璃子が問いかけてきた。いつもと違う壮吾の様子を、幼いなりに案じてくれているのだろうか。

「璃子ちゃんもありがとう。でも、本当に何でもないんだ。少し、考えてしまうことがあって……」

言葉が続かず黙り込んだ壮吾を見かねたように、美千瑠は一つ隣の席に腰を下ろした。店内には壮吾以外に客の姿はない。

「よかったら教えてくれない？」

「でも、話してもどうにも……」

「だとしても、壮吾くんが何かを抱えているなら、私は知りたい。何もできないかもしれないけど、放ってはおけないよ」

夜のかき入れ時の直前にエアポケットのようにできた静かな時間。店内はたとえようのない沈黙に包まれていた。美千瑠は何かを解決しようとしているのでも、助言をしようとしているのでもなく、ただ寄り添おうとしてくれている。その心遣いに、壮吾は内心で礼を述べた。

「大切な人を亡くした人と会ったんだ。僕は彼女と話をして、ほんの少しだけ力になれたというか、抱えた苦しみを取り除いてあげられたと思った。それなのに……」

そこで言葉を詰まらせて、壮吾は強く奥歯を噛みしめた。油断したら、感情の波が押し寄せ、心のダムが決壊してしまいそうだったからだ。

「もう、会えなくなっちゃったの？」

「……え？」

思わず問い返す。なぜわかったのかと視線で訴えかけると、美千瑠は少しだけ困ったように笑った。その笑顔が、またしても朱里と重なった気がして、壮吾の心臓は大きく跳ねた。

「僕はただ、彼女の助けになりたかった。抱えてる苦しみとかそういうのを、軽くできたらって。でも結局救えなかった。運命を変えることはできなかったんだ」

自嘲気味に笑いながら、壮吾はカウンターの上に手を伸ばす。水の入ったコップをつかもうとした手は、無様なほどに震えていた。

水を飲むのをあきらめて、壮吾はその手をぐっと握りしめた。こらえていたはずの涙が頬を伝い、痛みを感じるほど唇を噛みしめる。そのまま、カウンターに突っ伏してしまおうかと思った矢先、ふと背中に暖かな感触を覚えた。

「壮吾くんの気持ちはきっと、その人に伝わってるよ」

壮吾の背中をそっと撫でながら、美千瑠は言った。

穏やかな笑み、優しいまなざし。普段のおちゃらけた様子とはまるで違う、本来の彼女が持つ温かさに触れた気がして、壮吾の心は不思議とほぐされていく。

「だって精一杯やったんでしょ？　その気持ちだけで、きっと十分なんだよ。ねえ璃子？」

「しょーご、がんばった。えらいね」

にっこりと笑みを浮かべた璃子に強くうなずいて、美千瑠は再び壮吾を見る。

「だから、ね。元気出して。男の子がめそめそしてたら、情けないぞ。私の壮吾くんは、そんなに弱くなんかないんだから」

「いや……別にめそめそなんて……」

さりげない主張はさておき、壮吾は袖で強引に目元を拭った。それから、慌てて弁解しようとした言葉を遮るようなタイミングで、のっそりと厨房から現れた剛三が、こんもりと山を築いた巨大なオムライスをカウンターに置いた。

「え？　あの大家さん、これって……」

「……黙って食え」

一方的に言って、剛三は厨房へと下がっていく。多くを語ろうとしないその背中に、いじわるで威圧的な普段とは違う、不器用な優しさを垣間見た気がして、なんだかくすぐったかった。

「大家さん……ありがとうございます……」

「制限時間は三十分。残したら五千円だ」

「えぇー！　そんなぁ」

前言撤回。剛三はこんな状況にありながらも、壮吾をとことんいたぶるつもりでいるらしい。

「はやくたべないと、ばっきんだよ」

「わかってるよ。もう！」

高々と湯気を立てるオムライスをスプーンですくい、夢中で口の中に押し込んだ時、店の戸が開いて、見知った顔が覗いた。

「うーっす、ってなんだよ壮吾、貧乏私立探偵は廃業してフードファイターに転身か？」

「そういうわけじゃないよ。腹減ってるならお前も食ってくれ。三十分以内に」

「イヤだね。俺ぁ何でもかんでもシェアしたがる奴らが大嫌いなんだ。何が悲しくて、野郎同士で一つのオムライスを分け合わなきゃならないんだよ。一杯のかけそばじゃああるまいし」

へらへらと軽薄そうな笑みを浮かべながら、逆町が壮吾の隣に腰を下ろした。

「でもまあ、きれいな人妻だったらシェアしてもいいかな？　なんつって」

「ママ、あぶないやつがきたよ。いますぐはなれて」

「こらっ、失礼なことを言うのはやめなさい璃子。逆町さん、ごめんね」

慌てて謝る美千瑠に、逆町は肩をすくめて応じる。それから璃子に小声で「ママには手を出さないから安心しろ」と耳打ちした。

逆町はビールを注文し、グラスに満杯注ぐとすぐさま喉を鳴らして飲み干し、「ぷはぁ、うめえ」と表情を弛緩させる。

「そういや壮吾、お前今日どこに行ってたんだよ。夕方頃に事務所に行ったんだぞ」

「ああ、ちょっと仕事で外に……」

そう問われたことで思い出す。やり直しをした今日、壮吾は一日中外にいて、事務所には戻らなかった。つまり、逆町と酒を飲んでもいないわけである。

「どうせ酒でも飲みに来たんだろ。でも、結果的には飲まなくてよかったんじゃないか」

「そうなんだよ。お前がいないから一人で飲みにでも行こうかと思ったら、中央区のビルで転落事故があって呼び出しがかかったんだよ」

そう言ってから、逆町はふと疑問を感じたように、首をひねる。

「あれ、どうして知ってんだ？　このことお前に話したっけ？」

「いや、その、ニュースで見たからさ」

壮吾は慌ててかぶりを振り、店内のテレビを指さした。実際に事件のことが報道されたかは定かではないが、幸いにも怪しまれることはなく、逆町は「なるほど」と簡単に納得してくれた。

「それで、どうなったんだよその事件？」

話題をそらすように問いかけると、逆町は再び軽薄そうな笑みを浮かべ、

「どうもこうも、被害者を突き落としたのは同僚の女で、そいつが何人もの男を引っかけては投資詐欺で何百万って金を騙し取ってたんだよ。見た目はかわいいくせに、実の兄貴がチンピラ崩れのどうしようもないやつでさ。『グロウ・アップ』ってマルチ商法で手広く稼いでいる企業の役員なんだよ。そいつら、やり口が巧妙で、香港の特別な投資商品がどうのこうのと適当な嘘並べて会員から少額の投資を募る。で、最初の何回かは誘い文句通りのリターンを与える。そうやって相手を信用させてどんどん金額を吊り上げさせて、最終的には預貯金なんかを根こそぎ奪っちまうんだよ。最近はあちこちで投資詐欺で摘発されていて、兄貴の方はトラブルを抱えた会社員を駅のホームから突き落とした疑いがかけられている。妹も実刑は免れねえだろうな」

「長浜――あ、いや、犯人の女は同僚を殺したことを認めてるのか？」

壮吾が前のめりになって問いかける。逆町はおお、と軽い調子でうなずく。

「向かいのビルに一部始終を見ていた目撃者がいて、言い逃れできるような状況じゃなかったんだよ。目撃情報によると、被害者と犯人の長浜未華子が話をするうちに、長浜の方が突然逆上して掴みかかった。そして揉み合った後、力任せに突き飛ばして、被害者は転落。屋

上に柵はなく、あっという間の出来事だったそうだ」

被害者——朱里の死を嘆くように、逆町は重々しく息をついた。

「口論になった理由は？」

「詐欺のことを警察に通報されるのが怖かったんだってよ。殺意を持って突き落としたとなると、兄貴よりも質《たち》が悪い。詐欺罪だけじゃなくて、殺人罪まで上乗せだもんなぁ。まったくどうしようもねえ女だよ。こういう性根の腐った奴は、ムショに入ったくらいじゃあまともになんてならないだろうな」

出所した途端、再び他人を騙し、陥れ、欺いて命を奪う。そのことが嫌というほどわかっているからだろう。口調とは裏腹に、逆町の表情は険しかった。

胃の中にいくつも重石を詰め込まれたような息苦しさを覚え、壮吾は呻くように息をつく。やはり思った通りだった。だがそれがわかったところで、何の救いにもなりはしない。胸のむかつきは晴れそうになかった。

再び、気分が沈み込みそうになった時、逆町がふと思い出したように言った。

「——でもな、おかしなことが一つだけあったんだよ」

「おかしなこと？」

「もしかすると被害者は、自分が殺されることがわかっていたかもしれないんだ」

どくん、と、大きく鼓動が高鳴った。

「どうしてそう思うんだ？」

勤めて平静を装い問いかける。

ビールを飲む手を止めてグラスをカウンターに置き、逆町は苦々しい口調で説明した。

「被害者は長浜と話をする直前に、ある女性にメッセージを送信している。ある女性っていうのは、彼女の亡くなった婚約者の母親でな。内容を簡単にまとめると、彼がなぜ死んだのかがわかったってことと、復讐する覚悟を決めましたってことだった。これだけを見れば長浜に対し殺意を抱いていたんだと思うところだが、彼女はメッセージの最後を『私のことは心配しないでください。もうすぐ彼に会えるので』という一文で締めくくっている。つまり彼女は——」

「死ぬつもりだった……？」

後を引き継いで、壮吾は呻くように言った。胃がせり上がり、喉の奥から不快なものがこみ上げてくる。

朱里は死を覚悟したうえで、長浜未華子を屋上に呼び出した。彼女に自首を勧め、そして逆上した彼女によって屋上から突き落とされて死亡した。その運命に変化はない。だがそれは不慮の事故ではなく、朱里自身が望んだ結果だった。

「長浜未華子を、殺人犯にするつもりで……？」

再び発した声は、誰に対してのものでもなかったが、間近で聞いていた逆町は我が意を得たりとばかりにうなずいた。

朱里は自らの命を犠牲にし、長浜未華子に復讐を遂げた。婚約者の母親に送ったメッセージは、まさしくその証左だ。自首を勧めることで未華子が逆上することも、屋上で揉み合ったらどのような結果になるかも、朱里はすべて承知の上――いや、計算ずくだった。長浜未華子を詐欺師ではなく殺人犯として逮捕させるために、その命を差し出したのだ。

それだけじゃない。彼女が自ら進んで命を投げ出したもう一つの目的は、亡くなった婚約者にあの世で再会することだった。朱里は未華子に殺されることで、その目的をも果たそうとした。

血だまりの中に沈む彼女の横顔が、壮吾の脳裏によみがえる。何かに満ち足りたような安らかなあの表情はまさしく、その望みが叶えられたからこそのものだったのだと、壮吾は今ようやく理解した。

「そんな……そんなことって……」

噛みしめた歯の間から漏れ出すような声で、壮吾は呟く。痛みを覚えるほど握りしめたこぶしが、おかしいくらいに震えていた。

「おい壮吾、お前様子がおかしいぞ。大丈夫かよ？」

「……ああ、ごめん。なんでもないんだ」

すぐには納得できないながらも、壮吾の醸し出す異様な雰囲気に気圧された様子で、逆町は何度かうなずいた。店内には言い知れぬ沈黙が漂っている。我関せずといった表情の璃子が絵本のページをめくる音が、妙に響く。

「……きっとその犯人、死んだら地獄に落ちるだろうな」

その静寂を切り裂くように、ぽつりと呟いた壮吾の言葉には、逆町だけでなく美千瑠までもが目を丸くしていた。

「おいおい、物騒だな。お前って、そういうこと言うキャラだったたっけ？」

大げさに身をのけぞらせて笑い飛ばそうとする逆町に対し、同じように笑みを返して、壮吾は残ったビールをあおった。

泡の切れかかったビールは、ひどく塩っ辛い味がした。

第二話　死の運命と残されたメッセージ

1

「以上がこの一週間のご主人の調査結果になります」

壮吾は応接テーブルの上に並べた数枚の写真を手で示しながら言った。正面の席に座る依頼人は、三十代後半という年齢でありながら、派手な花柄のワンピースを着こなす妖艶な女性だった。

「……ひどい。こんなこと……」

依頼人は指先をわなわなと震わせながら、写真の一枚を手に取った。スーツ姿でひげの似合うダンディな中年男性が二十歳ほど年下であろう女性の肩に手を回し、ネオンきらめくラブホテル街の一角にある、アラブの宮殿のような建物から出てくるところを撮影したものだった。

「信じてたのに……何が接待よ……何が出張よ！」

血のように赤いマニキュアを施した依頼人の指が、ぐしゃりと写真を握りつぶした。今にも血の涙を流しそうなほどに赤く充血した目が、激しい怒りを体現したかのように燃え盛っている。

夫は大手商社の営業部長。残業や出張の多い仕事だ。妻はアパレルショップを市内に三店舗も構えるやり手の経営者。そのうえ五歳の息子はまだまだ手がかかる。当然夫婦の時間はなく、ほとんどすれ違いのような生活を送っているという。

それでも年に一度は休みを取って家族で旅行に出かけたり、結婚記念日には夫が慣れない手つきで料理を作ったりと、一緒の時間が少ないながらも、うまくやっていると思っていた。

ところが、ここ数週間というもの、夫の様子がおかしいことに気づいた依頼人が、彼の就寝中にスマホのパスコードを鬼の執念で解除し、メッセージのやり取りやＳＮＳのＤＭを確かめたところ、若い女と頻繁にやり取りをしていることがわかった。

その女というのが、この春に夫の会社に入社した新入社員で、なんでも、大きな会社の社長令嬢であり、付き合いのある夫の会社にコネで入社した世間知らずのお嬢様だった。当然、真面目に仕事などしていないのだろう。嫌な仕事はほかの新入社員に押しつけ、遅刻、早退を繰り返しておきながらも、悪びれる様子がない。それどころか、「パパに言われて社会見学に来ているだけだから、いつ辞めてもいいんだよねー」などというふざけた発言を繰り返していた。それに対し、夫はたしなめるどころか女を擁護し、「ミサキちゃんはいてくれるだけで会社の雰囲気がよくなるから、今のままでいいんだよ」などとのたまっている。およそ社会的立場のある人間の言うセリフではない。

夫の不貞を知った妻は、決定的な証拠を押さえるために壮吾のもとを訪れた。そして、さほどの苦労もなく、壮吾は依頼人の求めるものを手に入れたのだった。

「ご主人はここ二週間だけで四回、この女性と逢瀬を重ねていました。二回は外回りに同行させて、得意先との打ち合わせを終えた後にホテルで休憩。残り二回は出張と偽り、駅前のシティホテルに宿泊。しかもその宿泊費は会社の経費で落としています。ポイントカードにはすでに、お泊りが一回無料になるくらいにポイントが貯まっていて……」

「もういいわ。ありがとう。後は弁護士を立てて始末しますから」

始末、という単語の響きが、無関係であるはずの壮吾の耳に痛烈に響いた。

今後の二人の行く先を考えると、つい同情してしまいそうになるが、パートナーを裏切ったのは夫であり、その夫を既婚者と知りながら関係を続けてきた女性にも、弁解の余地はないだろう。

こうした夫婦関係に決定的な亀裂が入る瞬間は、もう数え切れないほど目の当たりにしてきたが、何度見ても複雑な気持ちを拭えないものである。

「夫はもちろん、この小娘もただじゃおかないわ。二人まとめて地獄に叩き落としてやります」

そう宣言して、依頼人は立ち上がった。決意に満ちたそのまなざしには、復讐の怨嗟《えんさ》が宿り、まがまがしい光を放っている。

「地獄……ですか」

無意識に繰り返した壮吾は、気づけばそれを単なるもののたとえではなく、現実に存在する一つの現象としてとらえていた。ずっと、天国や地獄なんて存在しないと思っていた。神様仏様、閻魔様だって迷信だと思っていた。いや、実際のところ今だって半信半疑だ。現実に自分の目で見たわけではないし、あの世がどこにあるのかすら定かではない。けれど、天使と悪魔には出会ってしまった。それどころか、彼らが死んだ人間の魂を選別し、どちらの世界に連れていくのかという『魂の選別』を手伝うという使命を強引に押しつけられてもいた。

――どうしてこんなことになっちゃったのかなぁ……。

その原因はいまだわからないままだ。なぜ自分がこんな状況に陥っているのか、いったいどういう経緯で自分はあの場所へ行き、誰に殺されたのか。何者かの依頼を受けて調査をしていたのなら、本来あってしかるべき調査記録がどこかにあるはずなのに、見つかる気配がなかった。

謎は一向に解けないばかりか、深まるばかりである。

「——ちょっと、探偵さん？　聞いてるの？」

依頼人に強い口調で言われ、壮吾は物思いから立ち返った。

「あ、はい。すみません」

「あなたもそう思うわよね？　不貞を働いた夫なんて、地獄に落ちればいいと思うでしょ？」

「も、もちろんです。はい。奥様やお子様がいる身でありながら、こんな小娘に現を抜かす夫など、徹底的に懲らしめてやりましょう。わたくしは断固として奥様の味方です」

「……そう、そうよね。許すことなんて、できないわよね」

壮吾の後押しを受け、依頼人は自らを納得させるように何度かそう繰り返し、やがて決心したようにうなずいてバッグから白い封筒を取り出した。

「少し多めに入っているから。お世話様」

ズシリと重みのある封筒を壮吾に押しつけて、依頼人は踵を返す。

ドアを開け、去っていくその背中を見送りながら、壮吾は胸を躍らせて封筒をもてあそび、中身を確認するとさらに小躍りした。

これなら、溜まっていた家賃を清算しても十分なほどおつりがくる。封筒から一万円札を数枚引き抜いて、壮吾は意気揚々と部屋を出た。その足で階下の『万来亭』へ向かい、店主兼大家である剛三に溜まっていた家賃を気前よく支払った。受け取ったお札をじっと見下ろした剛三は、キツネにつままれたような顔をして、「怪しい筋から手に入れた金じゃあねえだろうな？」などと勘ぐってきた。

決してそんなことはないと念を押し、どうにか受け取ってもらうと、昼食にカツカレーを注文してスマホの通販サイトを開く。すると、前から目をつけていた盗聴グッズが格安セールで販売されており、壮吾は思わず顔がほころんだ。

私立探偵として独立したものの、先立つものもなかったために、機材関連はまだ全然充実していない。ここらで一つ、設備投資をしておくべきだろうか。

見れば見るほど目移りしてしまい、騒がしい店内で、壮吾は一人にやにやが止まらない。

「どうしたの壮吾くん？　やけにご機嫌じゃない」

ふいに声をかけられ、壮吾はわっと飛び上がった。大皿からはみ出そうなほど巨大なトンカツをのせたカレーを運んできた美千瑠が、怪訝そうに眉をひそめている。どういうわけか、いつもうるさいくらいに笑顔を振りまいているその顔には、じっとりとした疑惑の色が浮かんでいた。

「いや、別に……ちょっと買い物でもしようかなって……」

職業柄、盗聴器や隠しカメラが必要な時があることは理解してもらえるだろうけど、それでも大っぴらにそういった品を物色していたと口にするのはためらわれた。

だが、美千瑠の関心は別のところにあったらしい。

「そう？　てっきりあの『親密な』女の人に連絡しているのかと思ったけど」

「いや、別にそんなことは……」

おそらく、一度この店にやってきた杏奈のことを言っているのだろう。壮吾が遭遇した天使と悪魔の、悪魔の方だ。見た目は麗しい二十代半ばの女性。しかしてその正体は、正真正銘の地獄の使者である。何が楽しいのか知らないが、わざと美千瑠を挑発するような発言を繰り返し、壮吾と親密な関係にあるのだと大嘘をついたために、それ以来美千瑠は、ことあるごとに杏奈の話題を持ち出すようになった。別にどちらとどういう関係でもないのだが、壮吾としては、なんだか板挟みにされたような気がして複雑な気分である。

「ふぅーん。それならいいけど。ねえ、それより今日って、仕事が終わったら時間ある？」

「時間？　まあ、あるっちゃあるけど」

「よかった。ちょっと買い物に付き合ってほしいの」

「買い物？　璃子ちゃんの洋服とか？」

言いながら、壮吾は無意識にカウンターの一番奥の席へ視線をやる。璃子は保育園に行っているので、いつもの特等席は空席だった。

「残念でした。璃子じゃないの。あ、言っておくけど壮吾くんでもないのよ。期待させちゃってごめんね」

何も言っていないのに、こちらががっかりしたような空気になってしまい、壮吾は反応に困った。そんな壮吾を置いてけぼりにして、美千瑠は悩ましげに眉を寄せ、何かを期待するようにもじもじと両手の指を絡ませる。そして、上目遣いに壮吾を見つめながら言った。

「実はね、男の人にプレゼントを贈りたいんだけど、私、そういうの選ぶセンスが全然ないから。手伝ってほしいのよ」

男の人……プレゼント……？

「へえ、みっちゃんが？」

「ちょっと何よその気のない言い方は！　もっとこう、不安になってくれてもいいんじゃないの？　私が壮吾くん以外の男の人のためにプレゼントを買うって言ってるのよ！」

「いや、別に不安にはならないよ。素敵なことじゃないか」

おめでとう、と続けた壮吾に対し、美千瑠は奇声を発しながら地団太を踏んだ。

「きぃー！　なんでそんなに冷静なのよぉ！　もっと危機感を持ってよぉ！」

正直、詳細を訊ねたい気持ちはあったが、今はそれよりも、通販サイトの方に気持ちがいっていた。せっかくのカツカレーだって、冷めないうちに食べてしまいたい。

そんな壮吾の態度がさらに気に障ったのか、美千瑠は両の頬を膨らませて、わかりやすく怒りをあらわにしている。

申し訳ないが、壮吾は美千瑠の期待するような嫉妬心を抱くことはなかった。だが、詳しい事情は気になる。毎日店の仕事と子育てに追われている美千瑠に、そういう相手がいるのは少々意外だったが、それはそれでよいことのように思えた。

「そういうことなら、僕でよければ協力するけど」

「本当？　よかった。それじゃあ午後六時に駅前で待ち合わせね」

そう言ってから、美千瑠は唐突に両手で頬を覆った。

「どうしよう、壮吾くんとデートなんて……いつもと違う雰囲気で盛り上がっちゃって、あんなことやこんなことに……」

「みっちゃん、心の声が駄々洩れだよ」

「やだ！　壮吾くんったら！　みんなが見てる！」

みんなが見ているのは美千瑠が一人で騒いでいるからであり、壮吾には何の落ち度もないのだが、そんなこちらの心境になど頓着する様子もなく、美千瑠は軽やかな足取りで厨房へ戻っていった。起伏の激しいテンションについていくのは大変だが、彼女の底抜けの明るさがあるおかげで、壮吾はいろいろなことを深刻にとらえることなくいられる気がする。

そんな美千瑠の頼みならば、買い物の一つや二つ、安いものだと内心で独り言ちて、山のように盛られたカツカレーをぺろりと平らげると、壮吾は店を後にした。

約束の午後六時まではあと五時間以上ある。今日は調査や尾行などの仕事はないので、書類関係を片づけて、少し昼寝でもしようかと考えながら外階段に足をかけた時、ふいにポケットの中でスマホが鳴動した。画面を見ると、『鍵屋の信《しん》さん』と表示されている。

『お、出た出た。久しぶりだねぇ壮吾ちゃん。元気してた？』

「信さん、久しぶり。どうしたの突然」

久々に耳にする声に少しばかり嬉しくなって、壮吾の声も自然と弾む。

鍵屋の信さんは、壮吾が大手探偵事務所に在籍していた頃、先輩に紹介してもらったいわゆる『情報屋』である。実際に町の小さなスーパーの一角に鍵屋を設け、つつましく商いをしているのだが、それは世間を欺くための仮の姿であり、本職は壮吾のような探偵や刑事、その他裏社会の人間を相手にする情報屋。しかもこの道四十年というベテランである。

本来なら壮吾のような駆け出しの私立探偵が仕事を頼めるような相手ではないのだが、探偵社をクビになった後も、時々こうして仕事を回してくれたりするのだった。

　飛び込みの依頼ばかりでは生活が成り立たない零細私立探偵としては、ありがたいことこの上ない。だからこの時も、何か仕事を紹介してもらえるのかと思ったのだが……。

『安心したよ。俺ぁてっきり、壮吾ちゃんが面倒に巻き込まれておっ死《ち》んじまったのかと思ってたからよ』

「僕が死ぬって……？」

　意味もわからず、壮吾は問い返す。すると信さんは、ややため息交じりに、どこか申し訳なさそうな声で言った。

『ほら、この前の依頼だよ。おかしな仕事回しちまったなぁって後悔してたんだ。こっちでも調べてみたけど、まさかあんな……』

「ちょ、ちょっと待って。それってもしかして、三週間前の……？」

　まだ言い終わらない信さんを遮るようにして、壮吾は問いかけた。

　はっきりとした内容の伴わない質問だったが、信さんはすべて理解済みといった調子で相槌を打つ。

『そうそう、それだよ。俺が頼んだ仕事。壮吾ちゃん、調査に出かけるって言ったきり連絡寄こさないから心配してたんだよ。何しろ依頼してきたのは……あの……』

「もしもし？　信さん？」

ふいにノイズが走り、電話の内容が聞き取りづらくなった。何度か呼びかけると、向こうも異常を察知したらしく、「もしもし」と何度か繰り返す。

「信さん、今店にいるよね？　あとでちょっと寄らせてもらうから、直接話そう」

『おいおい、どうしたんだよ怖い声出してさ。何かあったのか？』

戸惑う信さんをよそに、壮吾は強い焦燥感に駆られていた。

三週間前といえば、ちょうどあの路地で、杏奈と日下に出会った頃だ。そして、壮吾が何者かに殺された頃でもある。

いくら調べても出てこなかった手がかりが、まさかこんな形で得られるとは思わなかった。棚から牡丹餅とばかりに降ってわいた幸運に、壮吾は興奮を禁じえなかった。

「その仕事について、詳しい話を聞かせてほしいんだ」

続けて言ったあと、再びノイズが走り、やがてぷつりと唐突に通話は切れた。それでも、こちらの意図は伝わっただろうと判断し、スマホをポケットに押し込んだ壮吾は、すぐに踵を返し、信さんが店を構えるスーパーに向かって駆け出した。

ところが、数歩も進まぬうちに足が止まる。そして突然、ぐらりと視界が揺れた。

「……うそだろ」

気づけば、世界から音が消えていた。行き交う人々も、車やバス、電線にとまったスズメや飲食店のゴミ捨て場を狙うカラスなんかも、何もかもが凍りついたように動きを止めていた。

時間が停止している。それが意味することを、すぐに察知した壮吾は、次の瞬間、強烈な耳鳴りに見舞われて目を固くつぶった。全身を目に見えないエネルギーのようなものが駆け抜け、そして去っていく。

ゆっくりと目を開いた時、壮吾は見覚えのない小さな部屋の中にいた。

「ここは……」

細長い部屋の中、左右の壁に沿って多数のロッカーが並んでいる。通路の中央にはベンチのようなものが二つ、間隔を置いて並べられ、片方のベンチは誰かが蹴飛ばしたみたいに横倒しになっていた。そして、突き当たりには出入口らしきドアがある。

また飛ばされた。そう認識した途端、背後に気配を感じ、壮吾は振り返る。

「いきなり呼びつけちゃってごめんね。でも、お仕事だからさ」

のんきな口調で言ったのは、なぜか純白のテニスウェアに身を包み、ラケットを手にした杏奈だった。その傍らには、いつも通りのさえない風貌でたたずむ日下の姿もある。

いつ見ても、この二人の対比具合には慣れないものである。

「うっ……！」

だが、そんなことも考えていられないほど、壮吾は目の前に広がる光景に息をのみ、激しく動揺した。

二人の後ろには、天井の梁《はり》から垂れ下がったロープに首をくくられたジャージ姿の少年の死体があった。

2

「あれ、どうしたの？　ずいぶん驚いているみたいだけど」

不思議そうに首をひねった杏奈が、わざとらしく問いかけてくる。だが壮吾には、まともに返事をする余裕はなかった。

「驚くに決まってるだろ。なんで……こ、こ、こんな……」

自分でも何が言いたいのかわからないくらい言葉に詰まりながら、壮吾は二人の背後、窓際にぶら下がった死体を指さした。必死の訴えに気づいたらしい杏奈がひょいと後方を見やり、それから軽く肩をすくめる。

「なんでも何も、死体がなきゃああたしたちの仕事は始まらないでしょう。んで、死体が出たから君を呼んだ。何も不思議はないと思うけど？」

「そんなことはわかってるよ。でもいきなり時間が止まって、何の断りもなしにこんな所に飛ばされて、しかも目の前に死体があるんだ。驚くなっていう方が無理だよ」

必死に抗議するも、杏奈はへらへらと笑うばかりで、悪びれるそぶりを見せようともしない。

「担当区域で死者が発生した場合、我々は速やかに代行者を召喚し、魂の選別を行うよう定められている。多少の強引なやり方は理解してもらわなくてはならない」

日下もまた、平然とした様子で言った。こちらも別段、申し訳なさそうな口調ではない。

あまりにも堂々とした態度を見せつけられたせいか、壮吾はおかしなことを言っているのは自分なのではないかという、妙な引け目を感じてしまった。

「要するに、あたしたちが必要とした時、君は何をおいても駆けつけなきゃダメってこと。でも、人間ののろまな足じゃあ、いくら急いだところで知れてるでしょ。あたしたちが強引に引っぱり込めば、一瞬で君を呼び寄せられる。その腕の痣は、そのためのものなのよ」

そう言って、杏奈は壮吾の左腕を指さした。袖をまくると、手首の辺りには今もどす黒い指の跡がくっきりと残されている。

「これは、ただの痣じゃないってことなのか……？」

「当然でしょ。そのしるしがあるおかげで、君がどこにいて何をしているかすぐにわかるし、好きな時に好きな場所へ呼び出せる。言うなれば、あたしたちと君をつなぐ赤い糸ってところだね」

冗談じゃない。何が赤い糸だ。『しるし』どころかただの『手枷《てかせ》』ではないかと、まくしたてたい気持ちをぐっとこらえて、壮吾は重々しく息をついた。

「また、僕に一日をやり直せっていうのか？」

「当然でしょ。それが君の使命だし、生き返った理由だってそこにあるんだから……って、なんだか気が進まなそうね？」

図星を突かれ、壮吾はかすかにうろたえる。

せっかく、鍵屋から耳寄りな情報を得られそうなところだったのに、これでは台無しである。時間を戻されたとしても、また鍵屋に話を聞けば済む話だが、被害者のことについて調査するならば、寄り道している暇などないだろう。そうなると、必然的に鍵屋と話をするのはさらに後回しになってしまう。そのことがどうにもわずらわしく感じられて、壮吾は不機嫌さを隠そうともせずに嘆息した。

「何か不満でもあるのか？」

抑揚のない口調で問われ、壮吾は日下をにらみつける。

「あるに決まってるだろ。そっちの都合で勝手にあちこち飛ばされて、しかも毎回死体が転がっていて、その死の真相を調べるために時間を戻される。そんなふうに僕を振り回すなんて、いくらなんでも横暴じゃないか。僕にだって生活があるんだ。少しはこっちの事情も考えてくれないと」

「うーん、横暴ねえ」

感心した風な口調で繰り返しながらも、杏奈は壮吾に対し、さげすむような視線を向けてくる。

「でもその横暴のおかげで、君は現世によみがえることができたんだよ。でなきゃあ、今頃その身体は崩れ落ちて、腐った血肉をまき散らす骸と化しているはず。まさか、その方がよかったなんて言わないよね？」

「そ、それは……」

鼻っ柱をへし折られたような気持ちで、壮吾は言葉をさまよわせる。何も言い返せないその姿を見て、杏奈は満足そうに口角を持ち上げ、日下を一瞥した。さっさと要件を済ませよう。そういった趣旨のアイコンタクトであることは壮吾にもすぐに理解できた。

「では、今回も君に魂の選別を行ってもらう。この少年の死の真相を解き明かすために、時間を遡るのだ」

「……その前に、一つ聞いてもいいかな？」

「一つだけだよぉ」

杏奈が、ラケットを軽く素振りしながら、気のない調子で言った。おちゃらけた態度に辟易しながらも、壮吾は咎《とが》めるような口調で言う。

「僕が真相を突き止めるまでもなく、きみたちは何もかもわかっているんじゃないのか？前回だって、わかったうえで僕が勘違いするように仕向けていたわけだし」

「やだなぁ。人聞きの悪いこと言わないでよ。あれはたまたまああなっただけで、騙すつもりなんてなかったんだからー」

呆れるほどの棒読みで、杏奈は否定した。

「今回だって、彼が、どういう経緯でこんな状態になっているのか、わかったうえで僕を利用しようとしてるんじゃないのか？」

壮吾が指さした先、ぶら下がった亡骸を再び振り返りながら、杏奈はぽりぽりと頬の辺りをかいた。

「さて、どうだろうね。あなたから説明してあげたら？」

投げやりな態度で説明役を押しつけられ、日下は不承不承といった様子で壮吾を見据えた。

「確かに我々は君とは違い、その人間の過去や人生に対して、ある程度の理解がある。だがそれは、事細かな情報などではなく、ひどく曖昧なものでしかない。たとえば、幼い頃に働いた行為を恥じ、悔い改めた記憶や、誰かを深く愛した記憶。そういった、人生の中で特に重要なことについての想いが魂に刻まれていて、そこに触れることで理解できるといった具合だ」

「それじゃあ、死んでしまった時の記憶は？」

「あいにくだが、そういったものがすべて理解できたなら、我々が君に真相の推理を頼む必要はない」

天使や悪魔とは言っても、すべての人間のあらゆる行為を逐一モニターしているわけではないということか。壮吾の勝手な解釈では、天使は常に人間をそばで見守り、悪魔は隙あらば人間をたぶらかそうと企んでいるものだと思っていた。だが、彼らの話を聞く限りでは、そういうものではないらしい。彼らの構築するそれぞれの社会。その実態がどんなものかはいまだはっきりと見えてはこないが、少なくとも目の前にいる二人は、上から与えられた役目に従い、力ずくで魂を奪い合うこともせず、選別された魂を平和的かつ迅速に運ぶ職務に真摯に取り組もうとしている。まさに勤勉な役所の職員のようであった。

「けどまあ、今回に関してはそれほど真剣にやらなくてもいいかもね」

「というと？」

問い返した壮吾に対し、杏奈ではなく日下が沈んだ声で応じた。

「この魂の持ち主が自ら命を絶ったのなら、彼は天界の門をくぐることはできない。そういうことだ」

「――そうか。自殺したら天国には行けないんだったね」

前回、彼らと話した時の記憶をたどりながら、壮吾は小さくうなずいた。

「もちろん、絶対というわけではない。自殺という大罪を覆すほどのやむを得ない動機があると判断されれば、天国がその魂を受け入れる場合もある。だがそれは、非常に稀有なケースだ」

大勢を救うために命を投げ出しでもしない限り、自殺という名の大罪から逃れるすべはないということか。

でも、と内心で呟いて、壮吾は哀れな姿をさらす少年を仰ぎ見た。年の頃は十五、六歳。まだあどけなさの残る死に顔には、形容しがたい悲痛さが浮かんでいる。彼が本当に自殺したのなら、確かに選別の余地はないのだろう。だがもし殺人だった場合はどうなるのか。彼が何者かの恨みを買ってしまったことで殺害され、工作のためにこのような姿にされているとしたら、問答無用で地獄へ送られるべきではない。むしろ、哀れな魂の行き先としては天国の方がふさわしいのではないか。

そう考えた途端、壮吾は言い知れぬ恐怖にその身を押し包まれた。本来天国へ行くべき人間を地獄へ送る。それは重大な選別ミスであり、ともすれば、その魂の尊厳を損なう恐れのある行為だ。警察が冤罪事件を恐れるように、壮吾は自らの決断によって取り返しのつかない失敗を招く可能性があることを改めて思い知らされた気がした。

途端に、選別を行うこと自体が恐ろしくなってくる。いや、たとえ自殺であったとしても、いたいけな少年をこの手で地獄行きだと決定づけることに、少なくないプレッシャーを感じずにはいられなかった。できることなら自殺ではなく、殺人であってほしいとすら思う。

その願望が、一般的には不謹慎であることとすら、今は考える余裕がないほどに。

「急に黙り込んでどうした。準備はできたのか？」

唐突に黙り込んだ壮吾を慮るように、日下が問いかけてきた。同じようにこちらを見る杏奈と二人がかりでもの言いたげなまなざしを向けられ、壮吾は観念したように首を縦に振る。

「……わかったよ。やればいいんだろ」

渋々、溜息交じりに告げて、壮吾は吊るされた少年へと視線を戻す。

首を吊って間もないせいか、あるいは時間が停止しているからか、その少年の顔はまだ生気を感じられるほどきれいなものであった。首にかけられたロープは、天井の梁を通して窓際の暖房器具のパイプに結びつけられていた。ロープの先端を投げて通し、ちょうどよい長さで結んだのだろう。横倒しになっているベンチを踏み台にすれば、すべてを自分一人で行うことは可能だ。

衣服に乱れはなく、誰かと争ったような形跡は見られない。吊るされたままの少年の周囲をぐるりと回った後、壮吾はその頸部に目を凝らし、ひっかき傷がないかを確認した。いわゆる『吉川線《よしかわせん》』と呼ばれるもので、通常は絞殺される被害者が抵抗した際に自身の爪で縄を取ろうとしてひっかいてしまう現象だ。逆町いわく、自殺か他殺かを判断する重要な要素の一つであるらしいが、自殺の場合でも、苦しさから縄を外そうともがいてしまうこともあるらしいので、吉川線があるからといって、必ずしも他殺と断定することはできないらしい。

そのほかにも首に残った策条痕《さくじょうこん》の具合によって自殺か他殺かを判断するのは警察組織において初歩中の初歩らしいのだが、残念なことに壮吾にはその知識がない。鑑識が到着するのを待つわけにもいかないので、現時点では、この少年が何者かに首を絞められたのではなく、自殺である可能性が高いという程度にとどめておくことにする。

少年が着ているジャージは市内の私立落陽《らくよう》高等学校のものだった。学力もさることながら、特にスポーツに力を入れていることで有名な私立校である。このことから、彼がその高校の生徒であり、このロッカールームがその高校の校舎にあるらしいことが推測できた。周囲に視線をやると、壁には体育祭や文化祭のポスターが張られた掲示板があり、いくつかの部活動の各大会の功績を記した記事も散見された。

少年はこの年頃の男子にしては背が低い方で、体格も細身である。一見して文科系に見えるが、真新しいバスケットシューズを履いていることから、バスケ部に所属しているらしいとわかる。床には鈴のキーホルダーが付いた鍵と、彼のものらしきボストンバッグが置かれ、中には着替えや勉強道具の類が詰め込まれていた。半開きのロッカー内にはこれも彼のものであろう制服が、無造作に押し込められている。そして、ロッカーの上段の棚にそっと忘れられたようにスマホが置かれていた。

どういうわけか、画面は点灯したままで、SNSと思しきアプリが起動している。手を触れぬように気をつけながら覗き込むと、投稿前のテキストで、ただ一言、

『代表なんていらない』

そう記されていた。

「これは……」

どうやら、新しいメッセージを投稿しようとしていたらしいが、途中で打つのをやめてし

まったのか。その言葉の意味を考えてみるが、何のことかさっぱりわからない。

——まさか、ダイイングメッセージ？

内心で自問し、壮吾は口元に手をやって思案する。彼が自殺ではなく他殺で、こうして吊るされているのが犯人の偽装だとしたら……。と、そこまで考えて、壮吾は自らその閃《ひらめ》きを否定するようにかぶりを振った。

もしこれが、少年が何かを伝えようとして残したメッセージだとしたら、彼の死体を自殺に見せかけようと偽装工作までした犯人が気づかないはずがない。スマホのロックがかかっていないということは、犯人の目にも留まっただろうし、削除することだって簡単だったはずだ。それがされていないということは、やはり彼の死は自殺で、このメッセージは遺書の類と考えられる。

「ねえ、まだ？　さっさと戻しちゃいたいんだけど」

杏奈に急かされたせいで、まとまらない思考がさらに乱れる。

「ちょっと待ってくれよ。まだ彼の名前もわからないんだ」

「そんなの、戻ってからでいいでしょ。のんびりしてたら魂がドロドロに溶けちゃうよ」

顔をしかめた杏奈を前に、壮吾はふと、違和感のようなものを覚えた。

前回も、彼女はさしたる説明もなしに、少ない手がかりしか与えることなく壮吾を過去に飛ばした。しかも、そのヒントというのが被害者を別人と勘違いしてしまうようなややこしいもので、壮吾はあやうく天国へ行くべき魂を、彼女に渡してしまうところだった。

今回も、何か悪だくみをしている。そんな気がしてならなかった。何しろ彼女は見た目通りのかわいらしい女性ではない。隙あらば壮吾を陥れようと企む悪魔であり、その皮の下はきっと、見るもおぞましい怪物のような様相をして……。

「――何よ。もしかして今回もあたしが悪だくみしてるんじゃないかって疑ってる？」

「え……？」

「悪魔なんだから、当たり前のように嘘をつくんじゃないかって？」

「べ、別にそんな……」

絶妙なタイミングで心を見透かしたような質問をされ、壮吾は慌ててかぶりを振った。杏奈はさも心外とでも言いたげに深い溜息をついて、眉を寄せる。

「傷つくなぁ。確かに、あたしは天使と違って正直者じゃないけど、そんな風に頭から疑ってかかられるのは、普通にショックだよ」

さめざめと涙すら流しかねないような愁いを帯びた表情を前に、壮吾はうろたえる。中身はいざ知らず、杏奈の外見はテニス好きの女子大生そのものであり、そんな彼女が悲しそうにうつむく姿は、三十歳独身男を動揺させるには十分な効果があった。

「いや、その……ごめん。つい疑っちゃって。謝るよ」

「……あら、そう？　だったら、もう飛ばしちゃってもいいよね？」

涙一つ流れてはいない顔を持ち上げ、しめたとばかりに笑みを浮かべた杏奈が問いかけてきた。すぐそばで沈黙を守っていた日下も、魂が傷むのを危惧しているのか、反対する意思はないらしい。

「ちょっと待って……もう少しだけ……」

慌てて訴えながら、壮吾はもう一度周囲を見回し、怪しい箇所がないか確認する。

室内に窓は二つあり、どちらもサムターン錠がかかっている。無数に並ぶロッカーのすべてを開けて確かめる時間はないので、そこはあきらめて入口のドアをチェックした。指紋が付かないようにハンカチを当ててノブをつかみ、ドアを開けようとしたが、がちゃりと重い音がしただけでドアは開かない。こちらもしっかりと施錠されているらしい。

バッグのそばに落ちていたのがこの部屋の鍵だとすると、中に入った彼が自分で鍵をかけたことになる。だが、多人数が利用するロッカールームなら、合鍵の一つくらいあるだろう。となると、何者かが彼を殺害して外からカギをかけることは可能だが、現時点ではそのことを証明するものは室内に見受けられない。第一印象として、この少年が自殺であるという見解が、最も自然で現実的な解釈ということに……。

だめだ。しつこく急かされたせいで考えがまとまらない。どうにかして自殺ではないという方向に思考を働かせたいのに、うまくいかなかった。おまけにここへ来る前の信さんの話が引っかかっているせいで集中力も続かない。

「ぶー、時間切れ。それじゃあ行ってもらうわよ」

しびれを切らしたような杏奈の声とともに、ぱちん、と音がして、壮吾の視界が暗転した。ぐるぐると激しいめまいのような感覚に襲われ、空に落ちていくような重力の反転を味わいながら、壮吾の意識は唐突に途切れた。

3

「――ちょっと、探偵さん？　聞いてるの？」

「え……」

不機嫌そうな女性の声がして、壮吾は我に返った。すぐさま、自分のいる場所が見慣れた自室であることを理解し、改めて目の前の女性を見やる。

テーブルを挟んでソファに腰かけているのは、派手なワンピース姿の依頼人であった。

「何をぼーっとしているのかしら。この調査結果について、あなたの意見を聞かせてと言っているのよ」

「ぼ、僕の意見、ですか？」

予期せぬタイミングに帰還してしまったせいで、まだ頭がぼーっとしていた。てっきり前回と同じように布団の中で目覚めると思っていたのに、なぜ、夫の浮気に打ちのめされた依頼人との話の真っ最中に戻されてしまったのか。特別な意図がないとするなら、彼らによる時間の逆行はかなり不安定であると思わざるを得ない。

「そう。あなたの意見よ。調査したのはあなたなんだから、この結果を見て、一言意見を聞かせてほしいの」

依頼人の女性はひどく攻撃的な口調で言った。前回は、調査結果に愕然とする依頼人に対し、壮吾が慰めの言葉を口にした気がするが、何を言ったか詳しく思い出せない。

「どうしたの？　何もないの？」

「そんなことはありません。その……えっと……ご主人も少々、魔がさしたというか、悪気があったわけじゃないのでは？」

「えぇ？　なんですって？」

依頼人は素っ頓狂な声を上げ、何を言い出すのかとでも言いたげに、壮吾をにらみつけた。

「あなた、浮気した夫の肩を持つっていうの？」

「いえ、決してそういうわけでは……」

しまった。慌ててしまったせいか、前回とは真逆のことを口にしてしまった。そのことに気づいた時にはすでに遅く、夫人は柳眉を逆立て、鬼女が如き形相で壮吾をさらにねめつける。

「あなたは私が雇った探偵よね？　何があっても依頼人の味方をするべきでしょう？　それがどうして浮気した夫の味方をするのよ。男同士、通じるものでもあるっていうの？」

「お、奥様……どうか落ち着いてください。決してそのようなことは……」

「これが落ち着いていられますか！」

依頼人が勢いよく立ち上がり、がたーん、と音を立てて椅子が後方へと倒れた。そんなことには構いもせず、依頼人は腕組みをして、便所のゴミムシでも見下ろすような嫌悪感たっぷりの視線を壮吾にくれると、そのまま踵を返し、事務所を出ていく。

「あの……報酬は……」

追いすがるような声で言った壮吾に対する当てつけのように、けたたましい音を立ててドアが閉じられた。あの様子では、追いかけて料金の話をしたところで、応じてくれるとも限らない。下手をすると返金すら求められてしまうかもしれない。まずは依頼人の怒りが十分に収まるまで、そっとしておくしかないだろう。

「ついてないなぁ……」

一回目とは真逆の結果に辟易しながら、無人の部屋に一人取り残された壮吾は、机の上に広げられた調査対象の浮気現場の写真を見下ろし、深く溜息をついた。

くさくさしていてもしょうがない。それより今は、しなくてはならないことがある。そう自分に言い聞かせ、軽く身支度を整えた壮吾は部屋を出た。外階段を下りて、店の戸を開くと、店内は昼食の時間帯を過ぎているにもかかわらず、活気にあふれていた。

「お疲れさま壮吾くん。お仕事はうまくいったの……って、あれ。どうかした？　悪い夢でも見たような顔して」

忙しさのせいか額に汗を浮かべた美千瑠がやってきて、水の入ったグラスをカウンターに置きながら尋ねてきた。何の気なしに口にしたのだろうが、ずいぶんと皮肉が効いているような気がして、壮吾は苦笑する。

「そうだ。ねえ壮吾くん、実はお願いがあるんだけど……」

「お願い……？」

問い返した直後、壮吾はすぐにその会話の先を思い出し、「ああ」と声を上げた。

「買い物に付き合ってほしいんだよね。男の人へのプレゼントだっけ」

「えぇ？　あ、あれ……なんで？　私、そのこと喋ったっけ……？」

驚いて目を丸くした美千瑠が、壮吾の反応の良さに戸惑い、わずかに身を引いた。もはや驚きを通り越し、気味悪く感じている様子である。

「あ、ごめん。そうじゃなくて……その……」

しまった。口を滑らせてしまった。慌てて両手を振りながら、壮吾は弁解しようと言葉を探す。だが、気の利いた言葉がまるで浮かばず、戸惑いをあらわにする美千瑠との間には、妙な沈黙が流れた。

「弱ったな……はは っ……とりあえずカツカレーを……」

作り笑いを浮かべ、ごまかすように注文をしようとした壮吾は、しかし次の瞬間、カウンター越しにぬっと顔を覗かせた剛三が、金剛力士像のような憤怒に満ちた表情を浮かべていることに気づき、壮吾は口を開いたまま声を失った。

「おい探偵屋ぁ。家賃はどうした？」

そうだった。前回は店に来て真っ先に剛三に家賃を渡したことで、彼の機嫌を損ねずに済んだ。だが今は、報酬を受け取れなかったためにおけら状態である。

「もう少しだけ、待っていただけると……」

ない袖は振れない。その意思を正直に示し、壮吾はこわごわと剛三の顔を見返した。

当然、剛三の鬼神めいた怒りの形相はさらに深まった。こちらの言い分などお構いなしに、周囲の客に驚かれるのに頓着する様子もなく、剛三は包丁とお玉を手に、容赦なく壮吾を追い立てた。

『万来亭』を追い出された後、壮吾は立ち寄ったコンビニの豆パンで空腹を満たしつつ、最寄りのバス停から二十分ほどバスに揺られた先にある私立落陽高等学校を目指した。

先に言った通り、この学校は町で一番の進学校でありながらスポーツにも力を入れていることが有名で、少子化が叫ばれるこのご時世でも、毎年かなりの倍率にもかかわらず入学希望者が後を絶たない。

国道に面した位置に鎮座する、伝統に恥じぬ高貴なたたずまいの校舎を見上げながら、壮吾はわずかに尻込みする。正面の門は固く閉ざされ、安易に出入りできるような状態ではない。そのうえ壮吾はお世辞にも学校関係者を名乗れるような風体には見えないだろう。どうやってここに侵入すべきか……。

しばし考え込んだ末に、壮吾は以前、この学校の事務員をしている男性の依頼を受けたことを思い出した。当時、合コンで知り合い交際していた女性の素行調査を依頼され、調べてみたところ、その女性が新興宗教の回し者で、教団が男性の両親の所有する土地を手に入れるための、壮大な計画のもとに彼に近づいていたことがわかった。両親に懇願され、嫌々依頼してきた男性は、壮吾の調査結果を受け、ショックを隠せない様子だったが、すぐに女性と別れて事なきを得たのだった。

壮吾は今回、その人物に助けを求めることにした。携帯電話の番号にかけても応答がなかったので、学校に直接連絡を入れると、相手は周囲を気にする様子で声を潜め、何の用かと危機的な声を上げた。理由は説明できないが、おたくの学校に潜入したいと、壮吾は単刀直入に申し出た。当然、相手としてはそんな要求を受ける理由などない。案の定というかなんというか、その男性の回答は『否』だったわけだが、壮吾がしつこく食い下がった結果、最後は根負けする形で、男性は協力を承諾してくれた。

「探偵さんには世話になりましたからね。恩返しのつもりで協力しますよ」

そう言って控えめに笑った彼は、壮吾が学校を訪れる時間帯に合わせて通用口で出迎え、校内を案内してくれた。あれ以来どうしていたかと聞くと、「実は私、近々結婚するんですよ」と突拍子もない報告をしてくれた。マッチングアプリで出会い、交際一か月のスピード婚という話に耳を疑ったが、本人はいたって幸せそうだった。壮吾としては、その相手がおかしな宗教にはまっていないことを祈るばかりである。

協力といっても、かつての依頼人に迷惑をかけるわけにはいかないので、彼にはある調査依頼のために、数人の生徒や学校関係者から事情を聞きたいと伝え、そのためにスポーツ記事の記者と身分を偽って学校内に入り込む手助けをしてもらえるよう頼んだ。中にさえ入り込んでしまえば、あとは一人でどうとでもなる。

というわけで、偽記者として警備の目を潜り抜けた壮吾は、事務員に礼を述べて別れ、まずはあの少年が死亡していたロッカールームへと向かった。

時刻は午後二時半。午後の授業中ということもあり、学校内は静けさに包まれていた。さすがは進学校といったところか、各教室から聞こえてくるのは教師たちの淡々とした声ばかりで、無駄話をして騒いでいるようなクラスは一つも見受けられなかった。

それらの教室を横目に通り過ぎ、校内図を参考に部室棟へ向かう。たどり着いた部室棟は、本校舎と渡り廊下でつながっており、かなりしっかりとしたコンクリート造りの重厚な構えをしていた。本校舎からはもちろん、グラウンド側からも出入りできる入口があり、一階にはやや多めに水道設備やトイレが設置されている。そのほかちょっとした食堂もあり、部活の合宿などで利用できる仕組みなのだろう。二階に上がると、ずらりと等間隔にドアが並び、それぞれの部室とロッカールームが配置されていた。部室は通常の教室より少しだけ狭い部屋になっていて、部内のミーティングなどに使われるのだろうと察しが付く。そして、並び合う形でロッカールームがあり、ドアの上部にはそれぞれの部活名がかしこまった文字で表示されていた。

部室の方は鍵がかかっておらず、引き戸に手をかけるとするすると開いた。一方、ロッカールームには鍵がかけられており、ノブを回してもびくともしなかった。中に入っていろいろ調べたい気持ちもあったが、よく考えてみたらそれは立派な不審者である。

仕方なく、本校舎に戻って中庭のようなスペースに用意されたベンチに座り、授業が終わるまで時間をつぶすことにした。

中庭にはいい感じに日差しが入り、穏やかな昼下がりの陽気が、壮吾を包み込んでくれた。このまま横になって昼寝でもしてしまいたい。そんな欲求に誘われるようにして壮吾は目を閉じる。ぽかぽかとしたあたたかな光に包まれ、なんとなくうとうとし始めた頃、不意に鳥が羽ばたくような音がして、ふわりと風が吹いた。

カラス……いや、鳩でも飛んできたのだろうか。そんなことをぼんやりと考えながら目を開ける。同時に、さっきまではなかった何者かの気配をそばに感じて、壮吾は身を固くした。

「やあ友よ」

「うわっ、びっくりした！」

思わず声が出た。すぐ隣に音もなくベンチに腰かけ、こちらを凝視する日下の姿があった。無精ひげを生やし、くたびれたサラリーマン風の恰好をした天使は短い挨拶の後で、じっと壮吾に向けていた視線を正面の花壇に向けた。

「いつの間に現れたんだよ」

というか、いるなら声をかけてくれと内心で訴えながら、壮吾は深呼吸を繰り返し、バクバクと早鐘を打つ心臓を落ち着かせる。

「ずっとそばにいた。時間を遡った君のことは、我々が責任をもって見守る決まりだからな」

「ずっとって……でも、ここに来るまでに君の姿なんて見てないのに」

壮吾が言うと、日下は無言で片方の手を持ち上げ、人差し指で空を示した。

「まさか、空から……?」

ジェスチャーの意味を理解した壮吾に、日下はゆっくりとうなずいて見せる。

普通なら、さえない見た目のおじさんがそんなことを言い出したら、相手の頭の中を疑うだろう。しかし、彼がまぎれもない天使であるということは、壮吾にとっては受け入れざるを得ない事実であると同時に、もはや否定しようのないことでもあった。現に、こうして何の前触れもなく中庭に突如として現れたのだ。もし彼がただの人間で、断りもなく高校の敷地内に侵入しようとしたら、入口で警備員に捕まってしまうはずである。

「それで、首尾はどうだ。順調に進んでいるのか？」

「まだ何とも言えない。亡くなっていた少年がどの学年でどのクラスかもわからないんだ。とりあえず、本人に接触する前に、クラスメイトや同じ部活の仲間にでも話を聞きたいんだけど……」

「授業時間はもう間もなく終わるだろうが、彼の死亡時刻までにもさほどの時間的猶予はない。今回は、かなり迅速な立ち回りが必要になるだろう」

「わかってるよ。そんなことは」

言いながら、壮吾は頭の中で計算する。確か、壮吾があのロッカールームに呼び出されて移動したのが午後五時過ぎ。死後まもなく日下と杏奈があそこを訪れているとしたら、帰宅部の生徒はともかく、部活動に所属している生徒はまだ残っていたはずだ。となると、クラスメイトよりも部活動の生徒に声をかけた方が、あの少年の抱える問題に関する、何かしらのヒントを得られる可能性は高いかもしれない。

とりあえずの指標を得たところで、壮吾は何気なく日下の横顔に視線を向ける。彼は何が面白いのか、中庭の植物をいつくしむようなまなざしで見回していた。見た目がノルマに苦しむ営業サラリーマン然としているだけに、熱のこもった視線を植物に送るさまは、何とも言い難い危うさを感じさせた。

「あのさ、一つ聞いてもいいかな？」

「もちろんだ。何でも質問してくれ」

日下はどこか機械的な仕草で視線を上げて言った。

「どうして君はその、日下さんの身体に入ることになったの？　ていうか『同居』してどれくらい経つんだっけ？」

「私が出会う前から、日下輝夫は敬虔なクリスチャンだった。仕事を持ち、家族に恵まれ、ごく平凡な暮らしをしている彼は、しかしどこかで心に穴が空いたような空虚さを常に抱えてきたんだ。私が彼を見つけ、その穴を埋めるために肉体を間借りしてから、三年ほど経過している」

なるほど、と相槌を打って、壮吾は腕組みをする。

「それで、日下さんの胸の穴は埋められたの？　君が入り込んでいること、本人は気づいてないんじゃ？」

「その通りだ。彼は今も満たされぬ思いをどうにかして埋めようと、熱心に聖書を読み、教会に通い続けている。だが本来、信仰というものは何かを得るために必死になって突き詰めたりするものではない。彼は何かを求めるあまり、自己を顧みることを失念している。だからこそ、こんなに身近にいる私の存在に気がつかないのだ」

淡々と語る口調の中に、わずかながら落胆の色が見えたように思えたのは、気のせいだろうか。

「彼はどんな人？」

「ふむ、一言で言えば誠実な男だ。妻を愛し、娘を愛している。よき夫、よき父であると言えるだろう。だが一方で、職場では年下の上司ににらまれ、顎でこき使われることに嫌気がさしている。ノルマをこなすことばかりを求められ、やりがいを見出せずにいるんだ。おかげで万年平社員のまま、昇格の兆しはない」

断言するような口ぶりに、壮吾は少しばかり複雑な思いがした。天使がすぐそばにいるからと言って、人生がうまくいくわけではないらしい。

「だから私は時折、彼に語り掛ける。もっと野心を持ち、ほしいものは力ずくでも手に入れる勇気が必要だと。実際、この社会は戦いの場だ。強い者が生き残り、弱い者が淘汰されていくのは太古の昔から変わらない。それこそ、アベルがカインを手にかけた時のように。いつの世も、強くなければ生き残れない。人も、もちろん我々もだ」

そう言って、日下は肩をすくめると、深く息をついた。長い年月、彼は天使として人間に寄り添い、壮吾なんかには想像もつかないような光景をいくつも目の当たりにしてきたのだろう。そう感じさせる重々しい口ぶりだった。

いつか、日下輝夫は自身の中に宿る天使の存在に気づく日が来るのだろうか。その時、彼は何を感じ、どのような反応を見せるのだろう……。

そこでいったん会話は途切れ、壮吾は校舎の壁にかけられた時計で時刻を確認する。少年が死を迎えるまで、残り二時間弱。限られた時間でどれだけの情報を集められるだろうかと、はやる気持ちが胸の鼓動を速めた。落ち着きなくスマホを取り出し、そちらでも時刻を改めながら、壮吾はふと、唐突にあることを思い出した。

そうだ。確か前回はこれくらいの時間に、鍵屋の信さんから電話が来たはずだ。しかし今、着信を知らせる表示は出ていない。

――おかしい。何か変だ。

壮吾が天使や悪魔によって過去に飛ばされたのは、まだ二度目。だが少なくともその二度ともが、違った行動をとらない限り――または壮吾が関与する出来事ではない限り、一度目と同じように過ぎるはずである。今回で言えば、いい加減な応対のせいで依頼人を怒らせてしまったり、報酬金が得られず、家賃が払えなくて剛三を怒らせてしまったりといった変化はあった。

だが、それ以外のことに関して変化はなく、前回と同じように運ぶはず。ならば、このタイミングで鍵屋から電話がかかってきてしかるべきなのだが……。

「どうかしたのか？」

難しい顔をして黙り込んでいたからだろう。日下が問いかけてきた。

「いや、おかしいんだ。前回、この時間に知り合いから電話がかかってきたのに、今はかかってこない。こんなことってあるのかな？」

時間を遡った先に何が起きるのか、そのことについて日下は詳しいはずだと思い問いかけてみるが、彼は壮吾の質問を受け、いささか困ったように眉を寄せていた。何か、都合の悪いことでも聞いてしまったかと壮吾が不安を覚えかけた時、校内に終業のチャイムが鳴り響いた。ほどなくして、授業を終えた各教室から生徒たちがパラパラと流れ出してくる。

「もうこんな時間か。それじゃあ俺は聞き込みを――って、あれ？」

立ち上がり、周囲の様子に視線を走らせた壮吾は、そう言って日下を振り返る。だがそこで、素っ頓狂な声を上げた。そこにいたはずの彼の姿が、忽然と消え失せていたのだ。ベンチの上には、ひとひらの光の羽根がふわりと舞い、すぐに音もなく消えていく。

キツネにつままれたような心地で、壮吾は校舎の吹き抜けから空を見上げた。

天使が飛び去っていったであろう空には、まばゆい太陽の光の輪が、幾重にも重なっていた。

中庭を後にして再び部室棟へ向かった壮吾は、バスケットボール部の部室の前にたむろしていた数人の部員らしき生徒に声をかけた。

「君たち、もしかしてバスケットボール部の生徒かな？」

学校指定のジャージではなく、バスケ部専用のジャージだろうか。ロッカールームで死んでいた男子生徒と同じジャージを着た男子が二人と女子が一人。壮吾に声をかけられた三人は、少々、いぶかしむような目でこちらを見た。

「そうですけど……」

「ていうか、誰？」

「誰かのお父さん、かな？」

三人は口々に不審そうな声を上げ、壮吾をしげしげと眺めている。普段、学校内に部外者がやってくるのは彼らにとってはイレギュラーなことなのだろう。この学校のセキュリティなどを考慮しても、なじみのない大人が突然部室にやってきたら、驚き、警戒するのは当然と言えた。

「いきなりごめんね。僕はその……スポーツ雑誌の記者をしている者なんだけど」

可能な限り不審に思われないよう、慎重に言葉を選びながら、壮吾は質問を続ける。偽りの身分を名乗り、年端もいかない若者たちをペテンにかけるのは気が引けたが、これも目的

のためである。そう自分に言い聞かせながら、どうにかして目の前の高校生たちから情報を引き出そうとした矢先、

「もしかして、国体の代表選抜の取材かな？」

「なるほど、それで記者さんが来たんだ」

「なんだ。俺てっきり……」

こちらの心配をよそに、三人はそれぞれ納得した様子で、好奇心に満ちた表情を壮吾に向けた。うち一人は妙に落ち着かない素振りで胸を撫でおろしており、何か見とがめられてはまずい秘密でも抱えているのかもしれないと思ったが、壮吾はあえて詮索することなく、気になったワードを拾い上げる。

「……代表選抜？」

——代表なんていらない。

口にした瞬間、死亡した少年のスマホに残されていた文章が頭に浮かぶ。

「それって、いったいどういうものなのかな？」

問いかけた壮吾に、女子部員——マネージャーだろうか——が、答える。

「国体っていって、各都道府県から代表選手を集めて全国大会が開かれるんです。公式戦で優勝、準優勝したチームから選出されることが多いんですけど、うちは優勝校じゃなくても

枠があるらしくて、毎年一人、選出されることになっているんです」

「優勝校じゃないのに枠があるの？」

壮吾の問いに対し、女子部員はやや声を落として、

「いわゆる特別枠ってやつですよ。早川《はやかわ》コーチは国体の主任コーチを務めているので、そのからみで特別に……」

そこまで言ってから、女子部員は不思議そうに首をひねった。

「ていうか、その取材で来たんじゃないんですか？」

「そう、そうだよ。もちろんその取材さ。そうそう」

壮吾はどぎまぎしながら、慌てて取り繕う。三人は互いに顔を見合わせ「この人本当に記者なのか？」とでも言いたげに眉を寄せていた。

「それで、その代表に選ばれた部員っていうのはどこに？」

「いえ、まだ誰かはわからないんです。代表の候補が部内で選ばれて、その中からコーチのお眼鏡にかなった人が代表選手になるって感じで」

「今はその代表選手を決める段階ってことっす。今日もその三人、特別メニューをこなすために、少し早く練習を始めてますよ」

背の低い、坊主頭の男子部員が窓の外を指さした。その先には、真新しい白い建物があ

る。

「あそこで練習できるのは一軍選手と三年の先輩だけなんすよ」

「そう。俺たち二軍と一、二年は旧体育館で、ほかの部と交代でコートを使用しているんで、曜日によっては練習できない日もあって」

言いながら、ひょろりと背の高い、細身の男子部員が後頭部をかいた。

今更ながらに確かめると、彼らはみな一年生で、二軍所属の部員だという。女子生徒はその二軍のマネージャーをしており、彼らは普段、一軍の部員と一緒に練習することはないという。実力のある者はより良い環境を与えられ、実力のない者は同じ土俵に立つことすら許されない。そこから這い上がることはかなり難しいのだろう。

あの少年がこの部に所属しているとして、くだんのメッセージを残し死亡したのだとしたら、彼はその国体の代表選抜とやらに深くかかわっているはずである。まずはその辺りの情報を集めなくてはならない。

頭の中で考えをまとめつつ、壮吾は三人に礼を述べ、踵を返す。ところが、数歩も進まぬうちに、一年生のマネージャーだという女子部員に呼び止められた。

「あのぉ、これから先輩がたのこと取材するんですよね？」

「そのつもりだけど、どうして？」

問い返した壮吾をよそに、三人は互いに顔を見合わせた。その表情には、なにやら痛々しいというか、壮吾を憐れむような類の苦笑いが浮かんでいる。

「気をつけた方がいいっすよ。早川コーチって、すっげえ怖いから」

「怖い？　厳しいってことかい？」

「もちろん、当たり前に厳しいんすけど、そうじゃなくて、なんていうか……」

坊主頭の部員がもごもごと言葉を濁す。何やらはっきりしない物言いに不信感を抱き、壮吾はふと思いついたことをやんわりと問いかけてみる。

「もしかして、体罰……とか？」

三人がそろって言葉を失い、気まずそうに壮吾から視線をそらした。

高校生らしい、正直な反応である。

「詳しく、教えてくれないかな？」

壮吾は再度彼らのそばに歩み寄り、少々、声を潜めて言った。

彼らは互いの顔を見て、お互いにけん制し合うような素振りを見せたものの、話したくて仕方がないといった様子でぽろぽろと語り出した。

それによると、コーチは早川靖《やすし》という、五十代の男性で、大学時代は名の通った優秀な選手だったという。怪我で実業団を引退した後、いくつかの大学で指導をしてから故郷であるこの地に戻り、知り合いのつてを頼って、当時はスポーツにあまり力を入れていなかった落陽高校のバスケットボール部のコーチを務めることになった。そして、わずか六年余りのうちに、全国大会常連の強豪チームに育て上げた。その功績を認められてか、北海道の国体代表選手の特別合宿コーチにも任命され、業界ではその名を知らぬ者はいない、名コーチとして評判だという。

自らも多くの人に認められる選手だっただけに、彼の指導はとにかく厳しいことで有名だった。毎年、落陽高校男子バスケ部には数十人の生徒が入部してくるが、半年後に残るのはその半数程度だという。そこから苦しい練習を乗り越えて一軍に入れるのは三十名。さらにベンチ入りできるのは十五人に絞られる。これは部全体のわずか三割という数字であり、血反吐を吐くような練習に耐えているにもかかわらず、試合に出られない悔しさから、三年生に進級するまでに、多くの生徒が退部を願い出るとも言われている。

また早川はガッチガチの昭和気質で、思うようにプレーできない生徒には容赦なく鉄拳制裁を見舞うことでも有名だった。練習をサボるなどもってのほか、体まず参加していても、大事なところで集中できない生徒はたとえ実力があったとしても、レギュラーを外されることもしばしば。よく言えば礼節を重んじるタイプだが、このご時世では、そういったやり方は簡潔に、『パワハラ』と表現されてしまうだろう。

実際、生徒だけでなく、保護者からも苦情の声が上がることがあるという。だが、学校側としては、早川のおかげで入学者数が右肩上がりという事実に鑑《かんが》みて、彼を咎めることができないでいるらしい。

ちなみに彼は教員ではないため顧問の教師は別にいる。ただこちらはバスケットボールは初心者で、学校側から任命された顧問に過ぎず、お飾りの状態であるという。そういった事情や、コーチとして部員の指導を任されている外部顧問といった位置づけにある早川に対し、昨今騒がれる教師の不祥事などと騒ぎ立てるマスコミもほとんどいないことが、独裁的な指導に拍車をかける要因の一つだという声もあるそうだ。

「君たちは実際に、その強引な指導を見たことがあるの？」

壮吾の問いに、彼らは明確な返答をしようとはしなかったが、言葉なんかいらないくらい、彼らの表情は雄弁だった。

「……最近、国体が近いこともあってコーチはとてもピリピリしてます。体育館からはいつも怒鳴り声が聞こえてくるし、選手だけじゃなくて、マネージャーにも当たりがきついんです。そのせいか、ちはる先輩——二年のマネージャーが最近元気がなくてかわいそうなんです」

やがて耐え切れなくなったように、マネージャーがこぼした。それをきっかけにして、二人の男子部員も閉ざしていた口を開く。

「山崎《やまざき》先輩って人が練習試合でフォーメーションミスして負けちゃった時、コーチにパイプ椅子で殴られたらしいです。頭から血が出て大騒ぎになったけど、誰もそのことを問題にしなかったんですよね」

「半年前に、コーチに蹴られてステージから落ちた岡田《おかだ》先輩は、左肘の骨を折ったって聞きました。でも、学校側は問題にしないで、先輩の不注意ってことで片づけたって……」

どちらも、怒りをこらえるような口調で話し、両手を強く握りしめていた。仲間を思う気持ちがそうさせるのか、それとも、明日は我が身とばかりに恐怖を覚えているのか。

コーチの体罰問題が今回の事件にどれほどの影響をもたらしているのかは不明だが、何かしらの関係があるのかもしれない。

その点を考慮しつつ腕時計を確認すると、ゼロ時間まで二時間を切っていた。早く本人を見つけて、彼を死に追いやった要素が何なのかを見極めなくては。

「一応訊くけど、君たち――というか、部員はみんな早川コーチを憎んでるのかい？」

率直な疑問を口にすると、三人は困ったように頭を振る。

「憎んでるっていうのとは、少し違うと思います。厳しい人だし、やり方は強引だけど、それがコーチの仕事って言われたら何も言えないっていうか……それで強くなってるのも事実だし……」

「この学校に入る前から噂は聞いていたし、それでもここを選んだのは自分だから。コーチがいなくなればいいとかそういう風には思ってないんですけど」

だが目の当たりにした現実は予想以上だった。二人の目はそう物語っていた。

「それに、本当に我慢できなくなったらやめればいいだけですし。俺らはスポーツ特待生でもないんで」

「特待生だと、辞めるわけにはいかない？」

壮吾の問いにうなずき、今度はマネージャーの子が説明してくれる。

「スポーツ特待生は授業料が免除されていますからね。テストなんかで点数が低くても、部での活躍が目覚ましい場合は、ある程度大目に見てもらえるなんて噂もあります。その代わり怪我や病気で部活動を継続できない場合は、奨学金は打ち切られてしまうんです」

「もしかして、そういったこともコーチの一存で決まる、とか？」

マネージャーはうなずいたのかどうか、判断に困る曖昧なしぐさの後で、気まずそうに目線を脇にそらした。

「さすがに理由もなく退部させるようなことはないと思うんですけど、とにかくその、自分の気に入らない部員には特に厳しくて、実力のある人でも、嫌われたら終わりっていうか……」

その一言を聞いただけで、早川コーチの人間性が理解できたような気がして、壮吾は重々しく息をついた。

「貴重な情報ありがとう。君たちも無理しないでね」

通り一遍の挨拶を交わして、うなだれる男子部員二人を励ますように肩を叩き、壮吾は部室棟を後にした。

4

数年前に完成したばかりだという新体育館に足を踏み入れると、温度の変化を感じるほどの熱気が壮吾に向かって押し寄せてきた。館内にはバスケットコートが三面並んでいて、多くの部員――三年生と一軍の選手――らの気合の入った掛け声が高い天井に響きわたっている。

先ほど話を聞いた部員経由なのか、壮吾に向けられる視線はどれも物珍しそうなものばかりだった。中には不機嫌そうににらみつけてくる血気盛んな生徒も交じっていて、自分があまり歓迎されていないことはすぐに理解できた。若さの生み出す圧倒的なエネルギー、あるいは有り余る生命力のようなものに気後れしながらも歩を進めた壮吾は、ステージ前に仁王立ちしている一人の中年男性に見当をつけ、声をかける。

「失礼ですが、早川コーチですか？」

「あんた誰だ？　勝手に入ってきて何の用だ？」

警戒心をあらわにしたつっけんどんな口調で質問を返された。気弱な小動物ならばひとにらみで怯えて逃げ出しそうなほどの鋭いまなざしを受け、壮吾は内心、震え上がった。それでも平静を装って偽りの身分を伝え、代表候補の選手を見に来たことと、彼らにインタビューをしたい旨を伝える。

「インタビューだと？　まだ代表が誰か決めてもいないのにか？」

問い返す声は相変わらず剣呑なものだったが、その浅黒い顔にはわずかながら安堵したような表情が垣間見られた。記者が相手であることには警戒しているようだが、インタビューの内容を聞いて安心してくれたらしい。

「だからこそです。早川コーチの指導によって選抜入りの切符を争う選手の苦悩や葛藤を記事にしたいのです」

いぶかしむ早川に熱っぽい口調で言って、壮吾は頭を下げた。本当の記者がそんなものを書きたがるのかどうかは別として、インタビューを受ければ早川自身の名にも箔《はく》がつくと思わせたかった。そんな壮吾の思惑に気づいているのかいないのか、早川は眉間に縦じわを寄せ、鼻下のひげに触れる。

「いいだろう。だがそれぞれ五分ずつだけだ。練習に穴をあけるわけにはいかんからな」

ぴしゃりと言われ、壮吾は腕時計を確認する。上等だ。こっちだって、のんびりしていられる余裕などない。

「郷田《ごうだ》、泉《いずみ》、それと福部《ふくべ》」

早川が三名の名を呼ぶと、二人の生徒がコートから出てやってきた。一人は短い髪を逆立てた体格のいい部員。二人目はやや細くすらりとしたモデルのような長身の部員。それぞれのたたえる雰囲気には、歴戦の勇士と思しき風格のようなものすら感じられた。早川の前に並んだ二人は、なぜ呼ばれたのかわからぬ様子で壮吾に不審そうな目を向ける。見知らぬ大人を品定めするようなその視線が、どうにも居心地悪い。

「福部はどうした？　どこにいる？」

「また裏で吐いてるんじゃないっすか？　練習メニューが変わってからは毎日ですよ」

短髪の方が吐き捨てるように言った。その表情にも口ぶりにも、福部と呼ばれた人物に対する強い嫌悪の感情が見て取れる。

「あ、来た」

モデルっぽい方の部員が抑揚のない声で言った。彼の視線を追って体育館の入口に視線を転じると、福部少年と思しき人物がおぼつかない足取りでふらふらとやってくる。短髪の少年の言う通りなのか、かなり青い顔をして具合が悪そうだが、コートに戻り、練習の輪に加わろうとしたところで、ほかの部員に呼びとめられた。そして、話を終えたその少年がこちらに小走りに駆けてくるのを見た瞬間、壮吾は人知れずあっと声を上げていた。

「遅いぞ福部。何をしてたんだ」

早川コーチの乱暴な声に背筋を伸ばすその部員は、あのロッカールームで首を吊っていた少年に違いなかった。やはりバスケ部に所属し、しかも代表選手の候補に選ばれていた。自身のカンが当たっていたことに多少の安堵を覚えつつ、壮吾は改めて少年を観察する。

身長はどちらかと言うと低い方で、体格的にも恵まれているとは言えない。郷田や泉に比べると、前途有望な選手という感じがしないというのが第一印象だった。本当にこの少年が代表入りをかけてこの二人と争っているのかと不思議に思えるくらいである。

「それじゃあ、それぞれ五分で終わらせてくれ」

「ええ、もちろんです」

段取りをつけてくれた早川に丁重に礼を述べ、壮吾はまず、郷田の話から聞くことにした。

ステージ脇にあるドアを開くと、そこは体育教員の準備室だった。やや雑然とした様子ではあったが、静かで話しやすい空間である。

壮吾は真新しい応接ソファに腰を下ろし、背の低い簡素なテーブルをはさんで郷田と向かい合う。

「それじゃあ、まずフルネームを聞こうかな」

「郷田翔太《しょうた》っす。ていうか、おじさんは？　どこのスポーツ記者？　『月バス』？」

高校生らしい砕けた口調で問われ、壮吾は苦笑しながらわずかに肩をすくめて見せる。

「フリーの記者なんだ。雑誌名はまだ明かせなくてね」

言うまでもなく口から出まかせなのだが、相手はさほど疑うそぶりを見せず——というよりあまり興味がなさそうに頭をかいた。

「ふーん、俺なんかのインタビューして、仕事になるんすか？」

「もちろんだよ。僕はこの町の出身だし、君たちには頑張ってほしいと思ってるんだ」

「あっそ。それで、何を話せばいいんすか？」

気のない様子で応じながらも、郷田はわずかに身を乗り出した。素っ気ないふりをする一方で、持ち上げられるのは嫌いじゃないらしい。とりあえず、身分を疑われている様子がないことに安堵しながら、壮吾は質問を開始した。

「それじゃあさっそく。君たち三人は、代表の候補として選抜されたわけだけど、自分が選ばれる自信はある？」

「当然っしょ。俺は中学で道内優勝した経験があるし、今のチームだって、三年の先輩らが抜けた後に、チームを支えてるエースは俺なんで」

「なるほど。ところで君はスポーツ推薦枠でこの学校に入ったのかな？」

「それ、関係あんの？」

鋭く指摘され、壮吾はあいまいに首をひねる。

「一応、情報として聞いておきたいだけだよ。ほら、記事にする時は経歴も載せるわけだし」

またしても「ふーん」と、郷田はさほど興味もなさそうにうなずいた。

「一般入試だよ。特待生狙ってたけど、あの頃は今より身長は十センチ低かったし、身体づくりもできてなかったからな」

言い訳のように喋り、郷田は視線を明後日の方に向けた。

「それで、この代表選手に選ばれると、何かいいことがあるのかな？」

「はあ？　おじさん、それ本気で言ってんの？」

珍しいものでも見るような目を向けられ、壮吾はわずかにたじろいだ。

「あ、いや、そうじゃなくて、代表選手に選ばれた先に、どんな将来像を描いているのかなと思ってさ」

「ああ、そういうこと」

慌てて言い直すと、郷田はすぐ納得してくれたので、壮吾はほっと胸を撫でおろした。どうやら今の質問は、スポーツ記者にはあるまじきものであったらしいと自らを戒める。

そんな壮吾の心中に構うことなく、郷田は質問に対する答えを語り始めた。

「さっきも言ったけど、俺は中学の全道大会で優勝したチームにいた。でもその功績はあくまでチームのもんなんだよ。エースだろうがなんだろうが、選手はチームのうちの一人で、誰か一人だけがスポットを浴びるってことはそうそうない。でも国体の選抜入りとなると話は変わってくる。あちこちから有力な選手が集められるんだ。そいつらより俺が上だってことがわかれば名が売れるし、大学からの推薦だって選び放題になる」

熱っぽく語りながら、郷田は血気盛んに目をぎらつかせている。

「でも、そうやって集まった連中ともチームを組むわけだろ？　誰が一番とか、そういう話にはならないんじゃないのかな？」

「わかってねえなあおじさん。もしかしてあんた、団体スポーツはチームワークが何より大事とか、そういうことを平気で信じちゃうタイプ？」

小ばかにしたように言われて、壮吾は困惑する。

「確かにバスケはチームプレーが大事なんだろうけどさ、それはあくまで試合に勝つためのものだ。でも国体は違う。大学のスカウトとか、実業団やBリーグの関係者だって試合を見に来る。たとえ試合に負けたとしても、光るものを持ってることをアピールできれば声がかかるんだよ。日本じゃバスケはまだ野球とかサッカーよりも地位が低いって思われてるかもしれないけど、俺が大学を卒業する頃にはもっともっと人気が出てるはずだ。そういう場で活躍するためにも、今のうちから頭角を現しておく必要があるってこと」

そのための代表選抜。そういうことなのだろう。

郷田が大きな野心を抱えた若者であることはわかった。ならば、次に聞き出すのは福部との関係性だ。

「その代表に選ばれるためには、残りの二人より君が優秀だってことを示さなくちゃならないんだよね」

「そうさ。次の週末、隣町の大学と親善試合がある。その試合で、俺と泉ともう一人の落ちこぼれがふるいにかけられるんだ」

もちろん、勝つのは俺だけど、と続けて、郷田は鼻の下をこすった。

「大した自信だね」

「当然だろ。泉は確かにうまいし、体格にも恵まれたシューターだ。けど、あの細さじゃあ大学では通用しない。どんなにシュートが入るからって、当たりが弱かったら使い物になんねえ。このスポーツの目玉は結局、ゴール下でのぶつかり合いだ。その証拠に、俺はあいつを止められるが、あいつは俺を止められるだけのパワーとスタミナを備えちゃいない」

「結局のところ、体格と体力がものを言うってことかな？」

郷田は自信に満ちた表情を浮かべ、深くうなずいた。

「それじゃあもう一人の、福部くんは？」

「あんな奴、相手にするまでもねえよ」

「どうして？」

重ねて問うと、郷田は途端に不機嫌そうな顔をする。

「決まってるだろ。実力云々の前に、あんなチビが代表選抜なんて、あり得ねえだろ絶対。一応スポーツ推薦で入学してるから、入学当初は周りよりも頭一つ抜き出てたのは認めるよ。でもなぁ、怪我をしてからはてんでだめだ。あっという間に周りに追い抜かれて、今じゃあ練習についてくるのがやっとなんだよ。今でも一軍にいられるのが不思議なくらいなのに、なんでコーチは……」

忌々しげに舌打ちをして、郷田は背もたれに身体を預けた。ふてくされたような表情を見る限り、福部に対する理不尽とも言える苛立ちを抱えている様子である。

「そうなんだ。彼が特待生だったのか……」

一人、納得したように壮吾が言う。郷田はあえてその話題には触れようとせず、無言を貫いていた。自分が認めていない相手が同じ土俵に立っているのが許せないとでも言うのか、それとも、もっと個人的な感情が関係しているのだろうか。

たとえばそう、自分よりも背の低い選手に負けたくない、負けるはずがないという偏見じみた虚栄心とか。

「……それにあいつ、泥棒なんだよ」

「泥棒？」

突然飛び出した予想外のワードに、壮吾は首をひねる。

驚く壮吾の反応を楽しむように、郷田は先を続けた。

「少し前にさ、マネージャーの集めた部費が盗まれたんだよ。その日は土曜日で学校は休みだったし、職員室の顧問の机に部費があることを知ってたのは俺たちバスケ部の部員だけだったんだ」

「この人数分の部費となると、結構な額だろうねえ」

「つっても、取られたのはほんの数万だったらしいけどな。結局犯人はわからなくて、顧問が足りない分を補填したから、表ざたにはなってないんだけど……」

「けど？」

壮吾が促す。郷田は意味ありげに間をおいてから、わざとらしく声を潜めて、

「その直後に、あいつの——福部のバッシュが新しくなってたんだよ。家が貧乏なせいで、いつもぼろぼろのを履いてるから、よくみんなでからかってたんだけどさ。急に最新モデルになってたから、あれは絶対に盗んだ部費で買ったんだって、みんな言ってるぜ」

決めつけるような口調で言いながら、郷田は底意地の悪い笑みを満面に浮かべている。

確かに、話を聞いた限りでは福部は怪しく思えるかもしれない。だが、たまたま新しい靴を買うタイミングと部費が盗まれたのとが重なっただけかもしれないし、犯人が同じバスケ部であれば、福部が新しい靴を買うという話を聞きつけ、これ幸いとばかりに罪を擦りつけようとした可能性だってある。あくまで邪推の域を出ない言いがかりのように思えた。

「だからさ、あんな奴相手にしてないよ俺は。代表に選ばれるのは俺。それはもうほとんど決定事項ってわけ。週末の親善試合でそれがわかるよ。おじさんも、よかったら見に来なよ」

なんとも傲慢な口調で、郷田はうそぶいた。いけ好かない態度ではあるが、嘘をついてい

るようには思えなかった。少なくとも現時点で、彼が福部に対して殺意を抱いているようには見えない。

壮吾はその後いくつか形だけの質問をして郷田のインタビューを終えた。

次に準備室にやってきたのは泉だった。郷田にしたのと同じように、最初は当たり障りのない質問から、代表選抜にかける思いや、将来のことなどを質問する。

泉は取り澄ましたような涼しい顔をして、それらの質問に答えたが、その返答はこちらが驚くほどドライなもので、

「俺、別にバスケで食っていきたいなんて思ってるわけじゃないんです。プロの世界ってそんなに甘くないと思うし、選手でいられるのもせいぜい、あと十五年かそこらでしょ。ＮＢＡに行っても、数年でひっそり帰ってきて地元のチームに入って、そのうちコーチとかになったりするんだから、息の長い仕事とは言えない気がするんですよね」

だから、今回の代表選抜にしても、それほど執着はしていないのだという。

「大学は普通に進学して、音楽でもやろうかなって思ってるんです。まあ、暇つぶし程度にサークルとかでバスケするのは楽しいかもしれないけど、本格的にはやりたくないですね」

どうやら彼は、郷田とは真逆の姿勢で、バスケ以外にも楽しみと言えるものがある人間なのだという印象を受ける。少なくとも、代表選抜に入れ込んでいるような気配はみじんも感

じられなかった。

　ちなみに、郷田について質問すると、

「彼は周りが呆れるくらいバスケに入れ込んでますけど、正直言ってそこまでのプレイヤーじゃないっていうか。結局このスポーツ、個人がいくら優秀でも、チームとして出来上がってなきゃ話にならないですからね。郷田のそれは、チームプレーってよりも『俺を目立たせろ』って感じで、みんな嫌がってますよ。当然ですよね。自分のことを引き立て役としか思ってないような奴と一緒にプレーしても、楽しいはずないですから」

　やはり、徹底した現実主義者という感じの、言うなれば大人な意見を口にする泉。端整な顔立ちとあいまって、嫌味にすら感じられるそのクールな表情は、福部のことについて質問しても、変化することはなかった。

「福部は確かに実力のある選手ですけど、二年に上がってすぐにじん帯やっちゃって。その怪我のせいで思い切ったプレーができなくなってしまったんです。よくあるでしょ。怪我から復帰した選手がまた怪我をする恐怖から萎縮してしまって、思うようにいかなくなることが。まさにそういう状況です。郷田は福部のことチビだとか言って揶揄するけど、バスケに身長なんて関係ないですよ。あいつはポイントガードだし、プロの世界じゃ背が低くてもNBAに渡った選手だっているし、体格の差なんて、結局はプレースタイルの差でしかないんだから。そういう意味じゃあ、俺は郷田よりも福部の方がいい選手だと思うけど……」

「代表に選ばれるほどではない？」

壮吾が先を引き取るように言うと、泉は少々、不本意そうにうなずいた。

「全盛期の頃のようなプレーができれば可能性はあるかもしれないけど、きっと無理ですね。コーチは福部を買ってるみたいだけど、ほかにもいい選手はたくさんいます。正直、今回の代表選抜はコーチの個人的な肩入れだと思ってる部員は多いと思いますよ」

「君も、そのうちの一人かい？」

あえて鋭い口調で問いかけると、泉は一瞬、驚いたように押し黙ったが、すぐに平静さを取り戻し、そっとうなずいた。

「福部を特待生としてこの学校に呼んだのはコーチらしいですからね。目をかけている生徒には頑張ってほしいんでしょ。でも、あいつが怪我で休んでいる間、必死に練習してきた奴もいるんですよ。そういう奴にとっちゃ、今回の人選は不本意でしょうね。福部に個人的な恨みなんてないけど、俺だって、ただで譲ってやるつもりはないですよ」

「やっぱり、なれるものなら代表になりたい？」

「まあ、思い出作り程度にはなりたいと思ってます。いろいろ言いましたけど、結局はバスケが好きですから」

冷めたような口調で、しかしその裏に熱い闘志のようなものを秘めて、泉は言った。

ここでもやはり、壮吾が感じたのは彼のバスケに対する情熱であり、福部に対する複雑な思いは垣間見られたものの、それが怒りや憎しみであるという確証は得られなかった。それに、福部の置かれている状況に鑑みると、郷田と同様に、泉が福部を殺害する動機は皆無であるとすら言えるだろう。

最後に、部費の盗難事件の話をしてみたが、郷田と違って、泉はその件の犯人が福部だと決めつけてはいなかった。

「うちの部は人数も多いので、前から似たようなことはありましたよ。郷田の理屈じゃあ福部が怪しいのかもしれないけど、そんなことを言ったら、誰だって何かしら買い物してるだろうし、もし仮に福部が犯人だとして、やり玉に挙げられるのはわかってるんだから、盗んだ金で買った靴を履いてくるほど馬鹿だとは思いませんね」

まさしく正論であった。壮吾はこの物静かな少年の聡明さに舌を巻きつつ、インタビューを終えて、いよいよ福部本人と話をすることにした。

「はじめまして。福部祐司《ゆうじ》です」

ソファに腰を下ろしそう自己紹介した福部は、先ほどよりはいくばくか血色の良い顔で会釈をした。純朴そうで人当たりのよい好青年、というのが壮吾の抱いた第一印象である。

その顔に、数時間前に目にした死に顔を重ね合わせた途端、壮吾は息苦しさのようなものを覚えた。目の前にいるこの少年が、何らかの理由で命を落とす。それも、あと一時間もしないうちにである。それがわかっているのに、壮吾には彼を救うことはできない。こうして彼と話しているのは、その死の真相を知るためでしかないのだという事実が自らの両肩に重くのしかかってくるような気がして、どうにも複雑な思いであった。

「——あの、大丈夫ですか?」

「え、ああ、大丈夫。なんでもないんだ。はは……」

難しい顔をして考え込んでいたせいだろうか、福部は心配そうに壮吾の顔を覗き込んでいた。作り笑いをして取り繕い、壮吾はインタビューという名の情報収集を開始した。

まずは郷田や泉と同じように、今回の代表選抜についての質問をしてみたところ、福部は思いのほか、身を乗り出す勢いで思いを語った。

「僕、今回の選抜にかけてるんです。たぶん、これは僕にとって最後のチャンスになると思うんで」

「最後?」

問い返すと、福部はやや遠慮がちにうなずいた。

「もう聞いてるかもしれませんけど、僕はこの学校にスポーツ推薦の特待生で入学しました。二年に上がるまでは順調だったんですけど、試合中に怪我をしてから、いろいろとうまくいかなくなってしまって」

「怪我は完治したんだよね？」

「そうですけど、なかなか前のようにはいかなくなっちゃったんです。練習を休んでいたのは二か月程度で、リハビリも順調に進んではいたんですが、戻ってきた時、ほかの部員の成長に驚かされました。けどそれ以上に驚いたのは、自分の衰えです」

　福部はどこか自嘲気味に笑う。

「たった二か月って、記者さんは思うでしょう？　でもその二か月が、僕にとっては致命的だった。中学の頃からずっと、ほとんど毎日休むことなく練習やトレーニングを続けてきたから、立ち止まった時にどうなるのかを理解してなかったんです。コートに立っても、みんなの動きがまるで把握できない。パスを受けても取りこぼすし、思うようにボールをコントロールできない。ディフェンスだって足がついていかない。何より、ちょっと動いただけで息切れがしてしまう。足に鉛がついているみたいに重たいんです。以前はこんなじゃなかった。もっと身体は軽かったし、ほかの誰よりもいいプレーをしていたはずなのに、どうしてだろうって、毎日悩みました」

言い切ってから、福部はすぐにかぶりを振り、

「いや、本当は今も悩んでいます。今の僕はかつての半分の実力も出せないお荷物部員なんですよ。一度落ちてしまった体力を取り戻すことすらできず、練習中ですらみんなの足を引っ張ってる。スポーツ推薦が聞いて呆れるって陰口叩かれてるのも知ってるけど、何も言い返せません。そんなことは、自分が一番よくわかってるんで」

「代表の候補に選ばれた時はどう思った？」

「もちろん驚きましたよ。それに嬉しかったけど、手放しで喜べはしませんでした。僕だって馬鹿じゃない。今の自分の実力はいやというほど理解していたし、みんながどう思っているかもわかっています。でも、せっかくコーチが与えてくれたチャンスなんだから頑張りたいんです。さっきも言った通り、僕は特待生だから部にいられなくなったらこの学校にもいられない。うちは母子家庭で、バカ高い授業料は払えません。もちろん大学も特待生制度を利用しないと入れない。本当はバイトでもして家計を助けるべきなんだろうけど、そんなことはしなくていいって、母ちゃんが何とかするなんて言って強がるんです。この靴だって、代表選抜に入れるようにって無理して買ってくれて……」

椅子の横に足を出して、真新しいバスケットシューズを壮吾に見せながら、福部は複雑な笑みをこぼした。

「夢っていうのは？」

「もちろん、プロリーグです。そのためにこの学校に入って、早川コーチの指導を受けたいと思いました。コーチは厳しい人で、時には行きすぎてしまうこともあるけど、僕はそれでチームが強くなれるなら仕方がないかなって……」

福部は自信なげに、語尾を濁した。早川の暴力的な指導に対し、おおっぴらに認めはしないものの、非難する気もないらしい。その口ぶりから、コーチに対する敵対心はなさそうだとわかる。

「うちの部は厳しいところです。だからこそ僕はお荷物でいたくない。絶対代表入りして、部のみんなにも認めてもらいたいんです。もう一度、胸を張ってみんなとプレーしたい。そして、春の大会では優勝目指して頑張りたいんです」

きらきらと表情を輝かせて喋る福部を前に、壮吾は束の間言葉を失った。スポーツ推薦の鳴り物入りで入学したものの、怪我に見舞われて自信を失い、それでも信じてくれている母親のためにも再起を図ろうとしている。そのひたむきな姿に胸が熱くなった。どうにかして彼に代表の座を勝ち取ってほしいと、出会ったばかりの壮吾でさえそう思うのだ。きっと彼の周りには、同じ思いを抱く人間が多くいるはずだろう。郷田のように自身の成功のみを追い求めるわけでなく、泉のようにただ楽しむことだけを求めているわけでもない。真剣に未来を見据え、苦難にくじけることなく頑張っている福部だからこそ、早川コーチは彼にチャンスを与えようとしたのかもしれない。

「君みたいな若者が自殺なんて……おかしいよな……」

気づけばそう、呟いていた。

「え、なんですか？」

「あ、いや何でもないよ。こっちの話」

慌てて取り繕いながら、壮吾は福部が自ら命を絶つ以外の可能性を考えてみる。自殺でないとすると、悪意のある何者かによって殺害されたことになるが、郷田や泉がそれを実行するほどの動機を抱えているようにも思えない。なにかしらの口論になり突発的に犯行に走ったのなら、自殺を装う余裕だってなかっただろう。となると、彼らのほかに、福部を殺害するほど憎んでいる人間がいることになるが、現時点でそれらしい人物は思い当たらない。

いや待てよ。もしこの後に、福部が代表に選ばれるようなことがあればどうだろうか。郷田はもちろん、冷静に話をしていた泉でも、実力で勝る自分ではなく、実力の伴わない福部が代表に選ばれたりしたら、面白くないに決まっている。そのことを逆恨みしてという可能性は、ゼロではないのかもしれない。

あるいは、壮吾の抱く思いとはまるで裏腹に、福部が前向きな気持ちを失い、自らを死に追い込んでしまうほどの出来事が起きたか……。

仮説としては悪くない。だが今の時点で、それらを判断することは難しかった。

――くそ。どうすれば……。

突破口が開けず、時間ばかりが消耗される。このままでは、あと一時間と経たずに、福部は死亡してしまう。

――いっそのこと、理由なんて無視して、彼の死を止めることができたなら……。

内心で呟きながら視線をやると、福部は不思議そうな顔で壮吾を窺っていた。

教えてやりたい。彼の命を、救ってやりたい。

「聞いてくれ。実は、もうすぐ君は……」

「僕が、どうかしたんですか?」

ダメとわかっているのに、その欲求が、ある種の誘惑のように壮吾をからめとり、意識とは無関係に言葉を紡いでいく。

「君はし――」

あと一語、発しようとしたまさにその瞬間、壮吾の視界がぐらりと揺れた。次いで、強烈な異臭が鼻を刺す。

はっとして自身の両手を見ると、前回と同様に、皮膚がみるみる血の気を失い、干からびて土気色になってひび割れていった。その肉の亀裂の間からは、小さなウジが湧き出てきて、ぽろぽろとテーブルの上に落ちる。

「うわあぁぁぁ！」

途端に叫び声を上げた壮吾は、自身の身に起きた惨状から逃れようと立ち上がり、足をもつれさせて床を転がった。

「わっ、ちょっとあの、大丈夫ですか？」

何が起きたのかと、福部が目を大きく見開いている。当然だろう。彼の目には、壮吾の身体が醜く腐り落ちるさまは映らないのだから。

壮吾自身、この出来事が幻覚の類であると頭では理解していた。死の運命を妨げようとした壮吾に対する戒めに、杏奈が質の悪い幻覚を見せているのだ。その証拠に、肉が腐り、干からびて骨からこそげ落ちているというのに、まるで痛みを感じない。それでも激しい恐怖に見舞われるのは、辺りを漂う甘ったるい腐臭と、目をそむけたくなるようなおぞましい光景が、幻を幻と思わせない現実の悪夢として広がっているからだった。

ひとしきり怯えた声を上げ、床の上をのたうち回るようにもがいた壮吾がはっと気づくと、悪夢は何の前触れもなく終わりを告げていた。いたって正常な両手をまじまじと見下ろして、壮吾は深く息をつく。それでもなお、身体が体温を失ったような震えはおさまる気配がなかった。

「だ、大丈夫……大丈夫だから……」

「本当に？　誰か、呼んできましょうか？」

「いや、それよりも君は……」

いまだ恐怖に打ち震える心臓を無理やり抑え込むようにして胸に手を当てながら、壮吾はソファから腰を浮かせた状態の福部に呼びかけた。

こんなことをしている場合じゃない。彼の死が本当に自殺じゃないのなら、どうにかしてその根拠を、自殺であるのならその理由を見つけ出さなくてはならない。日下と杏奈を納得させられるだけの理由がなければ、彼の魂は、問答無用で地獄に運ばれてしまうのだから。

そのことを危惧して、とにかく情報を引き出すために質問をしようとした壮吾だったが、発しかけた声は準備室のドアが開かれる音に遮られてしまった。

「福部くん……？」

おずおずと、中の様子を覗き込むようにして言ったのは、マネージャーと思しきジャージ姿のショートカットの女子生徒だった。

「ちはる……」

振り返った福部は女子生徒の名を口にしてから、どこか気まずそうに押し黙る。それから彼女の方をじっと見つめ、何事か言いたげに眉を寄せた福部は、無理やり視線を引きはがすようにして立ち上がり、その場を去ろうとした。

「福部くん、ちょっと待って。まだ話が――」

「なんだ福部、こんなところにいたのか。練習はいいのか？」

引き留めようとした壮吾が立ち上がった時、もう一人、見知らぬ人物が戸口の向こうから現れた。三十代前半と思しきスーツ姿のその人物は背が高く、整った顔立ちに冷ややかな表情を浮かべている。そして壮吾の姿を認めるなり、不審者を見るような目つきを無遠慮に向けてきた。

「失礼ですが、あなたは？」

まずい。直感的にそう感じた。壮吾は可能な限り平静を装って自己紹介――もちろん偽記者としての――をしてみせたが、バスケ部の顧問教師で酒井《さかい》と名乗ったこの男性は、話半分で壮吾の話を聞き流していた。そして、壮吾が名刺を持ち合わせていないこと、『月刊道産子スポーツ』という、よく考えればあるはずもないような雑誌名を口にしたことで、疑惑がさらに深まったらしい。眼鏡の奥できゅっと細められたその目が、壮吾に対する疑心を如実に表していた。

「取材やインタビューの際は、まず最初に顧問である私に話が来るはずですが……。あなた、本当に記者さんですか？」

「と、当然でしょう。何をそんな……」

しどろもどろになりながら、壮吾は応じた。今すぐこの場から逃げ出したい気持ちに駆られるが、そうしてしまったら、自分が不審人物であることを認めることになる。どうにかして乗り切らなければ……。

そんな祈りに似た気持ちを見透かすかのように、酒井はおもむろに懐から携帯電話を取り出した。

「では、あなたの上司に確認させてください。なんという出版社でしたかな？」

だめだ。これ以上嘘を重ねてここにとどまるのは得策じゃない。

酒井の話によって壮吾を怪しいと感じたのか、ちはるは不安そうに口元に手をやり、福部は教員机の辺りに移動して、机に手を伸ばしていた。そのまなざしはじっとこちらに据えられており、怪しい動きをしたら、すぐさま警察に通報されそうな、緊迫した雰囲気を漂わせている。

まさしく万事休す、である。

「その必要はありません。もう大体、話は終わりましたから。二週間ほどで雑誌が発売されますので、顧問の先生宛に一部お送りします」

一方的に言い放ち、相手に何か言われる前に、壮吾はそそくさと準備室を後にした。入れ替わりに中に入った酒井は、

「福部も練習に戻れ。それと清水《しみず》、ちょっといいか？」

とそれぞれに声をかける。清水というのは福部が「ちはる」と呼んだ女子マネージャーの苗字であるらしい。

福部は素直に従って準備室の外に出て、ノブをつかんでドアを閉める。ゆっくりとドアが閉じられる間際、清水ちはるは、ひどく複雑そうな、見ようによっては後ろめたいような表情で、じっと福部を見つめていた。対する福部も、ドアを閉めてすぐにその場を動こうとせず、ひどく思い詰めたような顔で下唇を噛みしめていた。

ついさっき、バスケにかける熱い思いを口にした少年とは思えぬような、苦悩に満ちたその横顔は、壮吾に大きな戸惑いを抱かせた。

「福部くん、あの子と何かあった？」

問いかけた壮吾を振り返り、福部は困ったように笑う。

「……あいつ、幼馴染なんです。お互い母子家庭で貧乏だった。だからってわけじゃないけど、いつも一緒に遊ぶようになってた。ミニバス始めたのも一緒で、僕よりもあいつの方がずっとうまくて。恥ずかしいけど僕、あいつに憧れてた部分もあって……。中学で親が再婚

してから生活は楽になったみたいだけど、いつも危なっかしいあいつを放っておけなくて、ずっと気になってたんです」

話の内容だけを聞けば、甘酸っぱい男女の思い出話だったかもしれない。だが、それを語る福部の表情は暗くよどんでいた。

「学力ではもっと上を狙えたのに、あいつは僕と同じ高校に行くって言って聞かなくて……。しかもマネージャーなんかして、僕の世話を焼こうとするんです。家に居場所がないようなことも言ってたし、僕がプロになるのを応援したいとも言ってくれて。膝をやっちゃったとき、冗談でバスケやめようかなって言ったら、『あたしのためにも絶対プロになって』なんて、真面目な顔で言うんですよ。だから僕、もうプレーできないあいつのためにも絶対にプロにならなきゃなって思ったんです。でも……」

その言葉に続く真意を確かめようと待ち構えていた時、割り込むように響いてきた早川コーチの怒号によって、二人の会話は途切れてしまった。見ると、部員たちに厳しい檄《げき》を飛ばす早川コーチがじっとこちらをにらみつけている。顧問と同じように、壮吾を怪しんでいるのだろうか。

とにかく、一度ここを離れた方がいい。無理に福部のそばに張りついて、余計に怪しまれるのは得策じゃない。そう判断し、壮吾は福部と簡単な挨拶を交わして体育館を後にした。

本校舎へ向かう通路に差し掛かった時、何気なく振り返ってみると、福部はまだ準備室の前に立ち尽くし、うなだれるように肩を落としていた。

先ほど、日下と話をした中庭に戻ってきたところで、壮吾は深々と息を吐き出した。

とりあえずは、偽記者であることを見抜かれて警察に突き出されるという最悪の展開は回避できた。そのことにひとまず安堵する一方で、福部少年の死の重要なヒントとなる情報を得られなかったことが悔やまれる。

時刻を確認すると、すでに残り時間は二十分を切っていた。このまま戻されてしまったら、福部の他殺説を訴えて日下と杏奈を納得させることは難しいだろう。

それに加えて、別れ際の福部のひどく気落ちした様子を見てしまった今、やはり彼の身に何かが起こり、自殺するほど思い詰めていたという可能性は、否定できない気がしていた。

壮吾はいたたまれない気持ちに押し包まれながら、あんなにひたむきな少年が自ら命を絶とうとするほどの出来事とはいったい何なのだろうと、さらなる思考の深みにはまっていく。

とにかく、もっと情報を集めなければ真相は見えてこない。そのためにも、校内で目立たぬように行動しなければ……。

そんな風に考えながら中庭付近を歩いていた壮吾は、何気なく視線を上げて周囲を見渡した。そして、引き寄せられるようにしてグラウンドの脇にあるテニスコートに視線を留める。

「なんだ、あれ……？」

思わず呟きが漏れた。テニスコートの周りには人だかりができており、部員と思しきジャージ姿の生徒たちだけではなく、制服姿の野次馬のような者たちも集まって、何やら騒いでいる。

本来であれば気にしている暇はないのだが、なぜか無性に胸が騒ぎ、確かめずにはいられなかった。壮吾は中庭を横切ってテニスコートに近づいていく。そして、人だかりに紛れてコートの中を覗き込んだ瞬間、あっと間の抜けた声を上げた。

ジャージ姿の生徒たちに交じり、コートでラケットを振っているのは、白いテニスウェア姿の若い女性――杏奈であった。

「いくわよー！　それっ！」

はつらつとした声を上げ、まばゆい日の光の下、健康的な肌に笑顔を浮かべた杏奈が、意気揚々とボールを打つ。その姿は、あたかもテニスコートに舞い降りた天使のような美しさ。男も女も関係なく、この場にいるすべての人間が彼女の容姿に心を奪われ、発する声に歓喜し、ふりまく笑顔に悩殺されていた。

「な、何をしてるんだ、あいつは……」

ただ一人、彼女の正体を知っている壮吾だけは、その顔を引きつらせて苦笑いを浮かべていた。

周囲の生徒からは、「何あの人、新しいコーチ？」「さあ、わかんないけど超美人じゃん！」などの声が上がり、中には「オレ、テニス部入っちゃおうかな！」と大騒ぎでフェンスにしがみついている生徒もいた。

アイドルのコンサートよろしく盛り上がるその人だかりを前に、壮吾はどっと疲れを感じて肩を落とす。

こっちが必死に被害者の死の真相を調べているというのに、あの悪魔は高校生と一緒に額に汗してスポーツを楽しんでいる。そんな暇があるなら、少しは真相の解明に手を貸してくれてもいいのではないだろうか。どうでもいい時に現れ、時間つぶし程度に会話をして去っていく日下も同様に、減俸でも何でも、処罰を受けてしまえと内心で毒づく。

前回以上に人間の世界を謳歌している杏奈の姿に不信感しか覚えない壮吾だったが、次の瞬間にふと、彼女の思惑に気がついた。

彼女は今回、かなり高い確率で魂を手に入れることができる。福部少年の死が自殺であるという説を覆さない限り、日下が魂を求めることはない。前回は小細工をして壮吾を誘導しようとした杏奈だが、今回は何もしなくても魂が手に入るというわけだ。その余裕が、必死に駆け回る壮吾を尻目にテニス部に潜入するなどという、わけのわからないお遊びに発展したのだろうか。

何にしても、ふざけた話である。

「ねえ何なのあの女？　テニス部の新しいコーチ？」

「さあ。よくわかんないけど、ババアがはしゃぐなって感じ」

すぐそばからそんなやり取りが聞こえてきて、壮吾は振り返った。聞こえよがしに喋っていたのは下校途中の二人組の女子生徒で、コートの上で輝かしい笑顔を振りまいている杏奈を親の仇のようににらみつけていた。

そうかと思えば、片方の女子生徒は時折、先ほど杏奈に声援を送っていた男子生徒の方をちらちらと窺っている。察するに、杏奈に対して敵対心を持つのは彼に対する気持ちが大きく関係しているらしい。

「ほんと最悪。どうして男子ってああいう安っぽくて馬鹿そうな女が好きなの？　ていうか、スポーツしてる女なんて汗臭いに決まってるじゃん」

「こらこら、それは偏見でしょ。スポーツなんてダルいとは思うけどさぁ。でも正直、イケメンの顧問がいる部活なら入りたいかも」

「うへ、それって酒井のこと？　あいつ、裏で女子生徒と付き合ってるって噂あるじゃん」

酒井……あのバスケ部の顧問かと、壮吾は心の中で独り言ち、女子生徒たちの話に耳をそばだてる。

「ただの噂でしょ？　でもまあ、酒井先生となら付き合ってもいいなぁ」

「ないわー。いくら顔がよくても未成年に手出す時点でクソじゃん」

口の悪い方の女子生徒が吐き捨てるように言うが、もう一方の女子は聞く耳持たずといった様子である。見かねた口の悪い女子生徒は溜息交じりにかぶりを振って、

「そういやこの前も、バスケ部のマネージャーと体育準備室で二人きりだったところ、うちのクラスの男子が目撃してるんだよね。なんか、怪しい雰囲気だったたってさ」

「うそショックー。あたしもバスケ部のマネやろっかなー」

「……うへ、ダメだこりゃ」

呆れたように言って、口の悪い女子生徒が人だかりの輪から外れ歩き出す。「待ってよー」と追いかけるもう一人の女子生徒を視線で追いながら、壮吾は今の話をどう受け止めるべきかを考えていた。

顧問である酒井がマネージャーと関係を持っている。それが事実だとして、相手は清水ち

はるだろうか。

——今度は僕があいつを……。

福部が口にしていた言葉が、壮吾の脳裏をよぎる。もしかすると、彼が複雑そうな表情をしていたのはこの話題が原因だったのか。幼馴染が教師と許されざる関係にある。そんな彼女を助け出したくて、でもどうしたらいいのかがわからず、彼は悩み、葛藤していた。あの思い詰めたような表情は、まさしくそういう——

「あ、おーい壮吾ぉ！」

唐突に向けられた声。顔を上げると、ポニーテールからこぼれたおくれ毛を耳にかけた杏奈がきゃぴきゃぴと小さく飛び跳ねながら、こちらに手を振っている。瞬間、その場にいた大勢の視線が壮吾に集中した。

こいつは何者だ。どうして学校に見知らぬおっさんがいるんだ。というかあの女性とどういう関係なんだ。そんな、高校生たちの心の声が無言の圧力となって容赦なく壮吾をいたぶった。

目立たずに行動しなければと思った矢先に、とんでもない注目を浴びてしまい、矢も楯もたまらず後ずさりした壮吾は、そのまま野次馬の集団から逃れるように校舎の方へ小走りに退散する。

あのバカ悪魔、いったい何を考えているのかと憤りながら、肩を怒らせて本校舎にやってきた壮吾が通用口から再び中に足を踏み入れ、どこか落ち着ける場所でもう一度考えをまとめなくてはと思い、適当な場所を探して校内を歩き回ろうとした矢先、周囲に悲鳴のような甲高い声が響いた。

「今度は何だよ……」

くたびれたように呟きながら廊下の角を曲がると、ホールの方で何人もの生徒がうろたえて何か叫んでいる。まさか、こちらでは日下が何かおかしなことでもやらかしているのだろうか。そんな想像を膨らませながら、人だかりの方に駆けていくと、吹き抜けになった玄関ホールの中央、二階へと続く階段の下に、見覚えのあるジャージ姿の女子生徒が倒れていた。近づいてよく見てみると、それがバスケ部のマネージャー、清水ちはるであることがわかる。頭を強く打ち、血を流していることから、階段から転げ落ちたのだろう。そう察して階段の上部を見上げた壮吾は、そこに一人の少年の姿を見つけた。

「福部くん……」

思わずそう呟いていた。階段の上にいたのは、まぎれもなく福部だった。片方の手で手すりにつかまり、一段下の階段に右足を下ろした状態で、もう一方の手をやや下向きに伸ばしている。その手に何か黒いものが握られているのをぼんやり確認した時、福部と視線がぶつかった。

「いったい、何が……」

口中で呟きながら、壮吾は階段を上ろうとする。そのことに気づいて、福部は一瞬、くしゃっと表情をゆがめ、それから踵を返して駆け出した。

「ちょっと待っ……福部くん！」

慌てて追いかけようと階段の一段目に足を乗せた瞬間、壮吾の周りの空間がぐにゃりとゆがむ。同時に強い耳鳴りがして、世界が音を失った。

——まずい。戻される！

そう思った瞬間、ぶつりと電源を落としたみたいに視界が暗転した。暗闇の穴の中に放り投げられたように、真っ逆さまに落下していく感覚。そして壮吾は抗いようのない力によって暗闇の淵へと転落していった。

5

暗く、沈んだ闇から意識が浮上し、弾かれたように目を開いた瞬間、壮吾の視界に飛び込んできたのは、あのロッカールームの光景だった。

「もう、ダメじゃない。またルール違反しようとしたでしょ」

ドアの前で、二人に背を向けていた壮吾は、見たくないものを見るような気持ちで振り返る。できることなら、そこには日下と杏奈のみで、首を吊った死体などなくなっていてほしかった。だが、その願いもむなしく、時の停止した世界でピクリとも動かない福部の亡骸が、しっかりとロープに吊るされていた。

「おんなじこと言うのも飽きたけど、あえて言うわね。すでに定められた死の運命は、何をしても覆らないのよ。だって、それが運命なんだから」

あえてその部分を強調し、杏奈はおどけたしぐさで肩をすくめた。

決まりを破ろうとしたこと。そしてそれをまんまと見透かされていることに後ろめたさを感じ、壮吾はすぐに言葉を発することができなかった。それでも、胃の中でいつまでも消化されることなくこびりついているこの嫌な気持ちを、吐き出さずにはいられなかった。

「だったら、僕はどうなるんだよ。一度殺されたはずなのに、こうして生きているじゃないか。それも僕が希望したんじゃない。あんたたちの勝手な都合でだ」

悪魔の顔から、薄笑いが消えた。その突き刺すようなまなざしに、ヒヤリとした冷気を感じながらも、壮吾はさらに言葉を重ねる。

「それができるなら、彼一人を救うことくらいできるんじゃないのか？　本当は、運命を変えることなんて、君たちにとっては簡単なことなんじゃ……」

「いいや、それは不可能だ」

口をはさんだのは天使だった。

「君と彼とでは置かれている状況が違う。君が死んだのはこちらの手違いだった。しかし福部祐司はまぎれもなく死の運命による結果として命を落とした。ゆえに彼と君を同じように扱うことはできない」

運命の変更は認められないのだと付け加えて、日下は口を一文字に結ぶ。その頑《かたく》なな態度を前に、交渉の余地がないことを思い知らされ、壮吾は肩を落とした。納得のいかない気持ちとは別に、やはりそうかと、不本意な結果を受け入れようとしている物わかりのいい自分にも嫌気がさす。

やり場のない怒りをぶつけるような気持ちで、壮吾は天井からぶら下がった福部の亡骸へと視線を向けた。

「どうして……」

そう呟いた言葉は、果たして目の前の少年に対してだったのか。それとも、その死の真相を突き止めなくてはならない使命を帯びた自分に対してだっただろうか。どちらとも判断のつかぬ複雑な思いを胸に抱きながら、壮吾は口元を手で押さえ、目を閉じて深く呼吸する。

「さて、それじゃあ、恒例のやり取りが終わったところで、さっそく選別をしてもらいましょうか――っていっても、今回は悩む必要なんてないと思うけど」

杏奈は唇をにんまりとつりあげて言った。福部の死が自殺である以上、魂は自動的に彼女のものだ。たとえそこにどんな理由があろうとも。

その点に関しては日下も同意見らしく、特に反論する素振りは見せなかった。形の上だけでも、魂の選別を行わなければ、移送を実行に移せないということらしい。

壮吾自身、結果がわかっているのに、死の真相を解き明かす必要があるのかという投げやりな気持ちを抱きはしたものの、彼が自殺に至った経緯を明らかにすることで、その魂を地獄に送るという選択が本当に正しいものであるのかを見極め、自分を納得させたかった。

生気を失った顔をうつむけ、半開きの瞼の間から虚ろな黒目を覗かせている福部の顔をじっと見上げながら、壮吾は口火を切る。

「福部くんが自殺だとして、僕は彼がそうするに至った経緯を考えてみた。まず彼の人となりだけど、小さい頃から母親が女手一つで育ててくれたことにとても感謝している。だから、母親に極力負担をかけることなく大学に進むために、奨学金つきの特待制度を利用したがっていた彼は、今回の代表選抜にかけていた。その点に関しては、本人の口から聞いているから間違いない」

日下と杏奈、それぞれに視線を送る。異論はないようなので話を先に進める。

「しかし彼は、二年に上がってすぐの怪我によって仲間たちに致命的な後れを取ったと言っていた。リハビリに励み、怪我を治して戻ってきたけど、体力が衰えていて以前のようなプレーをするのが難しくなったとも。そのことは本人だけでなく、郷田や泉も同意見だった。入学してしばらくは部内でトッププレイヤーだったが、今は代表候補に選ばれたのも疑問視するほどだった」

その点に関しては、郷田のやっかみという線もなくはない。実際、泉は福部を良い選手だと言っていたし、早川コーチが福部の素質を買っていることも公然の事実である。今はまだ復帰したてだが、いずれは以前のように――いやそれ以上のプレーでチームを引っ張ってくれるという期待を込めての代表選抜入りだったのではないだろうか。

「周囲との軋轢《あつれき》にも負けず、福部は望みを捨てずに練習に励み、代表入りを目指していた。一見して、彼が自殺するような動機は見当たらなかった」

「でもねぇ。大した理由なんかなくても自殺しちゃうのが人間ってものじゃないかしら？　えいやって感じで、案外簡単にさ」

杏奈が口をはさむ。それに対し、日下が重々しくうなずいた。

「他者にはそうと悟らせずに、心の中で思い悩むということもあるはずだ。特に福部裕司のような明るい性格の持ち主は、えてして他人に自分の悩みを打ち明けられないという傾向があるのではないか？」

確かにそういうこともあるだろう。実際のところは定かではないが、福部が現実に打ちのめされ、プレッシャーに押しつぶされそうだったことは事実だろうし、夢をあきらめられないからこそ、代表入りを絶望視し、思い余って自殺したという結末も十分に予想できる。

「でも、それじゃあ残されたメッセージの説明がつかない」

壮吾はロッカー内のスマホを指さして言った。

「『代表なんていらない』。これは福部くんがＳＮＳに投稿しようとして打ち込んだ文字だ。僕が話をした時とは打って変わって、死の直前の彼は自分から代表の椅子を放棄するような投稿をしようとしていた。このことが、どうしても引っかかるんだ」

「だからぁ、それが本心だったってことじゃないの？　頑張ってみたけど、やっぱり無理そうだからあきらめるっていうのがさ」

そうと決めてかかるような杏奈の意見を、壮吾は首を横に振って否定する。

「僕は福部くんと面と向かって話をした。夢を語る彼は自殺を考えるほど人生を悲観していなかったし、何より、応援してくれている母親を悲しませるようなことをするとは思えなかった」

「それはあくまで、君の感じ方じゃないかな。だって現に彼は自殺してるんだよ」

そうでしょ、と続けて、杏奈はこれ見よがしに福部の遺体を指さした。変わり果てたその姿を目にするたび、壮吾の胸には鋭い痛みが走る。

「それとも、これが自殺じゃないとして、彼を殺した人間に心当たりがあるとでもいうの？」

見透かしたように物言いに、壮吾は「ある」と強い口調で返す。

「僕が戻される直前に、校舎内で起きた騒ぎだよ」

「清水ちはるが校舎の階段から転落した事故だな」

日下が抑揚のない口調で補足する。壮吾は一つうなずいて、

「福部くんもあの場にいた。階段の上で手を伸ばしていた。あれはマネージャーを助けようとしたか……」

――あるいは、突き落とそうとしたか。

頭に浮かんだ言葉をあえて口にはしなかったが、日下も杏奈も、まるで壮吾の頭の中を覗き込みでもしたかのように、難しい顔をした。杏奈に限っては、厄介な話題を持ち出してくれたなとでも言いたげに、あからさまに顔をしかめている。

「そのことと、この子の自殺にどんな因果関係があるっていうのかしら？」

「あの出来事だけを見ると、確かにつながりがあるとは言い切れないかもしれない。でも、体育準備室に現れた清水ちはるに福部くんが向けた意味深な表情を思い出すと、とても無関係だとは思えない。二人の間に何かがあったのは、たぶん間違いないよ」

壮吾はその時の福部の表情を脳裏に描く。

「福部くんはあの時、怒っていた」

「清水ちはるに対して怒りを抱いていたと、そういうことか？」

日下に問われ、壮吾はうなずいた。

「でも、単純な怒りという感じじゃなかった。彼女に対して殺意を抱くような恨みがましい視線とは違う。もっとこう、もどかしくてたまらないという感じの、複雑な表情を浮かべていた。どことなく、彼女に危険を知らせようとするみたいに……」

ひどく思い詰めたような福部の横顔が、脳裏をよぎっていく。

「でもさ、それは君の主観でしょ。彼がそんな風に思っていると勘ぐって見ているからそう見えてしまう。物事を都合よく見ようとするのは、人間の悲しい習性だものねえ」

「違う。僕は本当にそう感じたんだ。それに、僕が体育館から退散する時も、福部くんはドアの前に立って室内の様子を窺っていた。まるで、清水ちはると酒井という顧問教師の会話を立ち聞きしようとするみたいに……」

言い終えた直後、壮吾ははっと言葉を切った。たった今、自分がした発言が、どうしようもなく重要なものに思えてならない。

――まさか。

頭の中で雷光が閃き、すさまじい速度で駆け巡っていく。

戻された時間の中で見聞きしたいくつもの出来事が走馬灯のように繰り返され、そして、一つの疑惑へと集約される。その疑惑を前に、壮吾はただただ言葉を失って、呆然と立ち尽くしていた。

「――ねえ、ちょっと？　大丈夫？」

ぱちぱちと、目の前で指を鳴らす杏奈に気づき、壮吾はようやく我に返った。

「ああ……うん……」

空返事をしながら、僕は自分の頭の中に浮かんだ疑惑を形にしてとどめることに必死になっていた。点と点がゆっくりとつながりを持ち、線となっていくつかの形を作る。それを正しい順に、正しい位置に……。

壮吾は改めて室内を見回した。横倒しになったベンチに視線をやり、それから、ぶら下がった福部の亡骸へと視線を移す。その二つの間で何度も何度も視線を行き来させながら、壮吾は暗闇の奥深くに引っかかったままの重大な事実が、ようやく転がり落ちてくるのをはっきりと知覚した。

「……そういうことだったんだ」

こんな些細《ささい》なことに真っ先に気づかなかった自分が、ひどく情けなく思えてしまう。そんな壮吾の呟きに、日下と杏奈が同時に視線を向けた。

「考えはまとまった？　その子の魂、あたしに渡す気になったのね？」

「……いや、それはできないよ」

「はあ？　できないってどういう……」

戸惑う杏奈をじっと見据え、壮吾は強く言い放つ。

「福部くんの魂は、天国へ行くべきだ。地獄には送らない」

直後、杏奈はたちまち表情を固めた。

「ちょっと待ってよ。君、自分が何言ってるかわかってる？」

途端に納得のいかない顔をして、杏奈は腕組みする。当然の反応だ。彼女は九割九分、勝利を確信していたはずなのだから。それを覆そうという壮吾の意見に反発するのも無理はない。

「どんな理由があろうと、自殺した人間は等しく地獄行き。それは天国と地獄との間に結ばれた数少ない共通事項だって、説明したよね？　人間がいつ、どのように死ぬかは神の定めた運命によってのみ決められる。それを自分の手でどうこうするのは冒涜的行為とみなされ、天国はその門を固く閉じてしまうの。君がこの子の複雑な心情だとか境遇に同情したところで、その鉄則を覆すことなんてできないんだよ？」

「わかってるよ。だからこそ、彼は地獄に行くべきじゃない。なぜなら彼は、自殺を装って殺されたんだから」

再び、室内に沈黙が流れた。何か言おうとして言葉にならない杏奈と、苦々しい表情で様子を窺う日下。心なしか、自殺説を覆そうとする壮吾に対し、不信感を抱いているようにも思える。それぞれのまなざしを一身に受けながら、壮吾はその理由を説明する。

「順を追って話そう。まず僕と福部くんが話をしていた時、準備室にやってきたマネージャーを見て、彼はひどく険しい表情をした。彼女と何か話したかったのに、話を聞かれたくない相手があの場にいたせいで、それができなかったからだ」

「そりゃあ、部外者の君に聞かれたくない話があったからでしょ。二人は親密だったみたいだし、もしかしたら付き合ってたんじゃないの？」

「だったら、わざわざ『幼馴染』なんて言い方はせずに『彼女』だって言うんじゃないかな。照れ隠しにしても、初対面の僕にそこまで隠し立てする理由なんてないはずだ」

「だとしたら誰に聞かれたくなかったの？」

「――顧問の酒井だな」

日下が、杏奈の疑問を遮るように言った。

「そういうこと。おそらく福部くんは、清水ちはるに伝えたいことがあった。でも、その場に酒井がいたから口をつぐんだ。それは裏を返せば、福部くんがあの教師を警戒していたからってことになる」

「警戒って、どうして?」

杏奈が怪訝そうに声を上げた。

「たぶん福部くんは、前々から酒井がちはるちゃんに何らかの危害を加えていると考えていた。だから彼女に警告しようとしていたんだ。いや、すでに警告はしていたのかもしれない。福部くんは、学校内に酒井とちはるちゃんが親密な関係にあるんじゃないかっていう噂が流れていることを知っていた。彼女とは無関係な生徒が知っているくらいの噂だ。福部くんの耳に入らないはずはないからね」

テニスコートのそばにいた女子生徒たちの会話を思い返しながら、壮吾はもつれた糸を解きほぐすような感覚で喋り続ける。

「すべては彼女の身を案じてのことだった。でもちはるちゃんはそれを否定する。福部くんはさらに追及する。そんな形で彼女との関係もこじれてしまった。二人が気まずそうにしていたのは、その名残だったんじゃないかと思う」

「ふうん、まあいいわ。百歩譲ってその通りだとして、あの真面目そうなイケメン教師の酒井が本当に女子生徒に手を出したのかな？」

確証のない点を突かれ、壮吾はわずかにたじろいだ。

「確かに、その点についてははっきりと判断する材料はないよ。酒井がちはるちゃんに手を出していたっていう証拠も現時点ではない」

「だったら……」

「でも思い出したんだ。バスケ部にある問題が生じていたことを」

食い気味に告げた壮吾に今度は杏奈が言葉を一瞬詰まらせる。

「問題？　何かあったっけ？」

「郷田が、部費がなくなったという話をしていたな」

すっとぼけて見せる杏奈の代わりに、日下が答える。

「その通り。あれだけ大勢の生徒が所属するバスケ部の部費が盗まれたとなると、かなりの大問題だ。でも僕が一年生の部員に話を聞いた時は、そんな話題は全く出てこなかった。つまりあの時点で、何らかの形で解決した話だったってことだ。郷田はその犯人が福部くんだと決めつけていたけれど、泉はそれを否定した。郷田に疑惑をかけられたバスケットシューズについても、福部くんは母親から贈られたものだと言っていた。彼が盗んだお金でシューズを買うような人間には思えないし、仮にそんな方法で買っていたとしたら、あんな風に堂々と練習に使用することも、わざわざ僕に教えることだってしなかったと思う」

「なるほど。要するにそのマネージャーが部費を盗んだ犯人だったってこと？」

単刀直入な物言いに対し、壮吾は明言を避けて曖昧に答えを濁した。

「そのことで彼女は酒井に弱みを握られることになった。そして酒井は、そこに付け込んで彼女によからぬことをしようとしていたんだ」

「よからぬことというのは……」と日下。

「それくらいは察しなさいよ。天使だからって、セクハラって言葉を知らないわけじゃないでしょ」

杏奈に突っ込まれ、日下はいささか困惑したように目をしばたたいた。

二人のやり取りをよそに、壮吾は思案する。

この時点で、酒井が清水ちはるにセクハラを働いていたかどうかの判断は難しい。現実的に考えて、そのような行為を求められるくらいなら、部費を盗んだことを正直に話した方が、彼女にとってダメージは少ないはずなのだ。

同じ疑問に思い当たったらしい杏奈は、腕組みをして顎に手を当てた。

「でもさ、平成のメロドラマじゃないんだから、今どきそんな理由でクソ教師の言いなりになっちゃうような女子高生がいるかなぁ？　何かの理由で部費に手を付けちゃったとしても、それが公になって困るのはむしろ学校側でしょ。彼女を脅す動機としては弱い気がするけど」

その通りだ。実際に、伝統のあるスポーツ部が学校の中で優遇され、ある種の権力に近いものを手にしてしまった結果、その部の不祥事に気づいても、誰もが口をつぐんでしまうという出来事がニュースで取り沙汰されたことがあった。

このことを例に挙げて考えてみても、顧問がマネージャーに対し、よからぬ行為を強制するには、部費の件ではなく、もっと個人的な問題でなければ都合が悪い気がした。

そのことに思い当たった結果、壮吾が見出した答えは、福部祐司の死の真相に一気に肉迫するような仮説であった。

「清水ちはるは部費を盗んだわけじゃない。酒井が自分で部費を紛失させ、それを彼女のせいにした。責任を問う代わりに酒井は彼女に迫る。黙っていてやるから言うことを聞けとね。当然ちはるちゃんは拒否しただろう。そこで後に引けない酒井はさらにもう一つの提案をしたんだ」

「何なのよ。その提案って？」

「『福部くんを国体の代表選手に推薦する』。そう言ったんだよ。福部くんがどれだけ代表に選ばれることを熱望しているかを知っている彼女は、その申し出を無下にすることをためらった。たぶん、彼女の目から見ても、福部くんが選ばれるのは難しかったんだろう。だからこそ、酒井の申し出を魅力的に感じてしまったんじゃないかな」

壮吾が言い終えた直後、日下はその意見を否定する。

「しかし、それを決めるのは早川というコーチの仕事だ。酒井にその権限はない」

「……あ、そっか」

壮吾が反論するより早く声を上げた杏奈が、ははーん、とうなずきを繰り返す。その顔には、皮肉げな笑みがはっきりと浮かんでいた。

「調子のいいことを言って代表への切符をちらつかせたのはハッタリなのね。もうすぐその代表選手を決める大切な試合があって、代表選手が発表される。そうなる前にちはるちゃんを毒牙にかけるつもりだったんだ」

「そういうこと。もし福部くんが代表に入れなかったら、ちはるちゃんは酒井の汚いやり口を口外する可能性がある。そうされないために、既成事実を作っておくつもりだったんだ」

既成事実。自ら口にしたその言葉に吐き気を覚えた。そんな風にして、まだ十代の少女をよからぬ妄想の犠牲にしようとする大人が多く存在することを、壮吾はこれまでに嫌というほど目にしてきた。だからこそ、この妄想めいた推測が、ただの思い過ごしであるなどとは到底思えなかった。

「ちょっと待って。ここまではまあ悪くないと思うわ。酒井にしても、そういうことを踏まえてみれば、そんな奴に見えなくもない。でも、肝心のことがまだ抜けてる」

「この出来事が、福部くんの死にどう関係しているか、だよね。もちろん、そのことについてもちゃんと説明するよ」

杏奈の疑問について補足をしてから、壮吾は説明を開始した。

「僕が酒井に詰め寄られている時、福部くんは少しおかしな行動をとったんだ。教員の机に手を伸ばして、通報する準備でもしているのかと思ったんだけど、そうじゃなかった。彼は録音機能を作動させたスマホをあの場所に仕掛けたんだ」

「ふむ、酒井と清水ちはるが何を話しているのかを聞くためか」

付け加えるように言った日下に相槌を打って、壮吾は続ける。

「僕が体育館から去った後、福部くんは頃合いを見計らって準備室に踏み込んだ。そして二人の会話を録音していたことを告げスマホを回収する。酒井は愕然としただろう。第三者に卑劣な悪事が露呈したんだから当然だ。でも、ここで予想外のことが起きた。福部くんが助けようとしたはずのちはるちゃんが、彼からスマホを奪って逃げ出したんだよ」

「なんで彼女が逃げるの？」

杏奈の素朴な疑問に、壮吾は軽く肩をすくめ、迷いのない口調で告げた。

「たぶん、彼女が逃げ出したのは、おぞましい取引に応じようとしていた自分を恥じたからだ。そんなやり方で必死に戦っている福部くんの情熱に水を差してしまったことに遅まきながら気がついた彼女は、居たたまれなくなって逃げ出した。あるいは、どんな理由であれ、身体を代償に取引をするという恥ずべき行為を見咎められた気がしたのかもしれない」

好きな相手にそんなところを見られてしまったら、誰だって逃げ出したくもなるだろう。スマホを奪ったのも、会話を聞かれたくないという気持ちがそうさせたはずだ。

「結局、逃走の甲斐なくホールの辺りで捕まってスマホを奪われた。そして、なぜ逃げるのかと福部くんに詰め寄られた拍子に、彼女は答えることができず抵抗し、足を踏み外して転落してしまったんだ」

あの時、転落したちはるを見下ろす福部の表情には、呆然とした驚きとともにある種の苦悩の色が滲んでいた。知るべきではない真相。明かすべきではない真実に、たどり着いてしまった者が見せる、深い後悔の表情だ。

今の自分もきっと、同じ顔をしているのではないか。そんな風に壮吾は思った。

「あの後、福部くんはこのロッカールームにやってきた。そしてスマホに録音されている音声を聞いて、自分の予感が的中していることを知ったんだ。酒井が彼の代表入りを餌にして迫り、彼女がそれを受け入れてしまうところを」

それは言い換えれば、ちはるが福部の実力では代表を勝ち取ることができないと思っていることを証明する会話でもあった。彼にとってそれは、何より残酷な仕打ちだったことだろう。

「なるほど。『代表なんていらない』っていうのは、そういう意味だったのねぇ」

しみじみとした口調で、杏奈が言った。

「どれだけ努力しても、埋められない実力差を福部くんは郷田と泉に感じていた。うすうす自覚しかけていたその事実を、彼はあろうことか、思いを寄せるちはるちゃんの言動によって思い知らされる形になってしまった。彼がどれほどショックを受けたかは、説明しなくてもわかるはずだ」

壮吾が喋り終えると、しばしの沈黙が室内を支配する。その重苦しい空気を引き裂くように、杏奈は必要以上に明るい声で「なるほどね」と納得した。

「だいたいの背景は理解できたわ。でも、やっぱりそう考えると、そのことを苦にした彼が自殺したとしか思えないのよねぇ。だってそうでしょ？　今の君のスイリは、福部くんの自殺の動機を盤石にしたことになるわけだし」

「確かに、その通りかもしれない。でも彼は自殺なんてしていないよ。これはまぎれもない事実だ」

「なぜそこまで言い切れる？」

割り込むようにして言った日下を軽く一瞥した後、壮吾は室内をぐるりと見回す。

「どこにもないんだよ。この部屋には、彼が自殺するために使ったはずの『踏み台』が」

水を打ったような静寂が三人の間に流れた。

「何言ってるの。そのベンチが元の位置からずれてるでしょ。その上に立って首に縄をかけて、ベンチを蹴飛ばせばそれでオッケーじゃ……」

言いかけた杏奈が、はっと息をのんだ。それから物言わず吊るされた福部とベンチとを何度も見比べ、己の失言に気づいた様子で言葉を失う。

「そうなんだよ。この位置でロープを首に回した場合、彼の足はベンチに届かない。身長が足りていないんだ。ほかに踏み台になりそうなものはないし、それ以外の方法として、ロッカーの上によじ登りロープを首にかけて飛び降りるという方法もあったかもしれないけど、ロッカーの上にはかなり埃が溜まっている。彼の服には埃一つついていないから、ロッカーに登っていないことは明らかだ。つまり彼は、何者かによって殺害され、自殺に見せかけられた」

最初に死体を見た時に気づくべきだった。突如としてこの場所に飛ばされた驚きと、衝撃的な光景を目の当たりにしたのとで、冷静な判断ができていなかった。普段なら一目見てこの現場が何者かによって工作されたものであることに気づけたはずなのに。

「ついでに言えば犯人は、背の高い人物だと思う。背の高い人間は、往々にして他人との身長の差を失念する。たとえば高い位置にあるものに手を伸ばした時、自分が届くから相手も届くものだと思いがちなんだよ。そういうところにこそ体格差についての意識が明確に表れる。今回で言えば、犯人は『自分の足が届く位置』に福部くんを吊るしてしまった。ベンチに彼の足が届かなかったことを確かめなかったのは、その先入観が大きく関係しているはずだ」

言い終えて一呼吸ついてから、壮吾は杏奈を見据える。

「きみも、本当は気づいてたんだろ？」

彼女は一瞬だけ表情を硬くしたが、すぐにこらえきれない様子で噴き出した。

「あーあ、バレちゃったか。でも、嘘をついたわけじゃないよ。確かにおかしいと思ったけど、あえて口にしなかっただけ」

「よく言うよ。僕が踏み台のことに気づく前に時間を戻そうとして、急かしていたんだろ」

最初にこの部屋を訪れた時、杏奈は必要以上に壮吾を急かし、さっさと時間を戻そうとした。あれは魂が傷むのを気にしたのではなく、この現場をゆっくりと観察する時間を壮吾に与えたくなかったからだった。

悪魔は嘘をつく。常に狡猾に自分の目的を達成しようとして手を講じる。今回も、前回と同様に、壮吾は彼女に誘導されていたというわけだ。

ただ、わからないのは日下である。杏奈と逆の立場にいる彼が、なぜこの企みに気づかなかったのか。壮吾はそこが引っかかった。そのことを問いかけてみると、

「私は、この少年が自殺を図ったという事実に驚き、打ちのめされていた。神に与えられた命を粗末にする哀れな少年を前にして、この胸は深い悲しみに覆われていたんだ。そんな時に、君たち人間が気にするような些細なことを考える余裕は、私にはなかった」

つまりは、自殺したと思しき死体を目にして動揺してしまったということらしい。天使にとって守護すべき人間が自ら命を犠牲にするというのは、嘆かわしいことであるとともに無念を伴うことだ。杏奈が言ったように、自殺が神を冒涜する行為なのだとしたら、その神に仕える日下が打ちのめされてしまう気持ちは、わからないでもない。

だが今回に至っては、その判断は早急だったと言える。何しろ福部祐司は自殺ではなかったのだから。その事実に気づかず判断を誤った日下の横で、これはしめしめとばかりに魂を手に入れようと画策した杏奈は、しきりに自殺説を強調していた。考えれば考えるほど、や

り口が卑劣である。

「悪魔らしいといえば、それまでなのかもしれないけど」

小さく呟いた壮吾に対し、杏奈は悪びれもせずに笑っている。文句の一つでも言ってやりたい気持ちではあったが、今はそのことは胸にとどめて、壮吾は話を戻した。

「福部くんは殺された。では、その犯人は誰なのかという問題だけど、これはすぐにわかるはずだよ」

「酒井だな。奴しか考えられない」

日下が呟く。壮吾はうなずき、ロッカー内に置かれた福部のスマホを手に取った。そこに録音されていたデータを探し出し、その場で再生する。

『――福部くんを代表にしたいんだろ？　彼の実力なら、私の推薦がないと到底無理だよ。そのために君に何をしてほしいのかは、もうわかっているよね？』

『……本当に、福部くんを代表にしてくれるんですか？　決めるのはコーチですよね』

『早川コーチは確かに優れた指導者だけど、行きすぎた指導が問題になっている。彼は僕がかばっているから仕事を続けていられるんだ。うちをクビになることに比べたら、代表を誰にするかなんて些細な問題さ。さあ、どうする？』

『……わかりました』

『嬉しいよ。それじゃあ、練習が終わった後にここで待っているから、君は一人で――』

このやり取りの後、ドアが開く音がして、酒井がうろたえる様子があってから、ぶつりと音声が途切れた。おそらく、仕掛けたスマホを回収した福部が録音を停止したのだろう。

スマホを元の画面に戻し、壮吾は重く息をついた。

「福部くんはこの音声を聞いて、全てを悟った。この取引が彼にとって本望じゃなかったことは、言うまでもない」

「実力で勝ち取れない代表を喜べるほど、すれた子供じゃあなかったんだ」

杏奈がぼやくように言った。

もしこれが郷田のような生徒だったら、結末は違っていたかもしれない。己の利益になることならばと、喜んで代表入りを受け入れた可能性もある。しかし福部はそうはしなかった。酒井を告発することで、ちはるが馬鹿なことをしないように守ろうとした。夢をかなぐり捨て、自らの犠牲を厭うことなく他人のために行動しようとしたのだ。

その点だけに鑑みても、やはり彼は地獄へ行くべきではない。

「酒井のやり口を知った福部くんは、まず最初にＳＮＳで酒井の行いを告発しようとした。そこへ酒井がやってきて、二人は口論になる。福部くんがしようとしていることに気づいた酒井は、力ずくでスマホを奪い取ろうとする。そして二人はいつしか揉み合い、頭に血が上った酒井は勢い余って福部くんを殺害してしまった」

そこにどれほど明確な殺意があったのかについては、想像するしかない。だが酒井が警察に捕まった後に「殺す気はなかった」と弁解したとしても、それを証明する手立てはどこにもない。

「事態の発覚を恐れた酒井は福部くんを自殺に見せかけ、スマホの告発文の大半を消去しロッカールームを立ち去った。この点に関しては、警察が捜査すればすぐに偽装工作だってことがわかるんじゃないかな」

「踏み台の件はいいとしても、メッセージの方は変じゃないかしら。酒井はスマホを操作しているわけだから、『代表なんていらない』の部分も消すことができたはずよ。それなのに、わざわざ一部分だけ残したのはどうして？」

壮吾は再びスマホに視線を落とした。画面の中で、今杏奈が口にした文字が表示されているのを複雑な思いで見つめながら、ゆるゆるとかぶりを振った。

「酒井がすべての文字を消去せずにこれだけを残したことも、偽装工作の一環だった。福部くんの死が明るみに出た時、おそらく多くの人がその動機に疑問を持つはずだ。夢に向かって不屈の精神で立ち向かっていた彼がどうして急に、とね」

壮吾はスマホの画面を二人に向ける。

「けれど、福部くんが自殺の動機を残していたらどうだろう。このメッセージを見た関係者はきっと、代表になることをあきらめたととれる一文から、彼が絶望していたことを知る。福部くんは特待生で、部にいられなければこの学校にもいられなくなってしまうから、そのことを思い詰めた彼が自分を責め、自ら命を絶ったと解釈するだろう」

「つまり酒井は、そのメッセージが強力な『遺書』になりうると考えた。すべてを消してしまうよりも、そう思われた方が都合がよかったのね」

合点がいったように、杏奈は腕組みをして鼻息を荒くした。

これ以上の説明は不要だろう。しかし、それでも壮吾は言わずにはいられなかった。

「福部祐司は自殺じゃない。自分のために誤った道を進もうとした女の子を助けて、犯人に殺害された。自己犠牲のもとに命を落とした善良な人物だ。だから、彼が行くべきなのは天国だよ」

こうして言葉にして、すべてをつまびらかにすることで、福部の魂を正しい場所に向かわせる。その選択に、壮吾は一片の迷いも抱きはしなかった。死を回避するのではなく死の意味を変えることで、死者を次のステージに導く。それこそが、その役目を負った自分にできるたった一つのはなむけであると、強く実感してもいた。

「……ふむ、一連の流れにおいて矛盾はないようだ。筋も通っている。彼の推理は正しいようだな」

日下が、どことなく無念そうに聞こえる口調で、低い声を出した。

地獄へ向かうと思われた魂が天国へ向かうのだ。もう少し喜んでくれても罰は当たらないと思うのだが、このアンドロイドのように感情を表さない天使にそれを期待するのは酷というものらしい。

「……そうね。悔しいけど、自殺で片づけるのは難しそう」

杏奈は投げやりに、しかしどことなく楽しんでいるかのような表情で笑った。魂は得られずとも、壮吾の推理によって被害者の死の真相が導き出されたことに、ある程度の満足感を得たのかもしれない。ホールドアップのジェスチャーをして降参の意を示した杏奈を確認してから、日下はそっと手を伸ばす。その指先が、福部の胸の辺りに触れた瞬間、ぽわっと淡い光を放つ白煙の塊が肉体から抜け出し、日下の掌の上におさまった。

「では、彼の魂を天界へ移送する。ご苦労だった」

壮吾がうなずくと、日下はにこりともせずこちらに背を向け、窓辺に立つ。そして、まばゆい光を放ったかと思えば、次の瞬間には忽然と姿を消していた。

「あーあ、今回もとりっぱぐれちゃった。悔しいから、もう少しテニスでもしていこうかなぁ。あれやってると、周りが騒いでくれて楽しいの」

きしし、と下品に笑いながら、ひらりと回ってポーズを決める杏奈に、壮吾は刺々しい口調を向ける。

「まったく、毎度毎度、僕を騙そうとしたり、こっちが必死にやっている時にテニスなんかして注目を集めたり……。そんなことをする必要があったのか？」

「おっと、心外だね。あたしは君を見守るためについてきたんだよ。遊ぶのが目的じゃない。それに、あたしのおかげで重要なヒントが得られたでしょ？」

少しは感謝してよねと続けて、杏奈はウインクをした。あながち的外れでもないため、壮吾は反論に困る。

「だからさ、次こそはこっちに魂をよこしてよ。ここんとこいい魂を仕入れてないから、ちゃんとやれって上からせっつかれてるの」

「それは僕が決めることじゃないだろ。それに、前から思っていたんだけど、人の死が運命づけられているなら、その魂がどこへ行くかも運命で決まっているんじゃないのかな？」

「へえ、運命ってものを正しく受け入れる気持ちは育ってきてるみたいだね」

その一言に、思わずはっとする。

二度にわたり、運命を捻じ曲げようとした壮吾の行いは、彼女にも、おそらく日下にもしっかりと見咎められていたはずである。生きたまま肉体が腐り果てていく時の光景がフラッシュバックして、壮吾は思わず生唾を飲み下した。あの時目にしたおぞましい光景とともに、すえた臓物のにおいが鼻先をくすぐる。

途端にぶるぶると身震いして、壮吾は嫌な妄想を振りほどいた。その様子をじっと凝視する杏奈の表情にも言い知れぬ不気味さを覚え、ますます背筋が凍りつく。

「そうそう、一つ言っておくわ。今回君は、福部くんが善良な人間であることを決め手として、天国行きという選択をした。確かに人間の持つ善良さは、魂の行き先を決めるのに重要な意味を持っている。けれど、その人間が善良だからといって幸せな人生を歩めるかどうかは別の話。当然、死にざまが幸せである保証もない。ずっと清廉潔白で善良に生きてきた人間が死の間際、やむにやまれず悪事を働く可能性だってあるってこと。もちろんその逆もね。どれだけ魂を地獄へ送ることを拒否しようとしても、いつか必ず、あなたの判断でその選択をしなければならない日がやってくる。そのことは、しっかりと頭に叩き込んでおいた方がいいよ」

「そんなこと――」

わかっている。そう言いかけて、壮吾は言葉をさまよわせた。頭では理解していても、実際にそうした例に直面した時、自分は正しい選択ができるのか。

目の前の悪魔は、そう問いかけているのだろうと思った。

「ふふふ、いい顔してる。君のその顔を見ると、ぞくぞくしちゃう。やっぱり彼が言ってたことに間違いはなかったみたいだね」

「……え？」

言葉の意味がわからず問い返す。だが杏奈は瞬き一つの間に壮吾の視界から消え失せていた。ロッカールームの床には、黒い闇だまりのようなものが丸く残されていたが、それも瞬きの合間に音もなく消えてしまう。

一人残された壮吾は、やがて世界に音が戻り、時間の流れが始まったことを知覚する。じっと静止したままだった福部の遺体が、ゆっくりと、そしてかすかに揺れ始めたのを確認して、壮吾は胸を詰まらせた。

流れゆく時の中で改めて目の当たりにすることで、この少年の死をようやく実感した気がする。死の運命を受け入れて物言わぬ亡骸と化した彼の顔に、準備室で向かい合い、夢を語っていた生き生きとした顔が重なった。

彼の死によって、いったいどれだけの人間が悲しむのか。そこにどんな理由があろうとも、ただ一人の母親は息子の死に絶望し、清水ちはるは後悔に打ちひしがれるだろう。それでも、その死の意味を正しく理解することで、いくばくか救われることがあるのだろうか……。

ふと校内が騒がしく感じられて窓の外を見ると、ジャージ姿のバスケ部員が渡り廊下を部室棟に向かって駆けてくるところだった。このままこの場所にとどまっていたら、やってきた彼らと鉢合わせしてしまい、殺人犯と疑われかねない。

壮吾は服の袖でスマホを拭って元に戻し、ロッカールームのドアに張りついて鍵を外すと、慎重に外の様子を窺う。そして廊下に誰の姿もないことを確認すると、素早くその場を後にした。

6

その日の夜。『万来亭』で夕食をとっていたところ、逆町がやってきて事件の早期解決のお祝いにと、ビールに付き合わされた。

「それにしてもよぉ、顧問が部員の生徒の首を絞めて殺しちまうんだから、ひどい話だよなぁ」

酔いが回った逆町は、店内にほかの客がいないことを理解したうえで、聞いてもいない事件の話をぽろぽろと口にする。以前ならやめておけと釘を刺すところだが、今はありがたく話を聞き出すことにする。

「現場を一目見た時に、俺はピーンと閃いたわけよ。被害者が首を吊るためには、あのベンチじゃあ高さが足りないってな。そしたら検視官が首の痣がロープじゃなくて人の手によって付けられたものだと断定した。それで関係者に話を聞いたら、バスケ部のマネージャーが顧問の教師にセクハラを強要されていたことがわかったんだ。その事実をＳＮＳで公表しようとした被害者を、教師が口封じのために殺して自殺に見せかけようとしたってわけさ」

こうして説明されると、特に謎と言うべき謎のない、平凡な事件のように感じられる。壮吾があんなに苦労して情報を集め、ようやくたどり着いた真相を難なく突き止めてしまう警察には、素直に頭が上がらない。

「それで、その教師はすぐに自供したのか？」

逆町は「もちろん」と首を縦に振った。

「かなり小心者だったみたいでなぁ、ちょっと強い口調で問いただしたら、すぐに吐いたよ。殺人もしかりだが、女子生徒を脅していたことがバレるのが怖かったらしい。奴《やっこ》さん、校長の親戚だったらしくて、これまでにも何度か女子生徒にいかがわしい行為を働いては、強引にもみ消していたらしいぜ」

インテリぶった眼鏡をかけた酒井の顔を思い返し、壮吾は辟易した。真面目腐った顔をしておきながら、かなりの曲者であったらしい。

「しかも手口は毎回一緒だ。万引きなんかをした生徒を脅したり、今回で言えば自分で部費をくすねておきながら女子マネージャーに罪を擦りつけて、黙っていてほしかったら言うことを聞けってなもんよ。味を占めて好き放題やっているうちに、殺しまでやっちまったんだ。もう逃げ場はねえだろうな。奴をかばっていた校長もマスコミの餌食だ」

ざまあみろ、とでも言いたげに鼻を鳴らして、逆町はグラスをあおる。空になったそこに再びビールを注ぎながら、ふと思い出したように「そうそう」と己の膝を叩いた。

「事件とは直接関係ないんだけどな。ほかにも逮捕者が出そうなんだよ」

「逮捕者?」

「実はバスケ部内で違法な薬物を使用してる奴がいるっていうタレ込みがあったんだ。事情聴取のために一人ずつ話を聞いていたら、何人かの部員がそのことを自白したんだよ。俺たちにとっちゃ寝耳に水だったわけだが、念のため寮の部屋なんかを調べたら、本当に出てきやがった」

発見されたのは大麻や合成麻薬と呼ばれるもので、主犯となる部員から仲間内に広まっていたのだという。

「主犯は郷田っていうガタイのいい二年生でなぁ、勉強や部活で忙しくて、ストレスが溜まった時に使用していたって話してる。金持ちのボンボンはそういうもんも簡単に手に入れられちまうから、罪の意識もそこまで大きくはなかったんだろうな」

「郷田……」

思わずその名を繰り返す。壮吾に向けて語っていたあの熱い思いは、口から出まかせだったのだろうか。それとも、彼の中にも他人には理解しがたい複雑な感情が入り混じっていたのか。福部のことを格下と見て、部費を盗んだ犯人であるなどと吹聴までしていたのは、裏を返せば劣等感の表れだったとも考えられる。

もちろん、真相は本人にしかわからないけれど。

「それじゃあ、バスケ部はどうなるんだ？」

「当然、しばらくは活動を自粛するだろうな。早川とかいう強面のコーチも解任されるそうだ」

「コーチが？」

「ああ、なんでもあのコーチは郷田たちが薬物を所持しているところを見咎めたことがあったらしい。だがその事実を隠し、学校に報告しなかった。公になってバスケ部が活動できなくなれば、自分がクビにされる。それが嫌で黙っていたんだろうよ」

「そうなのか……」

ぽつりと呟きながら、壮吾は早川コーチの対応に妙な引っかかりを覚えていたことを思い出した。体育館で話をした時、記者と名乗った壮吾に対し、彼は必要以上に警戒するそぶりを見せていた。もしかすると彼は、壮吾が部員の薬物スキャンダルをかぎつけ、ネタにするためにやってきたと勘違いしたのではないか。その証拠に、代表選抜についてのインタビューだとわかると、安堵したような表情を浮かべ、態度を軟化させた。何人かの部員が壮吾に対し敵意をむき出しにしていたのも、ゴシップを狙いに来た記者だと思われていたと考えればつじつまが合う。

「あの学校、しばらくは荒れるだろうな。まあ、それも身から出た錆ってやつさ」

複雑な面持ちで言い放った逆町は、しかしそこでふと、妙な表情を浮かべ、グラスを置いた。

「それとは別に、もう一つあるんだよ」

「まだあるのか？　今度は何だよ」

壮吾が食傷気味に返すと、逆町は「それがな」と軽く身を乗り出し、眉間にしわを寄せて、難しい顔をした。

「遺体が発見されて、警察が駆けつける少し前、現場となるロッカールームの辺りで不審な人物が目撃されているんだ。なんでも、『月刊道産子スポーツ』とかいう雑誌の記者を名乗って、コーチや部員に話を聞いていたらしいんだが、調べてみたらそんな雑誌は存在しないんだよな」

　ぎくり、として、壮吾は生唾を飲み下す。一瞬にして腋の下に嫌な汗をかいた。気づけば逆町はじっと瞬きすることなく、真剣なまなざしを壮吾に向けている。その強い視線によって心の中を見透かされてしまう気がして、壮吾はたまらず目をそらした。

「へ、へぇぇ。それはおかしいな。どういうことなんだろうなぁ」

　自分でも恥ずかしくなるくらいの棒読みで返すと、逆町はふっと詰めていた息を吐き出しながら背もたれに身を預け、視線をまっすぐ正面に向けた。

「事件は早期に解決したし、犯人とのつながりもなさそうだから、その不審人物について特定する必要はないって判断がされた。でもさ、俺は気になるんだよな」

「気になる？」

　恐る恐る繰り返すと、逆町は視線を正面に向けたままうなずく。

「この前、ビルから女性が転落死した事件あっただろ。あの時も、最初に現着していた制服警官が現場のビルのそばから、こそこそ立ち去っていく男の姿を見たらしいんだ。屋上には犯人と被害者以外に人はいなかったことがわかっているから、事件に直接関係あるとは思えないんだが……」

　再び、壮吾の心臓が大きく跳ねた。

逆町は現場で目撃されたというその人物の存在に、強い関心を持っているらしい。下手なことを口走るわけにもいかず、壮吾は平静を装って、水の入ったグラスに震える手を伸ばす。

「その時目撃されたのも男だった。年齢は俺たちと同年代で、身長も俺と同じくらい。そうそう、ちょうどお前の上着みたいに黒いジャケットを……」

椅子の背もたれに掛けた上着を指さして、逆町はふいに言葉を切った。その目が椅子に掛けたジャケットから、持ち主である壮吾へとゆっくり移動する。

奇妙な沈黙だった。無言でこちらを凝視する逆町を前に、壮吾は大量の空気を喉に詰まらせたように、息苦しさに呻いた。まさしく時が停止してしまったかのように、重々しい静寂が店内を支配していた。

何かに戦慄し、言葉をなくしたかのごとく沈黙していた逆町は、やがて電池が切れたように脱力し、

「いや、まさかな。いくらなんでも考えすぎか」

逆町は自分の抱いた疑惑を笑い飛ばすようにして、うんうんと一人で納得する。

「……よかった」

「あん？　なんだって？」

「いや、なんでもない。なんでもないよ」

思わず飛び出した言葉をごまかすようにかぶりを振って、壮吾はそっと胸を撫でおろす。

しばらくはあの学校に近づくのはやめておこうと、内心で固く誓った。

それにしても、毎度毎度こうやって犯行現場に取り残されてしまうのだとすると、いずれ壮吾の存在が警察に怪しまれるのも時間の問題のような気がしてきた。

日下や杏奈のように、ひとっ飛びで現場から逃れられればいいのだが、言うまでもなく壮吾にそんな芸当は不可能だ。となると、何か対策を講じておかなくては、いずれ警察の目に留まってしまう。どうしたものかと嘆息し、グラスに残ったビールをぐいとあおった時、ふいに戸口が開いて、美千瑠が顔を覗かせた。

「あら、壮吾くんに逆町さん。いらっしゃい」

「おお、みっちゃん。姿を見ないと思ったら、璃子ちゃんと一緒にお出かけかい？」

逆町がグラスをひょいと持ち上げ、挨拶をする。

「そう、ちょっとプレゼントを買いにね」

璃子の手を引き、店内に入ってきた美千瑠は、手にした紙袋をおもむろにカウンターに置いて、厨房の剛三に声をかけた。

「お父さん、誕生日おめでとう」

差し出した紙袋を受け取った剛三は、しばらくの間、驚いたように硬直していたが、やがて風船から勢いよく空気を抜くような声を上げて紙袋を受け取った。

「男の人に贈るプレゼントって何がいいかわからないから、璃子と一緒にたくさん悩んじゃった。まあ、そんなに大したものじゃないけど」

照れ隠しのように言った美千瑠にかぶりを振って、剛三が包みを開けると、中から出てきたのは、パンダの柄の大きなエプロンだった。いつも、使い古した無地のエプロンをしている剛三には少しばかりかわいすぎないかと疑問に感じずにはいられなかったが、当の本人は目を潤ませて、しきりにうなずいている。

「じいじ、パンダみたいだから。りこがえらんだんだよ」

剛三は、無邪気な笑みを浮かべる孫を抱きしめ、何度もありがとうと繰り返した。かなり上機嫌な様子を見る限り、今夜は家賃の催促をされずに済むかもしれない。

「大将、今日が誕生日だったんですか。そりゃあめでたいなぁ。よし、それじゃあ事件の早期解決と大将の誕生日を祝って、カンパイ！」

「かんぱーい」

オレンジジュースを注いだグラスを掲げた璃子と乾杯し、ビールをぐいぐいと飲み干す逆町。厨房に戻り、服の袖でそっと涙を拭った剛三は、パンダそのものといった風情で背中を丸め、真新しいエプロンを嬉しそうに見つめている。それらの様子をぼんやりと眺めながら、壮吾はやり直しをする前の今朝に、美千瑠が壮吾を買い物に誘った理由を、遅まきながら理解した。

「あれ、どうしたの壮吾くん、また浮かない顔して。もしかして壮吾くんもプレゼントが欲しかった？」

「いや、別にそういうわけじゃないよ」

額に浮いた汗をさりげなく拭いながら否定すると、美千瑠はなぜか得意げになって腰に手を当て、満面の笑み。

「遠慮しなさんなってぇ。誕生日には、あっと驚くようなものを用意してあげる。その後二十四時間は私のことが頭から離れなくなるくらい強烈なやつをね」

なぜだろう。ものすごく嫌な予感しかしないが、今はとりあえず、期待しているふりをしておこう。

「でも真面目な話、壮吾くん、最近そういう顔することが増えた気がする」

「僕が？　そうかな……」

思わず問い返す。否定する言葉は出てこなかった。

「仕事、大変なの？」

「いや、そうじゃないんだ。ただちょっと、運命っていうものが、時々どうしようもなく憎たらしくなるって感じかな」

「え、運命……？」

不思議そうな顔で繰り返した美千瑠に対し、曖昧な笑みを浮かべてごまかすと、壮吾は手にしていたグラスをあおった。空になったグラスをカウンターに置いたところで、重要なことを思い出す。ほかでもない鍵屋の信さんから連絡を受けたことだ。福部祐司の魂の選別に気を取られ、すっかり忘れていたが、やり直す前には連絡をもらっていた。そのことに思い至ると同時に、壮吾は言い知れぬ違和感に押し包まれてスマホを確認する。やはり信さんからの着信はなかった。

——何かが、おかしい。

そう、内心で呟きながら、壮吾は信さんに電話をかけ、そっと席を立つ。店の外に出たところで、すぐに電話がつながった。

『よう壮吾ちゃん、久しぶりじゃねえか。何か用か？』

「いきなりごめん。ちょっと信さんに聞きたいことがあるんだけど……」

天使と悪魔の件は伏せた状態で、自分がなにかしらの調査を行っていた話をかいつまんで説明し、その件について詳しい話を聞き出そうとした。ところが、壮吾の説明を黙って聞いていた信さんは、次の瞬間思いがけぬ発言をした。

『うーん、悪いがそんな依頼は知らねえなぁ』

てっきり、やり直す前と同じ回答が得られると思っていた壮吾は、そこでえっと声を詰まらせた。

「そ、そんなはずないよ。だって、信さんが僕に依頼してくれたはずじゃ……」

『いいや、そんな記録もなけりゃあ、覚えもないぜ。誰か別の情報屋と間違えてないかい？』

相手の不審そうな声に、壮吾はさらに言葉を失った。ほかの情報屋との付き合いなんてない。それは間違いないはずなのに、その記憶ですらも疑わずにはいられないような心境に陥り、言葉が続かない。

ちょっと忘れているだとか、うっかりしているだとかいう次元ではない。全く覚えがないといった調子で、信さんは壮吾の意見を否定した。嘘をついているようにも思えない、ごく自然な口調で……。

まるで、外傷も何もなく、特定の記憶だけが食い荒らされてしまったかのような後味の悪さばかりが残る。

結局、それ以上食い下がることもできずに、簡単に挨拶を交わして電話を終えた。

一瞬で見知らぬ土地に放り出されてしまったかのような、奇妙な感覚に意識をからめとられながら、壮吾はその場に立ち尽くす。毎日目にしている近所の光景が、本当に自分の知っているものなのか、それすらも曖昧に思えてきて、うすら寒さを覚えていた。

「どうなってるんだ。いったい……」

誰にともなく呟いた声は、静まり返った通りの向こう、どこまでも広がる暗澹《あんたん》とした空の彼方に、吸い込まれるようにして消えた。何かがおかしいという感覚は、もはや思い過ごしではなく、確かな疑惑として壮吾の胸に黒い触手を伸ばしている。

直後、手にしていたスマホが鳴動し、壮吾は飛び上がりそうになった。タイミングを見計らったかのように光り出した画面には『非通知』と表示されている。わずかに眉をひそめつつ、壮吾は通話ボタンをタップした。

「もしもし」

『――烏間さん?』

聞こえてきたのは、若い男の声だった。

「そうだけど、そちらは?」

『驚いたな。あんた無事だったのか』

「……え?」

まるで成立していない会話に違和感を抱く暇もなく、壮吾は問い返していた。

「それ、どういう意味だ。君はいったい……」

通話相手はしばし沈黙し、何事か考え込むような間を置いた。

長い沈黙。かすかな息遣いだけが聞こえてくるスマホを強く握りしめ、壮吾は辛抱強く相手の言葉を待った。

そして──

『あんた、あの調査依頼について鍵屋に聞いたんだろ』

「どうしてそれを？」

『でも、鍵屋は何も覚えていなかった』

壮吾は呆気にとられて押し黙る。電話の向こうで男が小さく息をついた。

『詳しい話、知りたくないか？』

「何か知っているのか？」

問い返した瞬間、男は笑い出す。

『当然だろ。あの調査をあんたに依頼するよう鍵屋に頼んだのは、俺だからな』

男の声が、ひどく遠くに感じられた。途端に視界がちかちかと明滅し、軽い眩暈を覚えた。足元がぐらぐらと振動しているみたいにおぼつかない。

からからに乾いた喉で生唾を飲み下し、藁《わら》にもすがるような思いで、壮吾は続く男の言葉を待ち構えた。

第三話　死の運命と探偵の矜持

1

指定された時刻はまもなくだった。きぃ、と甲高い音を立てる鉄柵の門を開き、壮吾は敷地に足を踏み入れる。

駅前の大通りから細い路地に入ったところにある古びた喫茶店『ヴィレッジ』。かなり年季の入った古い住宅を改装したその外観は、その名が表すように、どこか異国の村にある一軒家を連想させる雰囲気をこれでもかとばかりに漂わせていた。国道から一本中通りに入り、レンガの壁に囲まれた路地の先に突如として現れる生け垣に囲まれたその建物は、全身に蔦《つた》をまとった洋館のようであった。入口のそばに折りたたみ式の看板が出ていなければ、ここが喫茶店であることに気づく人間などそうはいないのではないか。庭に生えた大きなブナの木が目立つその館は、森の奥にひっそりとたたずむ魔女の住処を思わせた。

お菓子の家のように、チョコレートを立てかけたような一枚板のドアを開けて店内に入ると、天井や壁に配されたランプの温かみのある光が降り注いだ。客席は丸テーブルが四つ。それぞれに洒落たアンティーク調の木の椅子が二脚ずつ配置され、カウンターにはこれまた手作り感あふれる丸太の椅子が五つ並んでいた。

「――いらっしゃい」

こちらに気づいたカウンターの男性店員が、軽く会釈をする。壮吾のほかに、店内にはスーツ姿に今時珍しい、ビン底のような分厚いレンズ入りの眼鏡をかけたサラリーマン風の男がコーヒーを飲んでいるだけで、あまり繁盛している様子はなかった。

現れた壮吾を一瞥したそのサラリーマンは、大した反応を見せることなく、すぐに手元のスマホに視線を戻す。どうやら、自分をここへ呼びつけた人物ではないらしいと判断し、壮吾はカウンターの一席に腰かけ、ブレンドコーヒーを注文する。それをゆっくりと飲みながら、ちらちらと腕時計を確認しつつ十五分ほど待ってみたが、一向に待ち合わせの相手がやってくる気配はなかった。

「どうなってるんだ……」

思わず口をついて出た愚痴に苦笑しながら、壮吾は落ち着きなく窓の外を覗き込んだり、入口のドアが開きはしないかと何度も確認する。だが、やはり約束の相手がやってくる気配はみじんも感じられなかった。

ただの悪戯だったのかと自らに問いかけて、壮吾は重々しく息を吐いた。

『あの調査をあんたに依頼するよう鍵屋に頼んだのは、俺だからな』

昨日の電話の相手は、間違いなくそう言った。あの件について知っているのは、なぜか記憶をなくしてしまった信さんを除けば、壮吾と正体の知れない依頼人の二人だけのはずである。消去法で考えても、あの電話の男が依頼人である可能性は高い。このタイミングで接触してきたことからも、ただの悪戯などではなく、明確な目的があっての行動ではないかと、壮吾はにらんでいた。

なぜ相手の方から接触してくるのか。普通に考えれば、依頼した調査の状況を確認するためだろう。だが向こうは、そういったことを口にすることなく、『知りたくないか』とこちらの心中を探るような物言いをしていた。言葉そのままに受け取るのなら、それは壮吾に対する情報提供であり、同時に相手は調査の結果など求めてはいないと解釈できる。だが、そうなると今度は、結果を知る必要のない調査を探偵に依頼するという、そもそもの行動の意味がわからなくなってしまう。

――なんなんだよ、いったい。

がりがりと頭をかいて、壮吾はカウンターに頬杖をついた。

この件は何から何まで、わからないことだらけだ。依頼人、依頼内容、そしてその目的。

それらに関する情報だけが、ぽっかりと穴が空いたみたいに抜け落ちている。それはあたかも、何者かが意図してそのことに関する情報だけを壮吾の頭から抜き取ってしまったかのように……。

ずっと後回しにせざるを得なかったこの問題が、ようやく進展する。ともすれば、壮吾が『魂の選別』という使命にかかわることになった原因がわかるかもしれない。その期待を胸にやってきたというのに……。

——やっぱり、ただの悪戯か？

心中で独り言ち、重く溜息をついた時、壮吾のほかにもう一人しかいない客が立ち上がって、テーブルに千円札を置いて店を出ていった。店員の男性が「ありがとうございました」と静かな声で見送り、片づけに向かう。

その様子を見るともなしに見ながら、財布を取り出して千円札に指をかけたその時。

「お代わりでもいかがです？」

片づけを終えてカウンターに戻ってきた店員がおもむろに声をかけてきた。すらりと背が高く、やや色黒で線の細い男前。かすかに香水の匂いを漂わせたその店員に、壮吾はゆるゆるとかぶりを振った。

「会計を頼みます。待ち合わせはキャンセルされたみたいだから」

「――いいや、されてないよ」

不意に、男の口調が変化した。向けられた言葉の意味を理解できず、壮吾は瞬きを繰り返しながら男を見つめる。すると男は意味深長な笑いをその顔に張りつけ、どこか芝居じみたしぐさで肩をすくめた。

「ほかに客がいたら、いろいろと気を使って話さなきゃならないだろ。それが面倒だから二人になれるのを待ってたんだ」

なれなれしい口調で言いながら、男は思い立ったようにカウンターから出て、入口のドアを開くと、表にかかっている営業中のプレートをくるりとひっくり返した。

「あんたとは、腹を割って話したいんだよ。烏間壮吾さん」

「それじゃあ、君が……？」

座ったままで、壮吾はわずかに身を引いた。まさか、待ち合わせの相手が客ではなく店員だとは思わなかった。まがりなりにも探偵業を営んできた身として、こんな先入観に翻弄されるなんてと、ついふがいなさを感じてしまう。

「それじゃあ、改めて自己紹介でもしようか。俺は六郷雅哉《りくごうまさや》。ここはボスの店で、俺ともう一人の従業員で営業してる」

「そうか。僕は烏間――」

「烏間壮吾。私立探偵として、下宿先の『万来亭』二階に自宅兼事務所を構え、素行調査や浮気調査、ペットの捜索など、町の探偵屋さん的な仕事をこなしている」

自己紹介を返そうとした壮吾をさっと手で遮り、六郷雅哉と名乗ったその青年はすらすらと、用意された原稿を読み上げるようにそらんじた。

町の探偵屋さん、のくだりはともかく、喋る内容はおおむね的を射ている。驚く壮吾に対し、六郷は人のよさそうな笑みを浮かべ、

「あんたのことは鍵屋からいろいろ聞いてるよ。お人よしが過ぎて、あの有名な探偵社をクビになったんだろ？　そのせいで婚約者に一緒に住んでたマンションを追い出されたってんだから、同じ男としては同情しちゃうね」

触れられたくない古傷にわざわざ塩を塗り込むような口ぶり。初対面でありながらなんとも癇に障る態度だが、事実なので言い返すことができない。

「そ、そういう君こそ何者なんだよ」

「俺？　だからこの店の従業員だって」

「ただの従業員が、どうして信さんとつながってるんだ。ああいう世界の人間は、みだりに自分の稼業を明かしたりはしない。君が彼の顧客か、あるいは同業でもない限りは」

咎めるように言うと、男はふん、と軽く鼻を鳴らし、

「確かに、俺はただの店員じゃないし、この店もただの隠れ家的な喫茶店じゃない。ここはいわゆる、情報屋たちの交流場でね」

「交流場……？」

「そう、この町には鍵屋だけじゃなくて、数え切れないほどの情報屋がいる。そいつらの顧客は様々で、警察や暴力団だけじゃなく、半グレ集団に中国系マフィア、ロシア系マフィアだっている。まあ、中には政府の密命を受けている奴なんかもいるかもしれないな。それにもちろん、探偵だって含まれるぜ」

男はニッと意味深な笑みを口元に刻み、壮吾を流し見た。

「そういう連中に、安心して情報交換できる場所を提供する。それが俺たちの仕事だ。たとえばそう、盗聴の妨害とかな」

男はカウンターに置きっぱなしの壮吾のスマホを指さした。何のことかと怪訝に感じながら画面を確認すると、いつの間にか電波が途切れ、圏外になっている。

「あれ、さっきは普通につながったのに――」

そう呟いてからようやく、壮吾は相手の言わんとしていることに気がついて表情を硬くした。その様子を満足そうに見つめながら、六郷は腕組みをする。

「この店は、電子機器はもちろん、外部からのあらゆる干渉をシャットアウトする要塞みたいなものだ。だからこの店の中じゃあ、どんな人間も身体一つで他人と接することができる。情報を取り扱う人間には、プライバシーが何より大切だからな」

自慢げに胸を張る六郷に、壮吾はあえて感心したようにうなずき、「なるほど」と相槌を打った。

「それで、情報屋のオアシスに僕を呼び出して、何をするつもりだ？」

「決まってるだろ。あんたが欲しい情報をくれてやるって言ってるんだ」

「僕が欲しい情報？」

壮吾が繰り返すと、六郷はカウンターに身を乗り出して、その必要もないのに声を潜めて言った。

「鍵屋がすっかり忘れちまった、あんたへの依頼内容だよ」

「それって……つまり君が依頼人だったたってことか？」

思わず問いかける壮吾に、六郷はにんまりと口元を持ち上げ、曖昧に笑う。

「厳密には俺が依頼したわけじゃなくて、ある人物からの依頼を、俺が鍵屋に仲介したんだ」

「ある人物？」

そう、とうなずく六郷。

「この店には匿名で調査の依頼が入る。俺たちがそれを情報屋に仲介して、その情報屋があんたのような探偵に依頼をかける。そういう、仲介の仲介みたいなことも日常的にあるんだよ。もちろん、依頼人の秘密は厳守するし、プライバシーだって守る。依頼人の正体についても一切口外しない」

「だったら、君にもその依頼人が誰かはわからないんじゃないのか？」

口をついて出た素朴な疑問に、六郷はぴんと立てた指で壮吾を差し、

「その通り。たとえ俺たちでも、匿名の依頼人の正体を知ることはできないようになってる」

「てことは、何もわからないんじゃないか」

役立たず、という言葉が喉元まで出かけた。

「まあ待てよ。そうは言っても、俺たちには依頼が正しく完遂されるかどうかを見届ける役目がある。もし、途中で反故《ほご》にされたりしたら、うちの面子《メンツ》が立たなくなるからな。だからそういう場合のために、必要な手順を踏めば依頼人と連絡をとることができるようになってるんだ」

六郷はコンロの火を止めて、ドリッパーにお湯を注ぎ始めた。湯気を立てて注ぎ込まれたお湯が、豆からうまみを抽出しながら一滴ずつポットに落ちていく。室内を漂う濃厚な香り

を無意識下に吸い込みながら、壮吾は相手の話に聞き入っていた。

「言い換えれば、俺にはあんたが調査を正しく完遂するまで見届ける義務があったってことさ。それで進捗を調べようとしたら、あんたはいつの間にか調査を投げ出し——というよりすっかり忘れてのうのうと暮らしてる。それで疑問に感じて鍵屋に確認したら、そっちもどういうわけか調査依頼に関する記憶をすっぽりなくしちまってた。ここまで来れば、何かがおかしいって誰でも疑問に感じるだろう？」

男の問いかけに、壮吾は素直に首を縦に振った。

「だから俺は、調査を依頼した人間と連絡を取るために必要な書類を探した。ところが、存在するはずの書類がどこにも見当たらない。それだけじゃないぜ。俺は一度この店で依頼人に会っているはずなのに、どんな奴だったかまるで思い出せないんだ……」

不自然に黙り込んだ六郷は、ばつの悪い顔をして壮吾を盗み見た。

「あんたもそうなんだろ？　どんな調査を依頼されたのか、誰を調査していたのか、覚えてないんだよな？」

軽薄そうな雰囲気を一切取り払った真剣なまなざしで六郷に問われ、壮吾は生唾を飲み下す。言葉を返さずとも、沈黙を肯定の証ととらえた六郷は「やっぱりな」と合点がいったようにうなずいた。

「それで、君は何が言いたいんだ……？」

「……俺も、記憶喪失になってるってことさ」

「はぁ？」

頭のてっぺんから発したような声が、店内に響いた。思わず無人の店内をぐるりと見回してから、壮吾は「なんだって？」と問い返す。

「あんたも鍵屋も、この調査についての記憶がすっぽりと抜け落ちてる。それと同じことが俺の身にも起きてるんだよ。もちろん依頼内容はちゃんと覚えてるぜ。思い出せないのは依頼人の人相とか、そういった部分だ」

「年齢や性別は？」

壮吾の問いにかぶりを振って応じ、六郷は無念そうに眉根を寄せる。

「それもだめだ。この店にやってきたその人物と、俺は確かに話をした。顔や目を見て、しっかりと会話した。それなのに思い出せない。まるで、誰かが俺の頭の中に入って、そいつに関する記憶だけに消しゴムをかけたみたいにな。こんな気味の悪い思いをするのは、初めてだよ」

六郷は、自らの言葉に寒気を覚えたように身震いをした。落としたばかりのコーヒーをカップに注ぎ、飲もうとしてふと思いとどまる。

「ちなみに病院にも行ったが、身体も脳も異常はなしだ。ちょっとイケメンすぎるくらいで、なんの異常もない健康体だった。つまりどういうことか、わかるか？」

この男が自分の見た目に相当の自信を持っているということ以外、壮吾に思い当たることはなかった。ちなみに言うと、壮吾の感想としては、「整った顔をしてはいるけれど、そこまで言うほどのイケメンではない」だったのだが。

壮吾の個人的感想に気づく様子もなく、六郷はふふん、と得意げに鼻を鳴らし、

「これは全く原因不明の現象だ。知らないうちに薬を盛られたとか、催眠術にかけられたとかってレベルじゃない。人の記憶を——しかも任意の部分だけを操作するなんて、意図してやっているとしたら人間業じゃあないぜ。神とか仏とか、あるいは宇宙人の人体実験が関係しているかもしれない。俺たちの身体にはすでにいくつかのマイクロチップが入れられていて行動を監視されて……」

「ちょ、ちょっと待ってくれよ」

突飛な可能性を口走り始めた六郷を遮って、壮吾は呆れた声を出す。

「確かに僕は、調査途中に何者かに襲われて記憶を失くした。でも、それが君や信さんの記憶喪失と関係があるかどうかなんて……」

わからない。そう続けようとしたが、最後まで否定し切ることはできなかった。壮吾は天

使と悪魔によって死の淵からよみがえらされ、魂の選別という使命を負った。記憶の混濁はその時のショックによるものだと思っていたので、彼の話には少なからず驚いたし、動揺もしていたが、鵜呑みにするような話ではないと思った。だがもし、彼の言う通りだとしたら？

この記憶の欠落が、意図されたものだとしたら……？

そう考えるだけで、言い知れぬ悪感が全身を駆け巡っていった。

「おかしな話だってのはわかってる。でもな、俺たち三人の共通点はこの調査依頼にかかわったこと。そして、俺たち以外にそれを知っているのは正体不明の依頼人だけだ。だからあんた、気をつけた方がいいぜ」

そう前置きして、六郷は不敵に笑う。

「そいつのことを知ろうとすると、きっとよくないことが起きる。もし余計なことに首を突っ込んだら、今度は記憶だけじゃあ済まないかもしれないってことさ」

もう一度、「気をつけな」と他人事のように言って、六郷はコーヒーに口を付けた。満足のいく出来だったようで、その顔には安堵に似た笑みが浮かぶ。

「どうして僕にそのことを教えてくれるんだ？　依頼人の秘密は守るのが決まりなのに」

「確かにそういう決まりだ。けど俺の頭がイカレていないんだとしたら、俺たちから記憶を消した奴は、俺やボスに断りもなく、依頼の痕跡を完璧に消し去っちまったってことになる。この『要塞』でそんな勝手を働くやつを俺は許せない。こりゃあ立派な営業妨害だぜ。だから、あんたに情報を渡すことにした。もしそいつを見つけ出すことができたら、必ず俺に連絡してほしい」

　どうだ、と答えを求められ、壮吾は逡巡する。

「少し買いかぶりすぎじゃないかな。悪いけど僕はその件について思い出せることが何もない。もし目の前にその依頼人が現れたとしても、きっと気づかないと思うよ」

「そう決めつけるなって。まずは何か思い出したら連絡をくれ。俺ももう一度調べてみるからよ」

　こちらの返事など聞くつもりがないらしく、六郷は強引に話をまとめると、ひと仕事を終えたような顔で煙草に火をつけた。ふわふわと舞い上がる紫煙をぼんやりと眺めながら、コーヒーを味わうその横顔を見て、壮吾は陰鬱な気持ちにとらわれた。日下と杏奈に出会って以来、魂の選別にばかり気を取られて、根本の原因である自らの死について考える余裕が持てなかった。ここへきてその謎を解き明かす重要なピースが突如として目の前に現れたのだから、戸惑うのも無理はないだろう。だが、その真相を解き明かすことで見えてくる景色が、必ずしも自分に都合の良いものであるとは限らない。日下や杏奈は壮吾の死を『ちょっとした手違い』だと言っていたが、果たして本当にただの手違いで命を落としてしまったのだろうか。六郷の語る依頼人について、知ってはいけないようなことを知ってしまったために殺されたとは考えられないだろうか。だとしたら自分の死は、手違いなんかじゃないのではないか……。

様々な憶測が脳内で飛び交い、壮吾はひどく狼狽した。

何か、もの言いたげな表情でこちらを一瞥した六郷は、短くなった煙草を灰皿に押しつけるとカウンターから出て、入口のプレートを「営業中」に変える。

その背中に、壮吾は問いかけた。

「一つ、聞いてもいいかな?」

「何なりと」

「依頼内容は覚えているって言ってたけど、どういう内容だったんだ?」

「別に、そんな難しい内容じゃないが、妙な依頼だったのは確かだな。ある種の都市伝説みたいなもんさ」

「都市伝説?」

六郷は下唇を突き出しながらうなずいた。

「この町で起きた殺人事件の現場で、一人の男がたびたび目撃されている。そいつは毎度毎度、事件現場に姿を現し、警察がやってくる前に忽然と消えちまう。何人かの事件関係者は誰かと会話をしたり、不自然にうろついたりしているそいつの姿を目撃してるんだが、やはり正体は知れないっていう奇妙な話があるんだ。で、依頼っていうのはその人物が何者なのかを特定するという内容だった」

六郷が喋り終えた後も、壮吾はしばらくの間、まともな反応ができなかった。椅子に座ったままで凍りついたように固まり、瞬きすらも忘れて呆けていた。

事件の現場をうろつく不可解な人物。毎度毎度事件現場に現れ、そして逃げるように立ち去る不審な影。それは紛れもない、魂の選別のために天使と悪魔に呼び出され、使命を終えると現場から慌てて逃げ出す壮吾の行動、そのものであった。


『ヴィレッジ』を出てから、壮吾は何処へ向かうでもなく通りを歩き、夢遊病患者のようにあてどなくさまよった。

六郷から聞いた話が頭の中をぐるぐる回っていた。彼の話をすべて受け入れるのは危険かもしれない。だが一方で、彼が壮吾に嘘をつき、陥れるような発言をしたところで何のメリットもないはずだ。となると、ある意味では赤の他人であり、互いに利害の発生しない相手だからこそ、その言葉を信じられるのではないかという、漠然とした思いが頭から離れなかった。

その後、どうやって戻ってきたのか、気がつけば壮吾は『万来亭』の前に立っていて、辺りは薄暮に染まりつつあった。あの店からここまでは徒歩だとかなりの距離がある。しかし、不思議なことに疲れを感じてはいなかった。むしろ時間が吹き飛んでしまったかのようである。その一方で、長時間考え事を続けていたせいか、脳が熱を持ったように重く、鋭く尾を引くような頭痛が断続的に襲ってきていた。

ふらふらと、まるで酔っぱらいのようなおぼつかない足取りでのれんをくぐり、店内のカウンター席に腰を下ろす。

「おかえり壮吾くん。今日は早いのね」

にこにこと、普段の調子ではにかみながら、美千瑠が水の入ったグラスを壮吾の前に置いた。それをじっと見つめ、手に取った壮吾は、しかし口をつけることなくカウンターに戻し、気の抜けたような溜息をつく。

「どうしたの？　今日はまた一段と元気がないみたい。みっちゃんが聞いてあげるから、何でも話してみてよ」

忙しない食事時を過ぎたとはいえ、店内にはまだほかのお客もたくさんいる。水のお代わりや注文の追加を求める客たちを丸ごと無視して、美千瑠は壮吾の隣の席に座ると、その目をきらきらと輝かせた。

「ほらほら、遠慮しないでお姉さんに言ってごらん？」

「いや、でも……」

歯切れの悪い壮吾の様子に、美千瑠はまなじりを下げ、心配そうに眉根を寄せた。

「本当に深刻な悩みなのね。私の顔を見ても解決しないなんて」

美千瑠の顔を見ても、大抵の悩みは解決しない。むしろ、増えているような気がするが、そこはあえて口にしないでおく。

「ちょっと、僕のキャパを超えた問題っていうか、どう対処したらいいのかわからないことがあって。誰に相談すればいいのかもさっぱりでさ」

再び苦笑しながら、壮吾は頬をかいた。その深刻そうな表情を前に、美千瑠もふざけている場合ではないと気づいたらしく、お盆を胸に抱えて、困ったように眉尻を下げた。

「困ったわねぇ。壮吾くんが元気ないと、私も悲しくなってくるわ。ねえ璃子？」

「ぜんぜん。りこはつよいこだから」

こちらを見向きもせず、璃子は食後のデザートのアイスクリームをほおばっている。

「ほら、璃子も悲しいって言ってる。早く元気出して、いつものように私たちが仲睦まじいところを見せてあげないと」

「言ってないでしょ。ていうか、何なんだよその『いつものように』って。まるで僕たちがそういう関係みたいな言い方……」

「違うの？」

「違うよ。ぜんぜん違う」

そんなぁ、と肩を落とす美千瑠に炒飯と餃子のセットを注文して厨房へ追いやってから、壮吾は改めてグラスの水に口をつけた。一息ついたところで、頭に浮かぶのはやはり、六郷から聞かされた話であった。何時間も歩き続けながら、壮吾は彼との会話を思い返しては考え込んでいた。

彼の話が事実なら、壮吾はあの路地裏で何者かに襲われるまで『いくつもの事件現場に現れる不審な人物』の調査を行っていた。その不審な人物が目撃される状況は、魂の選別を終えた後、事件現場から立ち去る壮吾と全く同じなのではないのか。

そう思い至った時、壮吾は一つの疑惑を抱いた。

――僕のほかにも、魂の選別を行っている人間がいる……？

それはにわかには信じがたい、しかしながら、ないとは言い切れない可能性だった。天使と悪魔は有史以来、長きにわたって人間の魂を選別し続けてきた。その過程で、時折人間に代行をさせて、法律や倫理観を考慮し、善悪の判断を参考にすると言った。それはつまり、長い期間の中で、何人もの代行者を選び出し、選別をさせていたということだ。言い換えるなら、代行者は壮吾が初めてではないということ。

考えれば考えるほど、それが当然のように思えてくる。そもそも天使と悪魔に選ばれて魂の選別を行う人間が、この広い世界で自分だけだと考える方が矛盾していたのだ。天使と悪魔は何世紀にもわたって、定期的に人間を代行者に選び、その時代に沿った善悪の基準を参考にしてきた。時代が変われば罪に対しての意識も変わる。大昔の基準で人を裁かないという点も、そのように考えれば納得のいく考え方である。

今でこそ、代行者が何なのかを理解しているから、このような解釈ができているが、調査を行っていた時の壮吾には、代行者という存在など知るよしもない。だから単に「事件現場に現れる不審な人物」を探していたのだろう。その調査がどれほどの進捗状況だったのかは不明だが、もしかすると、何者かを特定することができたのか、あるいはかなり近いところにまで迫っていたのかもしれない。相手にとってそれは脅威であり、いつも犯罪現場に現れる人間として認識されてしまったら、警察に目をつけられてしまうことだってある。下手をすると、犯人と疑われてしまう可能性だってあるだろう。そのことに危機感を覚えたその人物は、逆に壮吾のことを……。

ごくり、と生唾を飲み下し、壮吾は身震いした。恐ろしい仮説だが、可能性はある。やはり自分は口封じのために襲われたのだと考えると、今度は依頼人についての疑惑が浮上してきた。すなわち、事件現場で目撃される不審者を調べろという依頼をしてきた人間とは何者なのか。その目的は何なのか、であった。

ひょっとするとその依頼人は、警察関係者なのではないだろうか。今更言うまでもないが、殺人事件や死亡事故と魂の選別との間に、直接的な干渉は存在しない。人間が死を迎えたことを察知し、天使と悪魔は直ちに魂の選別を行って、向かう世界を決めて移送する。あくまで目的はそれだけであり、代行者もそれは同様だ。最初に人の死があって、選別が行われるのはその後。つまり、代行者は被害者の死に一切かかわりを持たないということ。言い換えるならそれは、どんなに怪しくても、殺人犯にはなりえないということだ。

だが、一般の人間にはこの仕組みが理解できない。ゆえに当然と言えば当然だが、本来ならその場にいるはずのない不審な人物がいたら目につくだろうし、その目撃情報が何度も繰り返されれば、警察だって気にしないわけにはいかない。

ところが、どれだけ調べても、被害者とつながりのある人物の中に不審者と思しき人物は該当しない。通常、警察が事件を捜査する際に真っ先に疑うのは、被害者とかかわりのある人物だ。妻が死ねば夫を疑えとあるように、殺人の大半は顔見知りによる犯行だし、その動機は大抵が怨恨や金、はたまた痴情のもつれである。現場で目撃される人間が関係者の中にいるのではないかと疑われるのは至極当たり前だが、どれだけ探してみても該当者は見つからない。そのうえ、捜査が進めば犯人は見つかるし、事故の場合はきちんとそのことが証明される。そうなると捜査は終了するから、不審な人物のことは誰も気にしなくなる。

普通はそうやって忘れられていくのだろう。しかし警察組織の中にも奇特な人間はいるものだ。毎度毎度、現場で目撃される不審な人物が何かしらの形でいくつもの事件に関与しているのではないか。そんな疑惑を持ち、独自に捜査を進めるなんてことがあっても不思議はない。

そこまで考えて、壮吾は再びグラスの水を口に含んだ。

だとしたら、喫茶店の男が話していた依頼人が警察関係者で、身分がバレるのを恐れて匿名の調査依頼を出したという説にも、それなりの説得力が生まれる気がした。

「警察……」

思わず言葉が漏れた。これまで魂の選別を行うにあたり、迷いや葛藤はあれど、壮吾はそのこと自体が悪い行為であるという考えは抱いていなかった。むしろ、死の真相を明らかにするという点では、正しいことをしている気さえしていた。だが、それはあくまで天使や悪魔という超常的な存在の立ち位置から判断した結果でしかなく、この法治国家たる日本の基準で考えてみれば、事件現場を土足で歩き回り、こそこそと逃げ出すような人間は十分に不審であり、あらぬ疑いを持たれても仕方がない。場合によっては、殺人者に思われても文句は言えないことを繰り返してきたのだ。

このままいけば、いずれ現場に立ち入っていることを知られ、事情を聞かれる場面が来るかもしれない。そうなった時どうすればいいのか。

その答えは、今はまだ見出せずにいた。

「……どうした、ずいぶんと深刻な顔して」

「うわっ、警察……じゃなくて逆町！」

思わず大きな声が出た。店内の客はもちろん、厨房の剛三までもが、眉間のしわを深めて迷惑そうに顔をしかめている。

「確かに俺は正義の味方のポリスメンだが、今更そんなに驚く必要なんてないだろ。それとも何か、おまわりさんに知られちゃまずいことでも考えてたのか？」

「べ、別にそんな……」

さらに虚を突かれたような心地がして、壮吾は息をのんだ。心臓が大きくはね、意図せず呼吸が乱れる。

「おいおい図星かぁ？　お前も隅に置けねえなぁ。このむっつり助平が」

「な、何の話だよ」

壮吾が動揺する理由について、逆町はまるで頓着する様子はなく、いつものようにへらへらと締まりのない顔で隣に腰を下ろした。その様子をじっと見つめながら、壮吾は内心で胸を撫でおろす。

「そっちは今日も定時帰りか？」

危うく裏返りそうになる声をごまかしながら問いかけると、逆町はゆるゆると首を左右に振って、

「いいや、実はこれから生活安全課の応援で、いくつかの家をパトロールだよ。ここ数年は特に、パートナーや旦那に暴力を振るわれたり、別れた後にストーカー化して殺傷事件に発展することが多いだろ。だから署内の人間で協力して、そういう危険性のある家庭をたまに見回るんだとよ。一課のエースをそんなことに駆り出すなって言いたいところだが、事件が起きた後だけじゃなく、起きる前にもできることをするって信念には共感できるからな」

言いながら、どこか誇らしげに胸を突き出す親友の横顔を、壮吾は後ろめたい気持ちで盗み見た。

もし逆町が壮吾のしていることを知ったら、どんな反応をするだろうか。ほかの刑事ならいざ知らず、この男なら事情があるなら仕方がないと、笑って済ませてくれるかもしれない。

そこまで考えたところで、壮吾はふと、嫌な予感に駆られる。ここにいる逆町こそが依頼人だという可能性だって、ないとは言い切れないのだという予感だ。ひとたびそんな考えを抱いてしまうと、こうして隣に座っているだけでも、考えを見透かされるような気がして足が震えそうになった。

このことは一度、日下と杏奈に相談してみた方がいいかもしれない。日下は「人間同士のすることに手を出すことは許されていない」などと取り合ってくれないかもしれないが、この魂の選別そのものに支障が出ると主張すれば、何かしらの対策は取ってくれるはずだ。

そう思う一方で、壮吾はそれまで忘れていた、全く別の気がかりな問題を思い出した。それはほかでもない、鍵屋の信さんが唐突に調査の依頼についての一切を忘れてしまったこと。その原因である。

もしこの記憶の喪失にまつわる一連の出来事に、日下と杏奈がかかわっているとしたらどうなるだろう。そればかりか、壮吾自身の記憶の欠落に関しても、無関係じゃないかもしれない。彼らが何の目的でそんなことをするのか。そのことに関しては、壮吾に明確な答えがあるわけではないけれど、これもまた、可能性としては絶対にあり得ないと断じることはできない複雑な問題と言えた。

彼らは人間とは違う。自分と彼らとの間に、損得を伴う利害関係はないはずだ。

——でも、本当にそうなのか？

壮吾が気づいていないだけで、彼らには壮吾を利用することで利益になることがあるのではないか。知らぬ間に、自分は彼らの掌の上で踊らされているのではないか。そんな、ある種の恐怖にも似た感情に翻弄され、壮吾は息を詰まらせた。おさまったはずの胸騒ぎが再び引き起こされ、どうにも落ち着かない。

誰を信じ、誰を疑うべきなのか。黒くよどんだ疑惑の網にからめとられ、身動きができなくなる自分の姿を脳内に描き、壮吾は重々しい息を吐き出した。

何を見るでもなくカウンターの天板に視線を落とし、注文した炒飯と餃子が目の前に置かれてからもしばらく、手を付けることができなかった。

「おい、どうしたんだ壮吾。冷めちまうぞ。食欲ねえのか？」

「いや、まあ……」

不思議そうに首をひねる逆町の顔をまともに見られない。どうしようもない後ろめたさと疑心暗鬼に陥った心が胸の内で絶えず騒ぎ立て、壮吾は胸やけにも似た不快感に呻いた。

「だったら俺が——」

気を使ったのか、それとも単に腹が減っていたのかは不明だが、逆町は横から強引に餃子へと箸を伸ばした。その箸の先が、まるで停止ボタンを押したみたいにぴたりと止まる。

「なんだよ。食わないのか？」

問いかけた声に応答はなかった。気づけば店内――いや、世界から音が消え、目に映るすべてが色を失っていく。

――来た。

驚くというよりも反射的に警戒し、壮吾は席を立った。時の停止した店内をぐるりと見回すと同時に、背筋を濡れた手でなぞられたような感覚が走る。壮吾は誘われるように戸口の前に立ち、引き戸を開いた。そうして一歩、店の外に出た瞬間、周囲の景色はぐるりと反転したようにひっくり返り、暗く沈んだ無限の闇が壮吾を強引に連れ去っていった。


「やあ、友よ」

街灯の薄明かりに横顔を照らされた日下が抑揚のない声で言う。その隣で、石段に腰かけていた杏奈がこちらを見上げ、ひらひらと手を振った。

これまでと変わらぬ二人の姿。しかし、壮吾はそこに異質な何かが含まれているような気がして、とっさに目をそらした。逆町だけでなく彼らの姿すらも、まともに見られない。疑心暗鬼に陥る自分に、今更ながら嫌気がさす。

「あれぇ。怖い顔してどうしたの？　悩み事でもあるの？」

立ち上がった杏奈が、小首を傾げながら何気ない口調でいった。

「別に何も……」

自分でも不自然に感じるほどのぎこちなさで杏奈から視線をそらす。だが、そらした先で今度は日下の視線とかち合った。

「ふむ、少々顔色が悪いな。心拍も速いし、体温もわずかに上昇している。何か君を興奮させる出来事の最中だったのか？」

「だ、だから何でもないって言ってるだろ。誰も興奮なんてしてないよ」

心配そうに覗き込んでくる日下を手で払いのけ、壮吾はぶんぶんと首を横に振った。何でもないことを強調するジェスチャーだったが、それは同時に、頭をよぎる不穏な思いを振り払うためでもあった。

この二人は、壮吾が命を落とした際の記憶を失っていることを知っている。そのうえで当時の詳しい状況を話してはくれない。

ひょっとすると彼らは、依頼人が何者で、どんな内容の調査を依頼してきたのかもわかっているのではないか。そのうえで、あえて壮吾にそのことを伝えようとしないのではないか。そんな気がしてならない。

だが、天使である日下が壮吾を陥れるようなことをするとは思えない。何か仕掛けてくるなら杏奈の方だ。その考えに思い至り、意図せず彼女の方を盗み見る。杏奈は二つに縛った長い髪をくるくると指先でもてあそびながら、退屈そうに周囲を見回している。見た目は麗しい女性の姿をしているが、中に潜んでいるのは獰猛な悪魔なのだ。壮吾に対しても平気で嘘をつき、思考を誘導して、魂を地獄へ送らせようと常に画策している。そんな彼女が壮吾の死の真相に関与していると疑うのは、ごく自然なことのように感じられた。

鍵屋の信さんや六郷が記憶の欠如を起こしているのも、杏奈が関係していると考えれば納得がいく。悪魔ならば、いくらでも人間の口を封じたり、記憶を操作したりする方法があるだろう。そうやって必要な情報を喋らせないようにすることだって、簡単にできるはずだ。

振り払ったはずなのに次々とわいてくる疑心が表情に現れていたのだろうか。杏奈は自らに注がれた壮吾の疑惑たっぷりな視線に気づき、不機嫌そうに眉根を寄せる。

「ちょっと、じろじろ見て何なの？　うら若き乙女の身体を目で犯すような真似しないでよ」

「べ、別にそんなこと……」

嫌悪感をあらわに自らを抱きしめるようなジェスチャーをした杏奈に対し、慌てて弁解しながら、壮吾は内心ではっとする。もし仮に、今考えたような疑惑が事実であったとして、壮吾が彼女に対し疑惑を抱いていることを気取られるのは得策ではない。何度も言うが相手は悪魔なのだ。こちらが真意に気づいているとわかったら、今度はどんな手を使って陥れようとしてくるか想像もつかない。下手をしたら、この疑いを抱いた記憶すらも操作されて、何もなかったことにされてしまう可能性だってある。そんな危険を犯すくらいなら、何も知らないふりをして、いつも通りにふるまうべきだ。

そのためにも、まずは目の前の『魂の選別』に取り組むべきだろう。彼女の企みを解き明かすチャンスは、おのずとやってくる。その時のために、英気を養っておく必要があった。

それに、壮吾の命は半ば彼らに握られているようなものなのだ。下手に楯突いてせっかく生き返った命を危険にさらしたくない。

内心で独り言ち、壮吾は生唾を飲み下す。緊張のせいか、からからに乾いた喉が今にも引っつきそうだった。

「本当に大丈夫か？　やたらと目が泳いでいるようだが……」

「もちろんだよ。何も問題ない」

「まあ、問題があっても拒否なんてできないけどね」

心配そうにする日下にうなずき、いつものように軽口を叩く杏奈を一瞥して、内心の動揺を気取られぬよう平静を装った壮吾は辺りに目を向けた。

「ここは……」

無意識に呟いた。見覚えのある場所だった。その既視感の正体に気づいた瞬間、吐息が震えた。

奥まった路地の突き当たり。頼りない街灯の光、穴だらけででこぼこのアスファルトの地面。飲食店のごみ箱から漂うつんとした臭い。間違いようもない。そこはあの日、壮吾が調査中に襲われた場所。日下と杏奈に初めて出会い、地面に横たわる自らの亡骸を目にしたあの路地裏であった。

「ふふふ、懐かしいでしょ？　思い出の場所だもんね」

くすくすと微笑を浮かべながら、杏奈が言う。質の悪い冗談のつもりか、それとも本気で思い出の場所だと思っているのかはわからないが、素直に応じる気分にはなれない。

「どうしてここに……」

呼び出されたのか。という質問は飲み込んだ。そして壮吾は暗闇に目を凝らし、腹部から大量の血を流して地面に横たわる一人の中年男性の死体を見下ろした。

2

その男性は横向きに倒れ、うずくまるような体勢で冷たくなっていた。着古したジャケットとジーンズに底のすり減ったスニーカー。長らく床屋に行っていないのか、髪の毛はぼさぼさで無精ひげが目立つ。腕時計をはじめ、アクセサリーの類がないのは、もともとしていなかったのか、それとも物盗りの犯行ゆえか。すぐに判断することはできなかった。

「見るからに悲壮感の漂う死体ね。こんな場所にあったら、誰にも見つけてもらえないんじゃないかしら」

遺体のそばにかがみ込む壮吾の横で、杏奈がからかうように言った。普段と変わらぬ軽口だったが、しかし今の壮吾には、それに応じる心の余裕が持てなかった。ちら、と横目に彼女を一瞥しただけで何も言わず、目の前の死体に集中しているふりをする。

壮吾に相手にされなかったことを、杏奈は別段気にした様子もなく、にやにやと薄笑いを浮かべて男性を観察していた。言ってしまえばいつも通りなのだが、壮吾にとっては、どことなく不気味な策略を巡らせている予兆のように思え、気持ちが落ち着かなかった。

再び、先ほどの懸念が脳裏をよぎる。もし鍵屋の信さんや六郷雅哉、そして壮吾の記憶の欠如に杏奈が関係しているとしたら、その目的は何なのだろう。

真っ先に浮かぶのは、あの日、壮吾を襲った犯人の正体を隠すためだ。その人物がどういう理由で壮吾を襲ったのかは全く不明だが、壮吾たちから調査に関する記憶の一切を削除することで、その人物へとつながる筋道をも消してしまう。そんな、人間離れした方法が、悪魔なら可能であるはずだ。

ではなぜ、そんなことをする必要があるのかだが、それはきっと、壮吾を襲った犯人が『代行者』だったからではないだろうか。六郷が語る匿名の依頼人が今の壮吾と同じように、魂の選別のために現場に呼び出された代行者である可能性は高い。その人物が、自身の正体に迫ろうとしていた壮吾を襲った。杏奈はその事実を隠蔽するために壮吾らの記憶に干渉した。そう考えるのが、最も筋の通る答えだった。

その代行者が壮吾を襲ったという仮説に違和感はない。納得のいく動機だし、突発的な行動でついやりすぎてしまった結果、壮吾が命を落としたということであれば、『手違い』で死亡したという話もうなずける。

つまり杏奈は、そのもう一人の代行者をかばい立てするために……。

「──ねえ、ちょっと」

「え?」

杏奈に肩を叩かれ、壮吾は飛び上がった。物思いを断ち切って我に返ると、二人が怪訝な顔をしてこちらを見ている。

「何をぼーっとしてんのよ。全然身が入ってないじゃない」

「な、何でもないよ。ちょっと疲れてるだけさ」

慌てて弁解すると、杏奈は「ふーん」と気のない調子で相槌を打ち、さほど深く考えていない様子で肩をすくめた。

「とにかく、さっさと選別しちゃおうよ。無駄話している間にも、魂の鮮度はどんどん落ちちゃうんだから」

急かすように言われ、壮吾は改めて男性の遺体に目を向けた。

地面に倒れた男性は腹部を赤く染めており、傍らに血のこびりついた金属片のようなものが落ちていた。ちょうどバールのような形をしたその金属片の両端に血液が付着していることから、男性の死因が腹部の刺し傷であることは容易に想像がついた。

この金属片で刺された時に傷口を押さえたのか、男性の両手は真っ赤に濡れていたが、防御創らしきものは見受けられない。つまり襲われる際に抵抗しなかった——あるいはする暇もなかったことが推測される。となると犯人は顔見知りか、男性を油断させることのできる人物。お年寄りか、子供という可能性もある。

そのほかに、男性のものと思しきバッグが傍らに投げ出されていて、中身を漁ったような形跡が見られた。何がなくなっているのか調べたところでわかるはずもないのだが、ざっと目を通してみて、気になるものはなかった。

ひとしきり周囲を確認し終えた壮吾は、そこで再び男性の顔に視線を戻したのだが……。

「……あれ？」

ふと、意識とは関係なくおかしな声が出た。

「紺野《こんの》さん……？」

呼びかけるように言いながら、男性の顔を注視する。伸びた髪の毛と無精ひげのせいで気づかなかったが、その顔には覚えがあった。

「知り合いなのか？」

問いかけてきたのは日下だった。杏奈も興味津々といった様子で「へえ」と声を上げる。

「昔、お世話になった人なんだ。探偵社にいた頃の僕の先輩で、一から仕事を教えてくれた恩人だよ」

「恩人ねえ。それがまたどうしてこんなことになっちゃったのかしら」

全くその通りだと思った。少なくとも壮吾の知る紺野良樹《よしき》という人物は、こんな冷たい路地裏で、誰にも看取られることなく命を落とすようなみじめな人間ではなかった。義理堅く、人情味あふれる人物で、仕事に熱意を燃やし、家族を愛し、多くの友と強い絆で結ばれた熱血漢。それが紺野という人物だった。

探偵社に所属していた頃、教育係として紺野は壮吾の面倒を見てくれた。最初は暑苦しくてとっつきにくい人のように感じたが、接するうちに言葉の一つ一つが押しつけではなく、常に壮吾を思えばこその助言であるとわかった。気づけば壮吾自身も紺野の人柄に惚れ込み、一緒に働くのが楽しくなっていった。たとえ依頼内容が理不尽なもので、調査結果が納得のいかないものだったとしても、紺野は己の信念を曲げることなく真摯に向き合った。その姿勢は今でも壮吾の目標であり、憧れとして強く残っている。

そんな彼の身に、何が起きたというのだろう。

「確か君が探偵社を辞めたのは今から半年以上前だよね。その間に会ったりはしなかったの？」

戸惑う壮吾に、杏奈が問いかけた。

「いや、紺野さんは僕よりずっと前に探偵社を退職しているんだ。最後に会ったのは彼が辞める時で、もう三年近く前になる」

「しかし優秀な探偵だったんだろう？　なぜ辞めたんだ？」

今度は日下が用意されたセリフを読み上げるような口調で質問した。壮吾はわずかに躊躇いを覚えながらも、当時を振り返りながら言葉を並べていく。

「紺野さんは、ある依頼を受けて巨大企業の重役を調べていたんだけど、その調査によって企業そのものの不正を暴く証拠をつかんだ。けれど、その企業というのが僕たちの所属していた探偵社と深いつながりを持つ会社だったんだ。それこそ、スポンサーとして投資してくれていたり、顧問探偵を何人も雇ってくれていたりしてね」

意識せずとも、吐く息が自然と重くなった。

「それで結局、企業は探偵社の上層部に泣きついて、紺野さんの調査は強制的に終了させられた。それだけじゃない。説得に応じず告発しようとした依頼人は『不慮の事故』に遭い、まともに歩くことができなくなった。家族はなぜそんな危険なことに夫を巻き込んだのかと紺野さんを責めた。その依頼人の入院費を負担したのが探偵社だったから、紺野さんの言い分よりも社の言い分を信じたんだよ。そうして不正のことはうやむやになった。紺野さんはそのことで上とかなりやり合って、最後は辞表を叩きつけるようにして辞めてしまったんだ」

最後に見た、紺野の怒りに煮えたぎるような目をよく覚えている。事務所の机にこぶしを叩きつけ、怒りに任せて椅子を蹴飛ばす彼の姿が昨日のことのようによみがえり、壮吾は胸に鈍い痛みを覚えた。

もしあの時、失意のうちに探偵社を去っていく紺野をもっと引き留めていたら、彼は今でも探偵を続けていたのだろうか。壮吾もまた、彼とともに探偵社にいられたのだろうか。今となっては、考えるだけ無駄なことかもしれない。だがこのことを思い出すたび、壮吾はいつも深い後悔にさいなまれる。

「なるほど。熱意をもって働いていた人間ほど、その仕事を奪われたら抜け殻みたいになっちゃうのよね。それで最後はこうなったたってわけか」

杏奈は「こう」のところで紺野の遺体を指さした。それは単純に彼が死亡していることについてではなく、こんな場所で、くたびれ果てた浮浪者のように哀れな死を迎えたことについて言っているのだろう。

「探偵社を辞めた後、先輩が興信所で働き出したことは聞いていたんだ。それからしばらくして連絡を取ろうとしたんだけど、電話は通じなくなっていて、興信所に問い合わせたら、とっくに辞めたって言われたよ」

「それっきり、彼とは会っていなかったというわけか」

総括するように言った日下に応答することもせず、壮吾はしばし沈黙した。脳裏をよぎる様々な記憶。幾度となく交わした紺野との会話。そういったものを思い返しながら、変わり果てたかつての恩師を見下ろして、壮吾はこぶしを震わせる。

こんなみじめな死に方をしたというのに、紺野の死に顔はひどく安らかだった。そのことが、壮吾を余計に腹立たしい気持ちにさせた。

同時に、胸の内からふつふつと湧き上がる強い衝動が壮吾を急き立てる。

「……てくれ」

「え、何？　どうかしたの？」

ぼそりと呟いた声が聞き取れなかったらしく、杏奈は首を傾げて問いかけてきた。

「早く戻してくれ」

壮吾はもう一度、今度はさっきよりも強い口調でそう言った。杏奈がいささかあっけにとられたように目を見開き、

「意外だね。君がそんな風にやる気を出してくれるなんてさ。いつもは『ちょっと待ってくれ』なんて往生際悪く騒いでばかりなのに、今回はいい感じじゃん」

どことなく馬鹿にされているような気もするが、今は彼女の軽口にいちいち目くじらを立てている場合ではない。

「紺野さんがこんな死に方をするのが納得いかないだけだよ。何か理由があるに決まってる。僕はそれが知りたいんだ」

「わかったわかった。ちょっと落ち着きなって。熱心なのはありがたいんだけどさ、君の使命はあくまでも『魂の選別』なんだよ」

「そんなこと言われなくても――」

「いいや、君はわかっていない」

反論しようとした壮吾に先んじて、日下が割って入った。

「彼女が言っているのは、君が魂の救済をしようとしているのではないかということだ。我々の使命は『救済』ではなく『選別』だ。そのためには客観的に事実を受け止め、魂の行き先を定めることが大切だ。魂の持ち主がたとえ、君の恩人だとしても、これまでの件と同様に善悪の選別をしなくてはならないんだ。そこにどんな事情があろうとも、君と彼との間にどのような絆があろうとも、ふさわしいと判断されれば、君の手で彼の魂を地獄へ送らなければならない。最後の審判においてミカエルがすべての人間を子牛と山羊とに分けるがごとく天国行きか地獄行きかを分かつように、君もまた粛々と使命を果たす必要があるということさ」

きっぱりと迷いのない口調で言い放った日下が、揺るぎないまなざしを向けてくる。彼のその視線に心の中を見透かされたような気がして、壮吾は息を詰まらせた。

「あら図星だった？　だめよ。いくら知り合いだとしても、親や友達だとしても、君には魂を公平かつ厳正に選別する使命があるんだから。彼が見た目通りに悲惨な事情で死を迎えたとしたって、哀れみや同情を理由に天国に送ろうとするのは許されない。不純な動機で選別を行うのは、死の運命を捻じ曲げるのと同様のペナルティが降りかかるわ。それを、しっかりと頭に叩き込んでおくことね」

二人とも、子供の世話を焼くみたいに壮吾の考えの先を見透かした発言をする。図星であるがゆえに、それは壮吾をひどくイラつかせた。

確かに、紺野を地獄なんかに送りたくないと思っているのは事実だった。彼らがそのことを懸念する気持ちも手に取るように理解できる。だが、それでも壮吾には、紺野が人の恨みを買い、地獄に落とされるのがふさわしいとされる人生を送っていたなんて考えたくはなかった。どのような理由であれ、彼の行動の根っこには正義があるはずだと、半ば妄信的に信じていた。だからこそ、早く時を遡って生きている紺野に会わなければならない。彼と話をして、命を狙う人間を特定し、そして、その死の真相を突き止めたかった。

「そんなこと、言われなくてもわかってるよ。だから早く戻してくれ」

先走る感情に突き動かされるようにして、壮吾は二人に対し語気を強めた。杏奈はやれやれと肩をすくめ、日下は静かにうなずく。各々の反応を前にしながら、壮吾はもう一度、地面に横たわる紺野へと視線を移した。

選別なんて必要ない。魂の行き先は天国に決まっている。そう自らに言い聞かせるように内心で叫びながら、壮吾の意識は荒れ狂う波に飲まれて、時の奔流を遡っていった。

3

「――おい、おい聞いてるのか？」

呼びかける声と、木のカウンターをコツコツとノックする音が同時に聞こえて、壮吾は意識を取り戻した。飛び上がるようにして席から立ち、周囲を見回す。

「ここは……」

六郷に呼び出されて訪れた喫茶店『ヴィレッジ』の店内だった。柱の時計を見ると、時刻は午後一時に差し掛かろうとしている。


「クソ、なんでよりによってこんな時間に戻るんだよ……」

こんなことなら、あらかじめ朝早くに時間を戻してもらうようリクエストしておくべきだった。そもそも彼らには時間を大切にするという概念が抜け落ちている。人間よりも長い時を生き、それこそ悠久の寿命を持つ彼らは、時間に縛られていない分、こういうちょっとしたところでルーズな気質が出てしまうのだろう。

「……なあ？　あんた、大丈夫か？」

勝手に決めつけて内心で毒づく壮吾を前に、六郷は困惑顔で、コーヒーを落とす手を止めた。

「いきなりぼーっとして黙り込んだと思えば、急に立ち上がったりしてさ。何かあったのか？」

「いや、別に何でもないんだ。なんでも……」

適当にごまかしながら、壮吾は手早く荷物をまとめ始める。それを見て、六郷は怪訝そうに目をしばたたき、

「おいちょっと待てよ。まだ話の途中だろ。面白いのはここからなんだよ。実は何を隠そう、俺の記憶も——」

「すまない、急用ができたんだ。話はまた今度聞くよ」

「え、おい。そりゃないぜ。今聞かねえのかよ。おいったら……」

一方的に話を切り上げようとする壮吾を、六郷はすがるような声で引き留めようとする。彼には申し訳ないが、どんな話をされるのかわかっている以上、のんびり聞いている余裕など持てるはずがなかった。それでも食い下がろうとする六郷を捨て置き、店から飛び出した壮吾は、見慣れぬ街並みを全力で駆け出した。コーヒーの代金を支払い忘れたことに気づいたのは、大通りで捕まえたタクシーに飛び乗ってからだった。

それから二十分ほど移動し、とある住宅街でタクシーを降りた。代金を支払ったせいで懐はすっかり寂しくなってしまったが、とにかく時間が惜しかったので仕方がない。

かすかに見覚えのある通りを、記憶を頼りに歩きながら紺野に電話をかけてみたが、すでに番号が変わっていてつながらなかった。メールを送っても届かないし、ＳＮＳなどやるガラじゃない。となると、直接家に出向くしか連絡手段はないだろう。

今から五年ほど前、紺野にはたびたび家に呼びつけられ、晩酌の相手をさせられていた。当時壮吾は探偵社勤務一年目。一人暮らしで、婚約者と同棲もしていなかった。逆町はどこか遠くの町の交番勤務だったので、一緒に酒を飲む相手がいなかったこともあり、紺野の家に遊びに行くのは純粋に楽しかった。

探偵社の上司の紹介でスピード婚したという同い年の奥さんは料理上手で、いつも食べ切れないほど食事を用意してくれたし、小学校三年生の息子は、まばゆい太陽のような笑顔でよく懐いてくれた。兄弟のいない壮吾には年の離れた弟のように感じられ、クリスマスには奮発してプレゼントを用意したりしたものだ。

その息子——聡志《さとし》も今では中学生になっているはずだ。その事実に軽く衝撃を受けながら、壮吾は時間の経過という抗いようのないはずのものと、不変的な法則を無視して時を逆行している自分の使命に対し複雑な思いを抱いた。

　当時の記憶を頼りに通りを歩くと、思いのほかあっさりと、紺野の家を見つけることができた。やや急な坂道の途中に、そっと腰を下ろしたようにたたずむその家は、記憶の中と寸分たがわぬ姿で壮吾を迎えてくれた。中古で購入したという建物は白い外壁に茶色い屋根、窓は格子入りという欧風なデザインだった。赤い玄関扉が特徴的なその家の周囲はレンガ塀で囲われ、門のところに表札がある……はずだったのだが、今はそれが取り外されていた。

　もしかして、引っ越してしまったのだろうか。正面から見て家の左側には駐車スペースがあり、昔はそこに妻の希望で購入したというミニバンが停まっていたのだが、今は軽自動車に変わっている。玄関の脇にはママチャリがあるので、在宅しているのだろうか。

　あれこれ考えても始まらない。まずは訪ねてみて、話を聞いてから――

「あの、うちに何か？」

　突然背後から声をかけられ、反射的に肩をびくつかせた。振り返ると、学生服姿の少年と目が合った。彫りの深い顔立ちをしたその少年は、きりりとした目をわずかに細め、こちらを怪しむように窺っている。

　その顔に、どことなく見覚えがあるような気がして、壮吾はすぐに言葉を発することができなかった。対する少年も、こちらの出方を待っているのか、まんじりともせずに壮吾を凝視。互いに見つめ合いながら、二秒、三秒と奇妙な沈黙が続く。

「……もしかして、聡志くん？」

「やっぱり、壮吾さんだ」

どうやら覚えていてくれたらしい。不審人物を見るような聡志の顔に、かつて目にしたまばゆい太陽のような笑みが戻る。

「懐かしいなぁ。すっかり大きくなっちゃって」

「壮吾さんは全然変わってない。ぱったり来てくれなくなっちゃって、寂しかったですよ」

お世辞でも、そう言ってもらえて嬉しかった。嵐のように探偵社を飛び出していった紺野とは、その後顔を合わせづらくなってしまい、必然的に家に来ることも無くなってしまった。その辺りの事情を聡志は理解しているようで、壮吾がなぜ来なくなったのかについては質問してこなかった。

ひとしきり再会を喜び合ってから、聡志はわずかに首を傾げて、

「それで、今日はどうして？」

「うん。ちょっと紺野さんに会いたくてね。今は仕事かな？」

そう訊ねた瞬間、聡志の顔からふっと音もなく笑みが消え去った。

「聡志くん？」

「……あの人なら、もうここにはいませんよ」

「いない？　どうして……」

さらに問いかけようとした時、背後でがちゃりと音がして、壮吾は振り返る。玄関のドアが開き、そこから顔を出していたのは、紺野の妻、保美《やすみ》だった。

壮吾は軽く背筋を伸ばして頭を下げる。保美はすぐに壮吾に気づいて会釈を返してくれたが、その顔には聡志と同等かそれ以上の険しい表情が浮かんでいた。


「こんなものしかなくて、ごめんなさいね」

「そんな、お構いなく。突然訪ねてきたのは僕の方ですから」

慌てて頭を振って、壮吾はぺこぺこと頭を下げた。差し出された紅茶は温かく、ホッと一息つくのに最適だったものの、リビングに漂う重々しい空気のせいで、緊張がほぐれることはなかった。

外観と同じように、家の中の様子は昔とほとんど変化がなかった。しかし、壁にかけられていた有名な画家の絵のレプリカや、キャビネットの上にいくつもあった家族写真が今は飾られていない。テレビのそばにあった棚には、紺野がコレクションしていた古い映画のＤＶＤがところ狭しと並んでいたのだが、それもなくなっていた。

さほど広くはないにしろ、家族が団らんするはずのリビングには、年季の入ったソファとテーブル、テレビなど、最低限のものがあるだけで、ひどく寂しい印象を受ける。その理由が単なる時間の経過だとか、インテリアの好みの問題ではないことは、部屋の隅に置かれたいくつもの段ボール箱が物語っていた。

壮吾は三人掛けのソファに腰を下ろし、保美はその対面に、そして聡志はキッチン脇のダイニングテーブルでスマホをいじっていた。

「保美さん、突然来てしまってすみませんでした。もしかして、取り込み中でしたか？」

「ちょっとバタバタしちゃってね。実は近々、実家の近くに引っ越す予定なのよ。それで、ね」

保美は申し訳なさそうに笑いながら、テーブルの上——紅茶の入った紙コップを指さした。彼女が『こんなもの』と言ったのは、飲み物のことではなく、それを入れる器のことだったのだと気づいたのは、今更になってだった。

「それで、何のご用かしら？」

顔にかかった髪を手で払いながら、保美が言った。壮吾は小さく相槌を打ち、どう切り出したものかと悩んだ挙句、結局は単刀直入に尋ねることにした。

「実はちょっとした事情があって、紺野さんに会いたいんです。古い連絡先しか知らないので、こうして押し掛ける形になってしまいました。今はお仕事ですよね。何時頃に戻られますか？」

申し訳なさそうに問いかけながら、壮吾は時計を確認する。

「……悪いけど、あの人はもうここにはいないわ」

保美の回答は、つい先ほど、聡志に言われたのと同じ内容だった。

「どうしてですか？　まさか、病気か何かで？」

「いいえ、離婚したの。あの人はとっくにこの家を出ていったわ」

離婚。その言葉がずっしりとした重みを伴って壮吾の肩にのしかかってきた。

それ以上、どうして、などという無神経な言葉を口にすることはできず、壮吾は悩みに悩んだ後で、離婚の原因を推測してみた。

「興信所の仕事、長く続かなかったと聞いています。その後、いい仕事は見つからなかったんですか？」

「そうね。今思えば、探偵社を辞めたのがケチのつきはじめだった。あの頃だって決していい給料をもらっていたとは言えないけれど、人並みの生活は送っていたもの。でも、あの人は興信所の仕事が嫌で辞めたわけじゃないのよ。探偵をしていた頃とよく似た仕事だったから本人は満足していたし、実際、最初の一年くらいは何の問題もなかった。でも、しばらく経ってから、突然仕事を無断欠勤し始めてね……」

困ったように眉を寄せながら、保美は溜息をつく。

「紺野さんが無断欠勤なんて意外ですね。何か理由があったんじゃ？」

気になって問い返すと、保美はふっと自虐的に笑った。

「正直言うとね、詳しい理由は私も知らないの。職場で嫌な上司にでもいびられていたのか、依頼人とトラブルでも起こしたのか、最初から仕事に納得のいかない部分があったのか……。理由はきっといくらでもあるんだろうけど、それすらも私たちには教えてくれなかった。どんどんふさぎ込んでいって、顔色が悪くなって体重も落ちていった。悪い病気にでも罹ったんじゃないかって、とても心配したのよ。でも結局、勤務態度を改めることができなくて退職して、一年ちょっとは適当な仕事を転々としたわ。そして最終的にあの人は、部屋に閉じこもって出てこなくなった」

保美はふと視線を天井に向けた。同じように上を向いて、ちょうどこの上が、紺野が自室として使用していた部屋だったなと、壮吾は記憶を掘り起こす。

長年勤めた会社を辞めた中高年が、いわゆる燃え尽き症候群で無気力になってしまうのはよくある話だ。それが定年退職でというのならば、周りも趣味やボランティアなどを勧めることができるのだが、紺野はまだ五十になるかならないかである。隠居を決め込むには早い。

新しい職場が見つかったが肌に合わない。しかし働かないわけにはいかないため無理をして続ける。結果、うつ病を患ってしまうというケースもよくあるだろう。話を聞く限りだと、そのパターンであるように感じられたのだが、そういうわけではないのだと保美は言った。

「私も聡志も、必死にあの人を支えたのよ。理由を聞きたかったし、相談してほしかった。家族だもの、頼ってくれた方がいいに決まってるわよね。でも、あの人は何に対して悩んでいるのか絶対に口にしなかった。声をかけてもぼんやりと外を見ているだけで、口を開けば人生のこととか、命のはかなさだとか、そういったことばかりを言うようになってね。おかしな宗教にでもはまっているのかと心配したこともあったけど、そういうわけでもなかったみたい」

保美は頭を振って、落胆したように肩を落とす。

「結局、何もわからないまま、弱ってやつれていくあの人と暮らし続けた。あの人は自分の部屋に閉じこもって、毎日を無為に過ごしていた。そんな生活が続いて、私も疲れてしまってね。食事を用意する以外、あの人とのかかわりは持たなくなっていった」

「紺野さんは自室に閉じこもって何をしていたんです？」

「さあ、特に何もしていなかったと思う。パソコンをいじっている様子はあったけど、それで仕事をしているという感じじゃなかった。強いて言えば読書ね。それまで本なんて読まない人だったのに、とても難しい本をいくつも注文して、熱心に読んでいたわ」

「本というと？」

保美は首をひねり、

「宗教書とか、哲学書とか、そういう感じ。ほら、なんて言ったかしら。にー、にー……」

「ニーチェだよ。ほかにもトルストイとか、ゲーテとかダンテとか。それから生きるとはどうとかいう自己啓発みたいな内容の本もあった。よかったら、部屋を見ていってください。うんざりするくらいあるから」

ひどく冷たい口調で言うと、聡志は鼻を鳴らした。その言葉と態度から、彼が父親に対し、形容しがたいほどの怒りを抱えていることが手に取るようにわかった。

ほんの三年前までは父親を慕って、どこに行くにもついていこうとするくらいべったりだった子供とは、まるで別人のようである。

「それじゃあ、仕事を辞めた後、紺野さんはずっと部屋に閉じこもって外に出なかったんですね」

「――それは違うよ。あの人、たまに出かけてた」

壮吾は再び聡志を振り返った。彼はスマホをダイニングテーブルに置いて、小さく息をつくと少しだけ思い出す素振りを見せた。

だが、その先を話す前に、保美が呆れた口調で割って入る。

「またその話？　あなたの思い違いでしょ」

「思い違いなんかじゃないよ。遅くにこっそり帰ってくることもあった。母さんが寝てる時間にね。それだけじゃないよ。俺、夏休み中に友達と町に出かけた時、あの人が誰かと揉めてるのを見たんだ」

聡志のこの発言を、保美はただの勘違い、あるいは人違いだと思っているらしく、まるで取り合おうとしない。

だが、今日初めてこの話を聞いた壮吾にとっては、とても重要な情報であるように思えた。冷めた紅茶を一気に飲み干し、海よりも深い溜息をつく保美の代わりに、壮吾は聡志に問いかける。

「揉めていたって、どんなふうに？」

「会話までは聞き取れなかったけど、スーツ姿のおじさんにしつこく付きまとっていたみたいだった。相手はうんざりしてるのに、ずっと後を追いかけてさ。結局突き飛ばされて、タクシーで逃げられちゃったけどね」

聡志は肩をすくめ、父親の奇行を恥じるようにかぶりを振った。その話を聞いて、壮吾は思う。もしかすると、探偵社時代に経験した不正隠ぺい事件を引きずって、独自に調査を進めていたのではないだろうか。あるいは、探偵時代につながりのあった相手に、仕事を紹介してほしいと頼み込んでいたのか……。

そこまで考えて、壮吾はゆるゆると頭を振った。だめだ。それはあくまで壮吾の妄想であり、そうあってほしいという願望が表れている。そのスーツ姿の人物とは単純に肩がぶつかっただけかもしれないし、昔の知り合いに金を無心していたかもしれない。わずかな目撃情報だけでは真偽のほどは測れない。

ただ一つ言えることは、紺野が何かしらの原因で精神的に弱ってしまい、家に引きこもったことで家庭にも小さからぬ影響が出てしまったということだ。保美は彼を支えようと必死に努力したし、聡志は自信家だった父の変わりように戸惑いながらも、気にかけてはいた様子がある。紺野がそんな家族との別れを選んだ理由が、壮吾にはまだよくわからなかった。

「あの、離婚を切り出したのは？」

「あの人ですよ」

やや食い気味に言葉をかぶせてきた保美の顔には、明確な怒りの色が浮かんでいた。

「半年くらい前、突然元気を取り戻したように明るくなって、『これからは大丈夫』とか

『今までの埋め合わせをする』とか言い出してね。その時は何がきっかけかわからなかったけど、水を得た魚のように気力を取り戻していたわ。そして、仕事を探すと言って出かけていったんだけど、その日帰ってきたら急に『別れてほしい』と言い出した。あまりに唐突過ぎて、こっちはもう何が何だか……」

頭痛に耐えるように、保美はこめかみの辺りを揉み込んだ。

「でも正直、それで私の方も踏ん切りがついたの。あの人との生活はもう限界だったし、この家のローンも払っていけそうになかったから、実家に身を寄せることになったのよ。この子が大学を出るまでは私も働かなきゃいけないから、農園を手伝うことにしてね。前からあの人には向こうに行くことを相談していたんだけれど、プライドだけは高いから、私の両親の世話になるのは嫌だったみたい」

「そう、ですか……」

この母子は、新しい土地で心機一転やり直すつもりなのだ。当然ながら、そこに紺野の居場所はない。彼の決断が二人をそうさせたのか、あるいは、そのことを見越して、離婚を申し出たのか。壮吾には、紺野の真意が測れなかった。

「紺野さんはどうして離婚を？」

「あの人、よそに女を作ったのよ」

「女……？」

思わず繰り返してしまった。信じられない思いで聡志を振り返ると、彼もまた強くうなずいて見せる。

「本人が電話しているのを聞いたんだよ。出ていく少し前に、カオリとかいう女と、こそこそ話してた」

カオリ……。脳内で検索をかけてみるが、覚えのない名前だった。

「どんな話をしていたかわかるかい？」

「うーん、どうかな。興味なかったから真面目に聞いてなかったけど、『俺がどうにかする』とかなんとか、調子のいいことを言ってたよ。お金の相談でもされていたんじゃないかな」

にわかには信じがたいことだが、彼が実際に耳にしたのであれば、それは一つの事実として受け入れるしかない。壮吾は混乱する頭で、必死に事態を整理しようとしたが、紺野の行動は正当性も、一貫性も欠如しているようにしか思えなかった。

「もし嘘だと思うなら、あの人に直接話を聞きに行ったらどうかしら」

「紺野さんが今どこにいるか、ご存じなんですか？」

最初に聞くべき情報を、ようやく引き出すことができた。スマホのメモ帳を立ち上げ、保美が読み上げる住所を慌てて書き留める。

話に一区切りがつき、時計を確認すると、すでに一時間近く経過していた。壮吾は紅茶のお礼を言い、それから、遠方に行っても身体に気をつけてと、型通りの挨拶を交わして家を辞去した。

「あの人に会ったら、言っておいて欲しいことがあるんです」

引っ越しに必要なものを買いに行くという聡志と一緒に通りに出て、信号待ちをしている間に、彼がおもむろにそう言ったので、壮吾は「何かな」と軽い気持ちで応じる。

「くれぐれも、ろくな死に方はしないでくれって。そして、ちゃんと地獄に落ちて苦しんでくれって伝えておいてください」

まだあどけなさの残る聡志の顔には、形容しがたいほどの冷笑が張りついていた。この少年にこんな顔をさせてしまうほど家族を失望させ、裏切り、去っていった紺野に対し、何をやっているのかともどかしさを覚える。

信号が青に変わり、それじゃあ、と手を振って通りを渡る聡志の背中を見送りながら、壮吾はかつての恩人に対する複雑な思いにさいなまれ、眩暈にも似た症状を覚えた。

4

紺野の現在の住まいは、繁華街にほど近い雑多な路地にあるくたびれたアパートだった。外壁は色あせて黒く汚れ、外階段は錆びだらけで、築六十年は下らないだろう。集合ポストを確認すると、全部で八部屋あるうちの五つの口がガムテープでふさがれており、三部屋しか入居していないことがわかる。

幸いにも、それぞれのポストには部屋番号のほかに名前の表記があり、おかげで二階の一番奥が紺野の部屋だとわかった。外観から想像するに、単身者の独居用アパートだろうか。保美が言うように、家を出てカオリとかいう女性と一緒に過ごしているのだとしたら、もう少し広い部屋に住んでいそうなものだ。となると、今は一人で暮らしているのだろうか。

そんなことを考えながら遠巻きに部屋の様子を窺う。もし紺野が働きに出ているなら、今は留守だろう。死の運命が執行されるまであと二時間と少し。あまり悠長にしている暇はない。意を決して階段を上って部屋を訪ねようとした時、件《くだん》の部屋の扉が突然開いた。

壮吾はとっさに後退し、自転車置き場の陰にそっと身を潜める。かんかんと足音を立てて階段を下り、そのまま敷地の外へ歩いていったのは、中年の男性だった。履き古したジーンズにあちこち擦り切れて色あせたジャケットは、つい数時間前に目にした亡骸のものと一致する。

　間違いない。そう内心で呟いてから、壮吾はその背中を追いかけてアパートの敷地を後にした。通りを歩く紺野の後を、つかず離れずの距離で追う。本当ならすぐに話しかけて再会を喜びたいところだが、今はやめておく。

　本人を見つけたのだから話しかけることはいつでもできる。だからまずは気づかれぬよう動向を探ってみるのだ。下手に干渉して彼を殺そうとしている犯人を警戒させてもまずい。殺害現場がわかっている以上、そこに近づくまでは、こちらも慎重に事を運ばなければ、必要な情報を得ることができない危険性がある。

　数年ぶりの再会。確かめたいことはいくつもあった。しかしながら、そういった餌を目の前にぶら下げられてもなお、冷静な判断ができる自分に、壮吾は少しだけ驚いていた。

　そこまでの集中力を発揮できるほど、今回の『選別』に対する意気込みが並大抵ではないということだろうか。あるいは、彼を憎む妻子の話を聞いてもなお、壮吾は紺野を信じたかったのかもしれない。彼がまだ、あの頃の熱意と信念を兼ね備えた探偵であることを。後をつけて、この先の彼がどんな行動を取るのかを自分の目で見極めれば、それがわかる。そう思ったのかもしれない。

半ば祈るような気持ちで紺野の後を追いかけていくと、ほどなくして繁華街の一角に現れたファミレスに入っていった。少し間をおいてから壮吾も中に入り、窓際の席に案内しようとする店員に無理を言って、トイレ近くの奥まった席にしてもらった。紺野の席のすぐ背後になるので、会話を聞き取れるかもしれない。

紺野はコーヒーをオーダーし、十分ほど一人で過ごしていたが、やがて一人のサラリーマン風の男がやってきて、向かいの席に腰を下ろした。

「どうも、遅れてすいません」

ぼそぼそと喋る男の年齢は三十代半ば。体形は細身で不健康なほどに色白で、ひげの剃り跡がやたらと目立つ不潔な印象。セールスマンだとしたらあまり女性受けは良くない気がする。

「用意できたのか？」

紺野は挨拶もそこそこに問いかける。よく通るその低い声に、壮吾は一瞬、懐かしさが込み上げた。

男はメニューに向けていた目を上げ、おびえた様子で紺野を見つめた。この位置から紺野の表情は確認できないが、男のおびえようからすると、決して笑みを浮かべているわけではないと思った。

「今日は暑いですね。あはは。何か冷たいものでも……」

「聞こえなかったのか？　前置きはいいから、さっさと出せ」

紺野の鋭い声と有無を言わせぬ口調に、男が黙り込んだ。今度は視線をメニューに向けたまま、唇を強く噛みしめている。店内はそこまで暑くはないはずなのに、男の額には玉の汗が浮かび、流れ落ちる雫が顎先から滴っていた。

男はおびえている。理由はわからないが、紺野に対し強い恐怖を抱いている。それがどういった類の恐怖なのかは、現時点では判断のしようがないが、この二人の関係が、単なる友人だとか、仕事上の付き合いだとか、そういうものでないことは明らかだった。

店員が注文を聞きに来ると、男はメニューを指さした。「コーラですね」と確認し、立ち去る店員を見送ってから、男は使い込まれたビジネスバッグの中から白い封筒を取り出してテーブルの上にそっと置いた。

紺野はそれを手前に引き寄せ、口を広げて中身を確認する。わざわざ確認しなくても、中身がお札の束であることは察しがついた。

「少し足りないようだが、どうしたんだ」

「……すみません。それ以上はもう……。僕にも生活があるんです。そのお金だって、両親に頭を下げて……」

男が言い終えるのを待たず、紺野はふん、と強く鼻を鳴らした。相手の言い分がいかにくだらないものかを表すには十分な態度である。

「おいおい、頭を下げる相手が違うだろう」

「すいません……でも、本当にそれしか出せないんです。お願いします。信じてください」

男はテーブルに額をこすりつけるようにして何度も繰り返し懇願した。周囲の客たちも、徐々に彼らの間に流れる不穏な空気を察し始め、ちらちらと様子を窺い始めた。

「だめだ。あと半日だけ待ってやるから、後で持ってこい。でなきゃあ、お前が欲しがってるものも、渡すわけにはいかねえな」

「……わかりました」

もごもごと応じた男を残し、席を立った紺野は周囲の視線をものともせずに店を出ていった。壮吾は慌てて立ち上がり、割り込むようにしてレジで精算する。その間、サラリーマン風の男は座ったままがっくりとうなだれて、この世の終わりでも迎えたような顔をしていた。

店を出て、通りの先に紺野の背中を見つけると、壮吾は小走りに後を追った。その最中、先ほど見聞きした出来事に思いを馳せる。

さっきのやり取りは何だったのだろう。サラリーマン風の男が差し出した札束。しかも、少なくない金額。紺野の住まいを見る限り、彼が金銭的に余裕のある暮らしをしているようには思えない。保美の話でも、貯金が底をつきかけていたと言っていた。となると、あの金は紺野がサラリーマンに貸した金というわけではなさそうだ。

『あと半日だけ待ってやる』

『お前が欲しがってるものも、渡すわけにはいかねえな』

紺野は男に対しそう言っていた。捉え方にもよるかもしれないが、ひょっとするとあれは脅迫だったのではないか。気の弱そうなサラリーマンの弱みを握り、それをネタに金銭を要求しているのだとしたら、それは立派な犯罪行為である。

壮吾はぶるぶるとかぶりを振って、その考えを否定した。ちょうどすれ違った買い物帰りのお婆さんが、突然おかしな行動を始めた壮吾を警戒し、さりげなく遠回りして去っていく。

そんなことはあり得ない。正義感の強い紺野が、いくら何でもそんなことをするわけがない。そう自分に言い聞かせつつ、今すぐに彼を引き留めて事情を問いただしたい気持ちを必死にこらえながら、壮吾は紺野の後をつけた。

その後、紺野は繁華街から少し離れた大きな公園に立ち寄った。平日の午後にもかかわらず、公園内は多くの若者でにぎわっている。特に噴水広場にはスケボーやストリートダンスに興じる連中が多く見受けられ、まだ小学生に見えるような子供から、どう見ても成人しているであろう若者までがたむろしていた。

　紺野が向かったのは周囲を背の高い生垣で囲まれた大きな木の遊具がある区画で、通常ならば子供連れの母親が子供を遊ばせていそうなその場所には、堂々と煙草をふかし、アルコール飲料の缶を手に乾杯を繰り返す集団がいた。誰もが目を細め、避けて通るであろう光景を前に、紺野は迷いのない足取りでその集団に近づいていく。

　突然現れた中年男性を前に、若者たちは何やら声を上げ、不機嫌そうに顔をしかめた。さほど暑くもないのに上着を脱ぎ、タンクトップ姿になって両腕のタトゥーを見せびらかすようにアピールした一人が、真っ先に紺野に近づいて因縁をつけようとする。しかしながら、紺野は鼻先が触れそうなほど顔を近づけるその男には目もくれず、滑り台に腰かけて煙草を吸っていた黒ずくめの少年に大股で近づいていく。

　十八歳……いや、まだ高校も卒業していないくらいだろうか。紺野の接近に気づいたその少年は、深くかぶったキャップの奥の目を鋭く細めて紺野をにらみつけた。だが、そこでも紺野は相手の勢いにひるむ様子もなく、華奢な腕をつかんで強引に立ち上がらせると、指に挟んでいた煙草をむしり取って投げ捨て、フェンスのそばに引っ張っていった。

二人は何やら話し込んでいる様子だが、生垣に身を潜める壮吾の位置からでは、ファミレスの時とは違って距離があるうえ、すぐそばでＫ－ＰＯＰアイドルのダンスを真似ている女子グループの弾んだ声のせいで、会話は全く聞こえてこない。

見た感じでは、紺野が説教を垂れるみたいに、少年に何事か言い聞かせており、相手は時折反論しながら聞いているという印象だ。できの悪い子を叱りつける父親というイメージがぴったりな光景だが、よく見ると叱りつけるというより、どこか説得をしているようにも見えた。

――まさか、あんな若者にも金を要求してるわけじゃないよな……。

降ってわいた嫌な予感を振り払うように、壮吾は頭を振る。ひとしきりやり取りをした後、紺野は最後に少年の鼻先に指を突きつけ、強い口調で何かを言い含めるようにしてから、キャップのつばを人差し指でぴんと弾いて踵を返した。立ち去っていく彼の姿を複雑そうな表情で見つめる相手の少年は、思いのほか端整な顔立ちをしており、こんな場所にいるのが不思議なくらい、純朴な印象を受けた。

彼らの間にどんな会話がなされたのか、そもそもどういう間柄なのか。そういったことは一切不明だが、紺野があのサラリーマンから金を受け取っていたことは事実だし、それを見てしまった壮吾としては、今目にした光景が穏やかなものには思えなかった。

彼らのどちらかが紺野を殺害する犯人である可能性は、大いにあるのだから。

容疑者が見つかるのは悪いことじゃない。しかし、問題はその動機である。結果的にどちらかが紺野を殺害する時が来るとして、現状では、その原因を作っているのは紺野自身であるように感じられる。もし彼らの動機が紺野から受ける行為に対する報復だとしたら、それは自業自得と言わざるを得ない。そこにどんな理由があるにせよ、他者を脅して金銭を要求するという行為は、決して褒められたものではないからだ。

このことを日下が知ったら、魂を天国へ送ることに反対されてしまうかもしれない。と、そこまで考えて壮吾は強引に嫌な想像を打ち消した。そんなはずはない。きっと何か事情があるのだと自分に言い聞かせ、公園を出ていく紺野の後をさらに追いかける。

駅の方向に引き返し、再び繁華街を訪れた紺野が次に向かったのは、居酒屋やその他の飲食店が建ち並ぶ一角にある落ち着いたカフェだった。フランチャイズで全国展開しており、豊富な品ぞろえのオリジナルスイーツや、大型パフェなどが人気の有名店で、壮吾も何度か利用したことがある。

時間帯の関係か、あるいは人気店だからか、店内はそこそこ混雑していた。黒と白を基調としたメイド服っぽい制服を着た女性店員に案内され、紺野は窓際の四人掛けテーブルに座っていた女性の向かいに腰を下ろした。相手の女性は紺野と同年代だろうか。髪の毛は肩にかかるくらいで、化粧に派手さはない。服装も地味なタイプで、ややうつむきがちの表情に笑みは浮かんでいなかった。どことなく気だるげな表情を時折紺野に向け、短いやり取りを繰り返している。

壮吾は吸いもしない電子タバコをポケットから取り出し、駐車場の隅の方に陣どってガラス越しに店内の様子を窺う。ただ突っ立っているよりも、この方が通行人の注意をひかずに済む。張り込みの際のちょっとしたテクニックである。駐車場は喫煙に適した場所ではないかもしれないが、実際には吸っていないのだから、まあ良しとしよう。

二人は親しい友人という雰囲気ではなく、どことなく他人行儀で会話も弾んでいる様子はなかった。注文したらしいコーヒーが運ばれてきても、紺野はちびちびとそれを口にするばかりで、積極的に話しかけたりはしていない。相手の女性も、それが不満というわけではなさそうだった。

この二人はどういう関係なのかと、壮吾は首をひねる。そして、ある可能性に思い至り、「まさか」と小さく独り言ちた。

最初の店で会っていたサラリーマンにしたように、紺野は彼女からも金銭の類を要求しているのだろうか。見た感じ、相手はごく平凡な中年女性で、借金などあるようには思えない。しかし、月並みな表現ではあるが、人は見かけによらないものだ。これまでに受けてきた依頼の中にも、そのことを思い知らされるような例はいくつもあった。

たとえば、人のよさそうな老婆が自身の年金をあちこちの慈善団体に寄付してしまったせいで、日々の生活費に困っていると息子夫婦に泣きついてきた。ところが調べてみると、実際はギャンブルにハマり、支給されたその日に年金を使い果たしていたというパターン。羽振りがよいのは見た目だけで、実際はとっくに会社が倒産している元経営者が「次回は奢るから」を決まり文句に、周囲の人間に食事をたかりまくっていたケース。はたまた、おとなしそうな見た目の専業主婦が若い大学生や隣近所の独身男性、果ては友人の夫など、幅広い男関係を築き、挙句に誰の子かわからない子供を妊娠し、それを夫に隠して出産しようとしていたなんてこともあった。

どれもきちんと調査をすればすぐに発覚するものだが、これが案外、見抜くことが難しい。こと友人や親類などという近しい相手ならば、なおさら相手を疑ってはいけないという心理が働くのか、かなり深刻な事態になるまで気づかないという傾向がある。

あの女性も、見た目とは裏腹に後ろ暗い何かを抱えているのだろうか。そして、そのことを紺野に知られ、金銭を要求されているとしたら……。

彼女だけではない。ここへ来る前に立ち寄った公園の少年にしても、たとえば親が裕福で、素行の悪さや悪い噂をネタに金銭を要求しているとしたら……。

「ああ、もう。勘弁してくれよ……」

頭を抱えるようにして、壮吾は嘆いた。

あの紺野がそんな手段で他人から金を要求するなんて考えたくなかった。仕事を失い、家族にも見放され、挙句の果てには食うのに困って他人の弱みに付け込んで金銭を要求する。彼がそんな醜態をさらす姿を見るのは、壮吾にはこれ以上ないほどつらく耐え難い屈辱であった。

砂を噛むような思いで様子を窺う壮吾の存在などつゆ知らず、話を終えたらしい紺野がやや強引にコーヒーをあおり、乱暴な手つきでソーサーの上に戻す。そして席を立った拍子に身体がテーブルに当たって卓上のグラスに入った水が倒れた。ぼたぼたと滴る水を拭くために店員の女性が駆けてきて、向かいに座る女性もそれを手伝う。所在なげに突っ立っていた紺野は、しかしその間隙を縫うようにして、向かいの席に置かれた女性のバッグに手を伸ばした。

「嘘だろ、紺野さん……」

思わず言葉が漏れる。壮吾の見ている前で、紺野は今まさに相手のバッグから財布を盗もうとしている。反射的に身体が動き、ガラスを思い切り叩いてやりたい衝動にかられたが、壮吾はすんでのところで思いとどまった。今ここで姿を見られては、紺野に警戒され、話を聞くチャンスを失ってしまうかもしれない。警戒されないよう自然に接触して話をしなくては、聞き出せるものも聞き出せなくなってしまう。

そんな打算が働き、結局は何もすることができず、紺野がバッグから手を引っ込めるのをぼんやりと見ているしかなかった。少し距離があるせいで何を取り出したのかはわからなかったが、今更確かめるまでもないだろう。

店員と女性が片づけを終えるタイミングを見計らい、紺野は伝票を手にしてさっさと席を後にする。その背中を呼びとめようと女性は手を伸ばしかけるが、何か思うところがあるのか、すぐに引っ込めて席に着いた。紺野が会計を終えて店を出たタイミングで壮吾もその場を離れるが、その間際、もう一度女性を見ると、彼女は自分のバッグに手を伸ばし、そこでようやく紺野のしたことに気がついたらしく、表情を強張らせた後に席を立つ。が、すでに手遅れと感じたのか再び席に腰を下ろし、両手で顔を覆ってうなだれた。

またしても壮吾の胸の内に重々しい嫌な気分が広がっていく。それは座礁したタンカーから流れ出した重油のように、心を黒く汚染しては強い怒りの感情を誘発した。

店外に出て通りを早歩きで進んでいた紺野は、時折立ち止まって唐突に空を見上げたり、夕暮れ色に染まりゆく街並みを眺めたり、町を横断する川が黄金色の光を反射させるさまを見つめたりしては、小さく溜息をついて再び歩き出す。心なしか、以前よりもその背中が丸まったように感じられ、壮吾は情けないような、悔しいような、よくわからない感情を抱かされた。

繁華街を抜けた紺野は、立ち寄ったコンビニで豆パンとパック入りの牛乳を買い、すぐに封を開けてもそもそ食べ始めた。その様子を、やや離れた位置に不法駐車された車の陰から窺っていると、

「なんだか質素な食事ねぇ。さっきのカフェで食べてくればよかったのに」

突然、耳元で声がして、壮吾はうわっと飛びのいた。思わず大きな声が出て、コンビニ前にいる紺野に気づかれてしまうかと思ったが、間一髪、バレずに済んだらしい。

「勘弁してくれよ。なんだよ急に」

壮吾は車の陰に引っ込んで声を潜めつつ、いつの間にか現れた杏奈の鼻先に指を突きつける。

「何してるんだよこんなところで」

「決まってるでしょ。君がちゃんとやってるか偵察に来たのよ」

壮吾の指を軽く払いのけ、腰に手を当ててふんぞり返った杏奈は、悪びれる様子もなく言った。上から目線の偉そうな発言に対し即座に何か言おうとした壮吾だったが、普段と様子の違う杏奈の服装をまじまじと見て、ようやくその違和感に気づく。

「ていうか、その恰好は？」

「えへへ、似合うでしょ」

杏奈はくるりと回って膝上のスカートをひらりとさせた。彼女が身に着けているのは、先ほどのカフェの女性店員が着用していた黒と白のメイド服っぽい制服だった。エプロンと一体になったデザインのスカートは裾が必要以上にフリフリしていて、白いブラウスの襟や袖には細かな刺繍入り、そして首元の赤いリボンがアクセントになっている。ゴシック調の雰囲気に満ちた店内ならいざしらず、その辺を平気な顔で歩けるような恰好には思えない。杏奈はそんな壮吾の心中などおかまいなしに、スカートの裾を軽くつまみ、膝を曲げて、淑女らしい挨拶のしぐさをして見せた。

相変わらず、こちらが必死にやっているのを尻目に、やりたい放題楽しんでいるということらしい。

「どうやって潜入したのか知らないけど、その制服、ちゃんと返しておいた方がいいぞ」

「いやよ。気に入ってるんだから。それより、もうわかってるんでしょ。君が恩を感じているあの男が、ずいぶんとあくどいことをしているってこと」

ずばり核心を突かれ、壮吾はうろたえた。ちがう、と否定する言葉が咄嗟に出てこない。

「元探偵なら、他人の弱みを握るのもそう難しくないよね。培ったノウハウを利用して、いろんな人を脅してはお金をせびってるって感じかな？　何に使う気か知らないけど、君の目標だった人は随分と落ちぶれちゃったみたいだね」

「やめろ。紺野さんはそんな……そんな人じゃ……」

最後まで否定し切ることができずに、壮吾は語尾を濁した。その反応を見て、杏奈はそら見たことかとばかりに嬉々とした笑みを浮かべる。

「苦しい言い訳はやめて現実を見ようよ。あの男は昔とは違う。君が憧れた先輩はもうどこにもいないんだってさ」

けらけらと愉快そうに笑いながら、杏奈は壮吾の背中を無遠慮にバシバシ叩く。どういうつもりか知らないが、さすがは悪魔だけあって、人の繊細な部分を刺激し、挑発するのが上手《うま》い。

「でも不思議だよねぇ。ずるいことしてお金儲けしてるくせに、あんな小汚い身なりだなんて。せめてあんパンとコーヒー牛乳くらいにしておけば――って、ちょっと、聞いてる？ねえったら――」

「うるさいな。君の話なんて真面目に聞いていられないよ」

なれなれしく密着しようとする杏奈を強引に押しのけて、壮吾は語気を強めた。

「僕に構わないでくれよ。どうせいつもみたいに嘘を並べて自分に都合がいいように誘導するつもりなんだろ」

「ひどい！　どうしてそんなこと言うの？　あたしがいつ卑劣で卑猥な嘘をついたっていうのよ？」

誰も卑劣で卑猥などとは言っていないのだが、あらぬ疑いをかけられた気でいる杏奈はひどく傷ついた様子でヒステリックに声を上げ、自身の潔白を主張した。うるうると大粒の涙を浮かべる丸い瞳に見つめられていると、つい謝ってしまいそうになるが、今更彼女の安っぽい嘘泣きに騙されてやるつもりはない。

「よくもそんなことが言えるな。前回も前々回も、君の吐く言葉は嘘ばっかりだったじゃないか。なりふり構わず魂を手に入れたくて、平気で僕を陥れようとするくせに」

強く言い放ち、再び人差し指を眼前に突きつけると、杏奈は途端につまらなそうな顔をして、そっぽを向き口をとがらせる。

「えー？　そうだったかなぁ。よく覚えてないわぁ」

「都合が悪いからってとぼけるのはやめろ。とにかく僕は、紺野さんの人柄を調べに来たわけじゃない。誰が紺野さんを殺したのか、その動機を調べに来てるんだ。今の彼がどんな人間かなんて問題は、この際どうでもいいんだよ」

「へえ、どうでもいい、ねぇ……」

含みのある笑みを浮かべ、杏奈は毛先をくるくると指に絡ませてしなを作る。媚びるようなその視線の奥には、何を企んでいるのかわからない、薄気味の悪い光が宿っていた。ねばりつくようなそのまなざしを振り払うようにして、壮吾は杏奈から視線を外し、コンビニの前でパンを頬張っている紺野へと視線を戻す。すると、いつの間に現れたのか、一人の少女が紺野と立ち話をしていた。

年の頃は十代だろうか。黒いジーンズに黒い上着を脇に抱えたTシャツ姿で、どことなくボーイッシュなたたずまいだが、長い髪のおかげで女の子だとわかる。

「あれ、なんか見覚えが……」

思わず独り言ちる。壮吾はその少女の姿にどことなく既視感を覚えるのだが、どこで見たのかが思い出せない。紺野とやり取りをするその横顔を遠巻きに見つめながら、記憶をたどってみたけれど、この小一時間の間にいろいろなことがありすぎて混乱してしまったせいか、該当する人物の情報は浮上してこなかった。

「どういう関係かな。ひょっとして、あの子からもお金を強請《ゆす》っているとか？」

「だから、そういう邪推はやめてくれよ」

たしなめるように言いはしたものの、壮吾自身、その可能性がないとは言い切れなかった。もっと近づいて会話の内容でも聞き取れればいいのだが、それは難しい。どうしたものかと考えているうちに、少女が軽く手を上げてその場を離れた。紺野は何か言いながら、ついさっき自分が歩いてきた道の方を指さす。少女はうなずいて、やや小走りに通りの向こうへと消えていった。

「ねえ、あれ見て」

「……え？」

どことなく後ろ髪をひかれるような思いで少女の背中を見送った壮吾の不意を突くように、杏奈が肩を叩いてきた。壮吾は女性を目で追うのをやめて、彼女が指さした方を見る。すると、通りの反対側で立ち止まっていた人影が、壮吾の視線から逃げるように背を向け歩き出した。

「聡志くん……？」

早歩きに立ち去っていくその後ろ姿は、紺野の息子である聡志に違いなかった。どうして彼がこんなところにいるのかという疑問を抱きかけた壮吾は、そこではっとした。そして、コンビニの前で食後の一服とばかりに煙草をふかしている紺野に視線を留める。

「まさか、紺野さんを探して……？」

偶然か、それとも必然だったのか。聡志は家を出た父親を捜して町を歩き回っていたのか。そうだとして、なぜ声もかけずに去ってしまったのか。いざ目の前にすると、複雑な思いが押し寄せて話しかけることができなかったのかもしれない。それも無理のないことかと思い、壮吾もまた複雑な思いで嘆息する。

「どう思う？　聡志くんはどうしてこんなところに……って、あれ？」

何気なく意見を求めようとして杏奈の方を振り返ると、しかしそこに彼女の姿はなかった。今の今まで確かにここにいたのにと我が目を疑った壮吾が地面に視線を落とすと、アスファルトの路上の一部に黒い影のようなものが焼きついたように残されていた。

いつも、姿を消す時に杏奈が残す、気味の悪い影の痕跡であった。

「なんだよ。言いたい放題言っておいて、一方的にさよならか……」

呼びもしないのに現れ、話の途中にもかかわらず勝手にどこかへ消えてしまう。そんな杏奈の習性に、また今日も振り回されてしまったらしい。

そうこうしているうちに、紺野はコンビニを離れ歩き出していた。その先の角を曲がるのに気づき、慌てて後を追う。だが出足が遅れてしまったせいで、紺野との間に距離ができてしまった。五十メートルほどを全力疾走して角を曲がった時には、紺野の姿はどこにもなくなっていた。

「しまった。くそ！」

悔しさを声に上げながら、壮吾はその後、大きな金属工場と、そこから廃棄されたであろう大量の金属ゴミの山が形成された空き地に差し掛かる。立ち入り禁止の札はかかっているけれど、黒と黄色のトラロープはちぎれて地面に落ちていた。ここを通れば反対側の通りに出るのに便利なためか、ややぬかるんだ空き地には多くの足跡や車のタイヤの跡が残されていた。紺野もおそらくはここを通ったのだろう。そう当たりをつけて、小走りに空き地へと足を踏み入れる。

膝の高さまで生い茂った雑草にまぎれて、空き地のそこかしこに金属片が散らばっていた。もしこんな場所で転倒でもしたら、大怪我につながるのではないかと考えた矢先、壮吾は唐突に、紺野の死体のそばに落ちていた金属片のことを思い出した。

立ち止まり、積み上げられた金属片の山に視線を留める。

――犯人は、ここで凶器を……？

散乱する金属片の形状や錆具合を見ると、紺野の亡骸のそばにあったものとよく似ている気がした。犯人はおそらく、紺野に会う途上でここを通りかかり、落ちていた金属片を手ごろな凶器として利用した。防犯カメラなどに記録が残ってしまうことを考えると、店で刃物を購入するよりも都合がよかったのかもしれない。そうなると、犯人は最初から紺野を殺害するつもりで接触したことになる。やはり、動機は怨恨か。

「とにかく今は紺野さんを……」

自分に言い聞かせるように呟き、紺野は再び駆け出した。犯人の動機が何であれ、まずは紺野に会って話を聞かなくては、彼の死の真相には近づけそうにない。

空き地を抜けた先、交通量の少ない通りを進むと、ほどなくして大きな交差点に差し掛かった。

――どこだ。どこへ行ったんだ。

通りの先を見渡しても、それらしい人影は見つけられない。どうやら、完全に見失ってしまったらしい。時計を見ると、すでに殺人が発生するまで一時間を切っていた。まだ決定的な情報は得られていない。紺野を殺した犯人は誰なのか。なぜ彼が殺されなくてはならなかったのか、このままでは、肝心なその謎が解けない。

「くそ！　畜生！」

落ち着きなく周囲に視線を走らせ、やみくもに通りを進みながら、込み上げる感情のままに壮吾は叫んだ。人気《ひとけ》の少ない通りに、むなしく吸い込まれるように消えた自分の声。すぐ側のレンガ塀にもたれかかった壮吾は、そこでふと、あることに気づく。

「ここは……」

うわごとのように呟きながら、周囲の景色をもう一度観察する。レンガ塀の先、薄闇に包まれたようなほの暗い路地裏。その光景に見覚えがあった。誘われるようにして、頼りない街灯の光に照らされた路地の先へと足を進める。すると五分も進まないうちに、その道は行き止まり、壮吾は飲食店のごみ箱から漂う臭いに顔をしかめながら立ち止まった。

やっぱり、という言葉を口中で呟いて、壮吾は周囲を見回した。古めかしい雑居ビルに囲まれた狭い路地。開きっぱなしの窓から響いてくる喧騒。薄汚れたアスファルトの地面。それはかつて、壮吾が記憶を失って倒れていた路地裏——日下と杏奈に初めて出会った場所であった。そして同時に、紺野の遺体を発見した場所でもある。

そのことに気づき、壮吾はわずかに安堵した。慌てる必要はない。きっともうすぐ、紺野はこの場所に現れる。そして、あと一時間と経たずに事件は起きる。だがそんな状況で、紺野と顔を合わせて、何を話せばいいのだろう。

再び、気が重くなりかけた直後、

「——どんな奴が後をつけてきているのかと思えば、やっぱりお前だったか」

背後から、不意打ちのようにかけられた言葉に、壮吾は素早く振り返った。

物陰の闇だまりから、ぬっと姿を現した紺野が、口元に微笑を浮かべながらこちらを窺っている。

「紺野さん……」

壮吾は続けて何か言いかけたものの、すぐに口をつぐんでしまった。後に続くはずだった言葉が、突然消えてしまったみたいに浮かんでこない。

「久しぶりだな、壮吾」

そう言って、かすかに笑いかけてくる紺野の顔、その目に宿る光は己の信念のもとに真実を追いかける探偵だった頃から、何も変わっていなかった。

5

「元気にしてたのか」

何気ない口調で訊かれ、壮吾は素直に首を縦に振った。

「まあ、ぼちぼちです。紺野さんこそ元気でしたか？」

「訊かなくてもわかるだろ？　このなりじゃあ、まともに生きてるようには見えないはずだ」

がははと豪快に笑いながら、紺野はくたびれたジャケットをつまんで見せた。返答に困って、壮吾は苦笑いをする。

「探偵社の方は辞めちまったんだろ。けどお前が自分の事務所を構えるなんてな。夢にも思わなかったよ」

「僕が探偵やってること知ってたんですか？　なんで……」

言いかけた壮吾の言葉を遮るように、紺野は肩をすくめる。

「さあ、どうかな。俺が知ってるのは、昔世話してやった小僧が仕事で下手こいて会社にクビを切られ、婚約者にも逃げられたってことだけさ」

要するに、全部知っているということらしい。薄笑いを浮かべてこちらをからかうような紺野の表情を見ると、怒りどころか、懐かしさを覚える。

昔はこんな風にして、毎日のように紺野にからかわれた。探偵の仕事に就いて、右も左もわからない不安や、他人の秘密、都合の悪い事実を毎日のように目にする仕事の過酷さに押しつぶされそうになっていた時も、紺野と話していればその苦しみが和らぐ気がした。あの頃はそうはっきりと自覚していたわけではないが、自分は助けられていたのだと、改めて実感する。

そして、その記憶があるからこそ、今のこの状況は、壮吾にとってはひどく複雑で、重苦しいものであった。

「それで、今日は何の用だ？　昔話がしたくてずっと後をつけ回していたわけじゃあないんだろ？」

「……ばれてたんですか」

問いかけた瞬間、紺野は何を馬鹿なとでも言いたげに肩を揺らした。

「当たり前だろ。お前に尾行のイロハを教えたのは俺だぞ。アパート出てすぐにつけられているのには気づいたし、ファミレスの時点でそれがお前だってことにも気づいてたよ」

壮吾は言葉を失った。正直、後をつけていることがバレているのではないかという危惧はあったが、そこまで早い時点だとは思わなかった。

「……さすがですね。紺野さん」

「まあな。それはいいとして、もう一度聞くが、何の用だ？　別れたカミさんに頼まれたってわけでもなさそうだが」

「ええ、今日会いに来たのは僕の意思です。保美さんと聡志くんは、もうすぐ町を出ると言ってましたよ」

壮吾がそう返すと、紺野は「そうか」と抑揚のない言葉で相槌を打ってから、

「やっぱり、俺の居場所をお前に教えたのは保美だったか」

そこでいったん黙り込むと、紺野は少しだけばつの悪い顔をして頬の辺りをかいた。

「聡志にも会ったんだろ。何か言ってたか」

「……それは、聞かない方がいいと思います」

「ははっ、だろうな……」

冗談めかして笑い、がりがりと白髪の目立つ頭をかいた紺野だったが、その顔にいささかの寂しさを滲ませていたのを、壮吾は見逃さなかった。

「離婚、されてたんですね。どうしてですか？」

「おいおい、それを聞くか？　あいつらに愛想つかされちまったからに決まってるだろ」

「保美さんはそうは言ってませんでしたよ。紺野さんが家を出て、ほかの女の人のところに行ったからだって」

紺野は苦笑交じりに顔をしかめ、軽く肩をすくめた。勘弁してくれ、とでも言いたげなその反応を見ながら、壮吾はあえて質問を続ける。

「本当なんですか？　あんなに家族のことを大切にしていた紺野さんが浮気なんて……」

「……浮気か。ハハッ、まあそれだ。俺もいっぱしの男だったってことさ」

「茶化さないでくださいよ。保美さんや聡志くんは、紺野さんが部屋に引きこもってしまった時にも支えてくれたんですよね？　それなのに、元気になった途端に裏切るなんてあんまりですよ」

強く叩きつけるように言うと、紺野は耳が痛いといった様子で苦笑する。

一時の気の迷いだった。今は後悔している。そんな風に弁解してくれたら、どんなに気が楽だっただろう。壮吾自身、紺野を人でなしと責めたくて話をしているわけではなかった。

この先、ほどなくして彼の身に訪れる死の運命のことを思うと、その点を責める気になんてなれない。しかし、それでも言葉にしてぶつけなければ、この胸に渦巻くわだかまりは解けそうになかった。

「それだけじゃない。紺野さん、ファミレスで男性からお金を受け取りましたよね。カフェでは女の人のバッグを勝手に漁ってました」

「へえ、ちゃんと見てるんだな。見直したぞ」

あくまでも話をはぐらかすつもりなのか、紺野はにやけ顔を崩すことなくおどけて見せた。

「どういうつもりであんなことを？　何か、理由があってしてるんですよね？」

「そう思うか？」

「当たり前じゃないですか。いくらお金に困っていても、紺野さんがあんなことをするなんて、僕には信じられないんですよ。きっと何か、複雑な事情があるはずです」

半ば祈るような気持ちで言い放ち、壮吾は紺野の腕をつかんだ。

「僕にできることがあるなら言ってくれませんか。お金だって、いや、それはちょっと助けになれないかもしれないですけど、牛丼をおごるくらいならできます。それが嫌なら、僕の下宿先で定食でも食べてください。仕事がないなら一緒に探偵業をやりましょう。だから、こんなことはもう……」

やめにしてほしい。一人の人間として、父親として、探偵として。誇りを持った生き方をしてほしい。そんな祈りを内心で叫びながら、さらに強く相手の腕を握る。

壮吾の必死の訴えを受け、紺野はやれやれとばかりに肩をすくめた。それからごく自然な手つきで壮吾の手を振りほどき、さっきまでとは別種の、ひどく疲れの滲んだ笑みをこぼした。

「お前、変わらねえな」

「ど、どういう意味ですか？　ていうか、僕は真剣に……」

「わかってるよ。お前の言いたいことくらいな」

食い下がろうとする壮吾を強引に遮った紺野は、それ以上細かいことを説明する気はないとでも言いたげに、しきりに何度もうなずいている。

まもなく日が落ちようとしている路地裏を、寒々とした風が吹き抜けていく。ジャケットの襟を立て、わずかに身をちぢ込めるようにして腕組みをした紺野は、やがてぽつりとこんなことを言った。

「お前も知ってると思うけどな、俺は高校を卒業してすぐに探偵社に入った。そこで慣れない仕事を必死に覚えるため、寝る間も惜しんで働いた。文字通り昼も夜もなくだ。今考えりゃあ随分とブラックな働き方だが、すべては経験と思って納得していた。どんなに苦しい仕事でも、他人に白い目で見られて暴言を吐かれたりしても、自分が信念を持ってやってりゃあ不思議と納得できる。納得さえしていれば、激務にも耐えられるし、貧乏生活だってなんとも思わねえもんだ」

軽く宙を見上げながら、紺野はどこか懐かしむような口ぶりで続けた。

「その頃、俺には付き合っていた女がいてな。誰もが認める美人ってわけじゃあなかったんだが、気立てのいい女だった。貧乏暮らしでも文句一つ言わずに俺を支えてくれた優しい女だったよ」

それって、と口を挟もうとした壮吾を、先回りするように手で遮り、紺野は頭を振る。

「言っておくが保美じゃあないぞ。あいつと知り合うのは、もっと後の話だ。とにかくその女とはそれなりにうまくやっていたんだが、ある時、子供ができたって言われてな」

軽快だった口調が、不意に重くなった。紺野は後頭部の辺りを乱暴にかいて顔をしかめると、

「その時の俺は、『産んでくれ』って言葉を、どうしてもかけてやれなくてな。自分のことを家族を養っていけるような一人前の男だとは思えなかった……いや、もっと簡単に言えば、自信がなかったんだな」

「それで、その人とはどうなったんですか？」

壮吾は身を乗り出すようにして質問する。紺野はどこか気落ちしたように頭を振った。

「結局それっきりさ。一人で産むつもりなら、せめて養育費だけでも払わせてくれって言ったんだが、一切連絡が取れなくなっちまった。それからはどこで何をしているのか、さっぱりだった」

紺野はそう結んで、視線を伏せた。何か、強い感情をこらえているような表情が痛々しい。

こういう場合、どんな言葉をかけたらいいのか。その答えが見つけられずに沈黙する一方で、壮吾は新鮮な驚きを感じてもいた。一緒に働いていた頃、紺野とはいろいろな話をした。それこそ保美とのなれそめや、昔の女性遍歴の話だって何度もしたはずだ。しかし、これは初めて耳にする話だった。

「その女――香織《かおり》っていうんだけどな。少し前に突然連絡してきたんだ。俺は家に引きこもっていた時期だったんだが、徐々に気分も良くなって、外に出られるようになっていた」

「会いに行ったんですね、その人に？」

紺野が視線だけを動かしてうなずく。

「香織は隣町の美容室で働いていた。って言っても、都会の洒落た店じゃあねえ。店主が高齢のばあさんで、あまり自由が利かないってんで代わりに店を切り盛りしているような感じさ。ゆくゆくは後継者のいないその店を譲ってもらうつもりだったらしいんだが……」

再び、紺野の顔に影が差す。話を聞く前から、壮吾は嫌な予感に胸が騒いだ。

「娘がな、いるんだよ。詩穂《しほ》って名前で、今年高校二年になる」

「それって紺野さんの……？　やっぱり一人で産んでいたんですね？」

紺野は無言のまま、うなずくことすらしなかった。だが、その沈黙は言葉や仕草以上に説得力のある反応と言えた。

「その娘が、ちょっとよろしくないバイトに手を出しててな。いわゆるあれだ。パパ活ってやつだ」

若い女性が父親ほどの年齢の男性と食事などをして金銭を受け取るというアレのことだろう。そういった活動が倫理的にどうなのかという判断はこの際さておき、問題は紺野の娘がまだ高校生であるということだ。

「悪い友達にそそのかされて、マッチングアプリを介して知り合った相手と食事に行ったらしい。もともと乗り気じゃなかった詩穂は、すぐに相手と連絡を絶って、二度と会わないつもりだったらしいんだが……」

紺野の顔がわずかに曇った。彼がこの表情をする時、話は悪い方向へ進む。

「相手は関係の継続を望んでいたんですか？」

「平たく言えばそういうことだ。向こうは詩穂の連絡先も、二人が住んでるアパートも調べ上げて、しつこく粘着してきた。仕方なく何度か会って食事をしたそうなんだが、次第に身体の関係を求めるようになってきた。断ったらパパ活のことを学校に通報すると脅され、それでも無視していたら、今度は通学路で待ち伏せされて、あやうく襲われかけた」

「そんな……」

壮吾は言葉を失った。だが、これは決して珍しいことではない。世の中には、一方的にフラれたという理由で、好きだったはずの相手を残忍に殺害してしまう輩が少なからず存在する。それも、大半は善人の顔をして。

「幸いその時は事なきを得たが、もし時と場所が悪けりゃあ、命だって危なかったかもしれない。詩穂はそれから学校に行けなくなっちまってなぁ。家に一人でいるのも怖いからって、友達と毎日遊び歩いてるんだよ」

紺野が強く奥歯を噛みしめた。握りしめた右のこぶしはわずかに震え、それを食い止めるように、もう一方の手で覆いながら、呻くような声を絞り出す。

「警察に相談しても、あまりいい反応ではなかったらしい。パパ活なんてする小娘の言うことなんざ、まともに聞いてくれないそうだ。もっと実質的な被害に遭わない限り、相手を逮捕してもろくな罪状には問えない。そのことを悲観した香織は、やむを得ず俺にその男の調査を頼んできた」

そこまで聞いて、壮吾はようやくピンときた。

「その男の身辺を探って、交渉できる材料を集めるため、ですね？」

紺野がうなずくのを見て、壮吾はようやく合点がいった気がした。彼が家を出た理由も、保美が「女がいる」と言っていたのも、つまりは彼の昔の恋人との間にできた娘が原因だった。形はどうあれ、我が子のための行動だったのだ。

「その香織さんという方は、どうして今まで連絡をしてこなかったんですか？」

「俺と別れて一人で子供を産んだ香織は、その後いい相手に巡り合い結婚した。とてもよくできた人間で、生まれたばかりの詩穂のことも我が子のようにかわいがってくれたらしい。だが、その相手が今年に入ってすぐに事故で亡くなってな。頼れる相手が見つからず、最後に頼ってきたのが俺だったってわけさ。こんなことでもなきゃあ、俺は娘の存在を知ることもなかったわけだから、皮肉と言えば皮肉な話だ」

紺野はひどく複雑そうに顔をしかめた。後悔、罪悪感、そして己のふがいなさも含め、多くの感情が入り乱れたようなその表情を前に、壮吾は、かけるべき言葉を見つけられなかった。

「どうして保美さんに黙っていたんですか」

「あいつと俺はいわゆるお見合い結婚ってやつだった。しかも、香織と別れて一年くらいしか経ってなかったし、その時はまだ俺は、彼女とのことを引きずってもいた。それを忘れるために見合いを受けたなんてことを知ったら、それこそあいつは悲しむだろ」

事情を話さずに離婚し、そのまま家を出たのは、当時のことを黙っていたことに対する後ろめたさの表れだったのだろうか。それが正しいか間違っているかの判断は、壮吾にはできなかった。

「あのファミレスで会っていたサラリーマン……彼がストーカーだったんですか？」

「そうだ。あのリーマン――畠中《はたなか》っていうんだが、大手銀行の頭取の娘婿ってやつでな。子供を二人抱える妻に頭が上がらねえ。それが若い娘に現を抜かして、ストーキング行為なんかしてるってバレたら身の破滅だ。おまけに詩穂だけじゃなく、何人もの女と援助交際やマッチングアプリで関係を持っていてな、いくつか写真を撮って脅しをかけたらイチコロだった」

紺野は自身のショルダーバッグの中から何枚か束になった写真を取り出し、ひらひらと顔の前で振って見せた。詳しく確認はしなかったが、何人もの女性たちと一緒にいる畠中を撮影したものだということは察しがついた。

「本人は詩穂が本命だなんてぬかしていたらしいが、自分の置かれた状況を理解してからは、家庭だけは壊したくないと必死に懇願してたよ。俺がファミレスで受け取ったのは、口止め料を兼ねた示談金ってわけさ」

示談金。つまり紺野は相手を強請っていたのではなく、被害を受けた娘に二度と相手を近づけさせないよう話をつけていたのだ。

「それじゃあ、カフェで女性のバッグを漁っていたように見えたのは……お金の入った封筒をバッグの中に入れていたんですか？」

壮吾が前のめりになって問いかけると、紺野は素直に首を縦に振った。

「あそこで会っていたのが香織だよ。話をつけたことはともかく、示談金を支払わせたなんて言っても、素直に受け取ろうとしないからな。こっそり入れておいたんだ」

「じゃあ、公園で話をしていた少年は……」

「少年……？」

紺野は不思議そうに繰り返し、それから何かに思い当たると、やがてふっと笑みをこぼす。

「そうか、あの恰好が原因だな。よく思い出してみろ。そいつとは、コンビニの前でも話していただろ」

「コンビニって……あの女の子ですか……？」

紺野が再びうなずくのと同時に、壮吾の頭の中で、バラバラだったパズルのピースが一つに組み上がった。

そうだったのだ。目深にかぶったキャップとボーイッシュな服装のせいで気づかなかったが、公園にいた少年とコンビニの前で紺野と話をしていた少女は同一人物だった。そして、年齢からもわかるように、彼女こそが紺野の娘だったのだ。

すべての線が一本につながり、壮吾は頬をひっぱたかれたような衝撃と、気の抜けるような安堵を同時に味わっていた。そして、少しの間でも紺野を卑劣な恐喝犯と思い込んでしまった自分を強く恥じた。

「詩穂は畠中の件があってから、同じように学校に行っていない友達とつるむようになってな。俺の立場じゃあ無理に行けとも言えねえし、香織も今は無理をさせたくないからと納得しているんだが、放っておくのも心配だってんで、たまに俺が様子を見に行ってるんだ。そしたらあいつ、悪ノリして煙草なんて吸ってやがったから注意してやった」

公園での一幕は、そういう内容のやり取りだったらしい。

「つってもまあ、今更父親面なんてできねえからよ、香織には黙っておいたけどな」

困ったように言いながら、紺野は鼻の下を指でこする。どことなく照れくさそうなその表情を前に、壮吾は自然と笑みを浮かべている自分に気づいた。

いつも不器用なくらいにまっすぐで、融通が利かないが強い信念を持っている。それが壮吾の尊敬した紺野という男だった。最初から疑ったりなどせず、信じていればよかったのだと、自らをたしなめるようにして深い溜息をついた。

「そういうわけで、お前が考えているようなことはしちゃあいねえよ。今はこんなだが、俺ぁ腐っても探偵だ。仕事で培った技術を悪事になんて使わねえ。その証拠に、今は深夜の工事現場の警備員で働きながらつつましく暮らしてんだ」

言いながら、紺野は警備員の旗振りのジェスチャーをして見せる。どこかのんきなそのしぐさに、壮吾はつい噴き出した。互いの間に流れる和やかな空気に、張りつめていた緊張がほぐれていく。

だが、次に紺野が向けてきた質問を受け、壮吾は否応なく現実に引き戻されることになる。

「それで今更なんだが、お前はどうして俺を探しに来たんだ?」

「どうしてって……それは……」

走馬灯のように脳裏をよぎるのは、無残にも血を流し、冷たい地面に横たわる紺野の姿だった。ちょうどこの場所で、あと数十分もしないうちに彼がたどる未来の姿。

今の話を聞いて、壮吾は紺野を殺害するのが、あの畠中という男ではないかとの疑惑を強めていた。紺野さえいなくなれば、彼は再び詩穂に付きまとうことができる。そんな風に思い詰めて、この路地で紺野を……。

「だめだ。そんなこと……」

それ以上、言葉が続かなかった。不自然に絶句する壮吾を不思議そうに見つめながら、もうすぐ命を落とすことなど夢にも思わない紺野が怪訝そうに首をひねっていた。その瞳が光を失い、みるみるうちに白く濁っていくさまを幻視して、壮吾は息を詰まらせる。

「僕が今日、会いに来たのは、これから何が起きるのかを知ってしまったからです。このまじゃ紺野さんは取り返しのつかないことになる。だから、今すぐここを――」

言いかけた言葉を宙ぶらりんにさせて、壮吾は唐突に言葉を失った。

ずしり、と。両肩に何かがのしかかるような重圧があり、次の瞬間には、両足から力が抜けてその場に頽《くずお》れた。見ると、すでに白骨と化した両足の骨が、バラバラに砕けて地面に散らばっている。咄嗟に手を伸ばすと、ぐずぐずに腐り果てて悪臭をまき散らす肉が、両腕からはがれ落ちて地面に滴った。次々に崩れていく自分の身体を前に、壮吾はかすれた悲鳴を絞り出す。

こうなることはわかっていた。これ以上話せば、この幻覚が現実のものになることもわかっている。そして、そのリスクを負って彼に危険を伝えたところで、死の運命が回避できないことも、壮吾はちゃんと理解していた。

「おい壮吾、どうしたんだ。お前、何かおかしいぞ？」

異変を察知した紺野が、心配そうに覗き込んでくる。そして次の瞬間、彼は何かに思い当たったような反応をして壮吾を凝視した。

「まさか……お前、そういうことなのか……？」

問いかける紺野の声には、一抹の閃きのようなイントネーションが含まれていた。何か、重要なことに思い当たった。そのおかげで、壮吾の発言が自然と受け入れられるとでも言いたげな、不思議な響きだった。

一方で、彼の心中を察する余裕は、今の壮吾にはなかった。悪夢の映像に意識を引っ張られながら、それでもかろうじて正気を保ち、幻覚を振り払う。固く目を閉じ、次に目を開いた時には、崩れ落ちたはずの身体には何の変化も起きてはいなかった。

「……できることなら、先輩のこと助けたいんです。でも僕には何もできなくて……すみません……」

自分の身体が腐り落ちるさまを前にしながらも、必死に気を保って告げる。紺野はすべてを了承済みとでも言いたげに、一切の不安を取り除いたような顔をして、壮吾のまなざしを受けとめていた。

「わかってるさ。お前は俺なんかを心配して来てくれたんだろ。こうやって久しぶりに会えたことも、きっと何かの兆しなんだろう。でもな、それ以上はやめとけ」

その発言に、壮吾は思わず息をのんだ。

「お前が、俺なんかのために身体を張る必要はないんだ。無茶するのはやめろ」

強く、言い含めるような口調で、紺野は言い聞かせてきた。まるで、何もかも——壮吾の頭の中にあるすべてのことを理解しているかのように穏やかな口調だった。

「でも……このままじゃ紺野さんは……」

——殺されてしまう。

その一言を告げるだけで、紺野の命を救えるかもしれない。運命を変えることはできないとあれほど言われているにもかかわらず、その可能性を、壮吾はこの期に及んで捨て去ることができなかった。

ところが——

「いいから、もうやめろって！」

突然、声を荒らげた紺野が、壮吾の肩を突き飛ばした。壮吾はよろけてたたらを踏みながら、驚きとともに言葉を失った。同時に、心身を蝕んでいた『悪夢』も霧散する。

突然のことに呆気にとられながらも視線を戻すと、紺野は壮吾を突き飛ばしたその手をじっと見下ろしながら、

「お前が会いに来てくれた。つまり、そういうことなんだよな。俺は今、それが何もかもの答えであるような気がしているんだ。おかげで、この先自分が何をすべきかがわかる。お前ならきっと、そのことにも気づいてくれると思えるからな」

「紺野さん、いったい何の話をして……？」

一人、納得するかのような紺野の口ぶりに、壮吾は困惑をあらわにした。だが、そのことを逐一説明する気もないらしく、紺野はただ曖昧な表情で中空を見つめている。

わずかな沈黙。その間隙を縫うようなタイミングで電話が鳴った。壮吾のではない。紺野がポケットから取り出したスマホを確認する。メッセージの受信通知であったらしく、指でいくつか操作をした紺野は、複雑そうに眉を寄せてから、視線を引きはがすようにしてスマホをポケットに戻す。

「話は終わりだ。お前はそろそろ帰れ」

「でも僕は……」

何か言おうと食い下がるも、すでに紺野は話を終えたとばかりに背を向け、取り出した煙草に火をつけていた。吐き出された紫煙がふわりと風に吹かれていく。懐かしい匂いを鼻先

に感じた瞬間、壮吾は胸を締めつけられるような思いがした。

これ以上、かける言葉が浮かんでこない。力ずくでどうにかしようにも、それで紺野の運命に変化が起きるわけではない。

しばしその場に立ち尽くしていた壮吾は、わずかな逡巡の後で一歩、二歩と後ずさり、そして踵を返す。噛みしめた奥歯に痛みを感じる。握りしめたこぶしは無様なほどに震えていた。それが、怒りからなのか、それとも、己の無力さに対する悔しさからなのか。自分では判断がつかなかった。

「――すまなかったな、壮吾」

「……え？」

足を止め、振り返る。その瞬間、壮吾は強烈な耳鳴りに襲われ、視界のあちこちがまだらに色を失い始める。

時間切れだ。まもなく現在に戻されることを知覚しながら、壮吾は紺野に視線を戻す。紺野は背を向けたまま、肩越しにこちらを窺っていた。どことなく、ばつの悪い表情だった。

「何が、ですか？」

「……わかってくれ。俺は、お前を信じてる。お前は何かって言うと情にもろくて、他人に肩入れしやすい甘ちゃんだ。だが、だからこそ俺なんかよりずっと正しい答えを見出してくれるってな」

紺野が何を言いたいのか、要領を得ぬ発言の意味を察することができなくて、壮吾は困惑した。もっとちゃんと話をしたい。隠していることがあるなら打ち明けてほしい。そう思うのに、それが叶わないことが悔しかった。

「……気をつけろよ。あいつらに……負け……」

声を発する口の動きと、実際に音として伝わってくる言語との間にずれが生じ、ノイズのように世界の動きが鈍くなる。

「紺野さん！」

最後に放った声は、そこに込めた思いは、果たして彼に届いたのだろうか。

たった一言、それだけははっきりと壮吾の耳に届いた。紺野は壮吾から視線を外し、背を向けて軽く手を掲げる。

「――じゃあな、名探偵」

彼らしい、一方的な別れの挨拶をその目に焼きつけながら、壮吾の意識は何の前触れもなくぶつりと途切れ、時の奔流に飲まれていった。

6

目を開けた時、壮吾は全く同じ場所に立ち尽くしていた。振り返ればまだそこに紺野がいるような気がして背後を見る。だが、そこには日下と杏奈、そして地面に横たわり冷たく変わり果てた紺野の哀れな姿があるだけだった。

「紺野さん……」

誰にも聞き取れないようなかすれた声で呟きながら、紺野のそばにしゃがみ込んだ。大量に血を失い、青白く変わり果てたその横顔を見下ろし、壮吾はなんとも形容しがたい胸の苦しみに襲われる。

やはり無理だった。死の運命に捕らわれた者を救うことは、決してできない。今回もまた、その現実を嫌というほど思い知らされた気がして、壮吾は下唇を噛みしめた。

「どうしてこんな……」

呻くように言いながら、固く握りしめたこぶしをアスファルトの地面に叩きつけようと振り上げたその時、壮吾は妙な感覚にとらわれて動きを止める。

——なんだ……何かが……違う……？

心中に呟きながら、わずかに身を引き、改めて紺野の姿を観察する。やがて壮吾は、最初にこの場を訪れ、過去に戻される前に目撃した状況と、今目にしている状況の間に、わずかな違いがあることに気がついた。

——こんなことが、あり得るのか……？

信じられない思いで自問しながら、壮吾は思考を巡らせた。そのことをきっかけにして、目の当たりにしている『違い』がもたらした一つの真実。紺野の死の真相が、おぼろげながらその全容を明らかにしていく。

「……そういうこと、だったんですね」

ぽつりと口にした言葉は、己に向けた言葉なのか、それとも、すでに息絶えた紺野へと向けたものだったのか。自分でも判断がつかなかった。

「ちょっとちょっと、一人で驚いたり納得したり忙しいわね。その反応を見る限りじゃあ、必要な情報は集められたってことかしら？」

紺野の遺体を挟んで壮吾の反対側にしゃがみ込んだ杏奈が、興味津々に顔を覗き込んでくる。壮吾は自分でもぎこちなく感じられる動作でうなずくと、

「ああ。紺野さんの死の真相がわかったよ」

「ほう、そうなると犯人は、彼が会って話をした人物の中にいるということか？」

日下の問いかけに、壮吾は軽く首肯する。

「紺野さんの持ち物から財布やスマホがなくなっていたことを考慮して、最初は物取りの犯行を視野に入れた。でも、今こうして戻ってきてみると、畠中に渡すはずだったという写真がなくなっていることがわかる。そんなもの、金目当ての強盗が持ち去るはずがない」

「となると、犯人はその畠中って奴になるわね。おおかた、証拠を買い取るために待ち合わせをして、口論になって刺しちゃったってところでしょ？」

「だが妙だな。畠中はその凶器をどこで用意したんだ。途中で拾ったにしても、自分が怪我をするような凶器をわざわざ用意するというのは、犯罪計画としてどうにも杜撰《ずさん》ではないのか」

結論を急ごうとする杏奈に対し、日下は冷静に疑問を述べる。

日下の言う通り、地面に転がった細長い金属片には、双方の先端それぞれに血痕の付着があり、血液量の少ない方は犯人が握っていた部分と推測される。争った際に自らの手を傷つけたせいで、現場に血液を残してしまったのだろう。もし事前に刃物を用意しておけば、その危険は回避できたはずだ。

「それくらい冷静じゃいられないほど切羽詰まっていたってことでしょ。そして、そうさせたのは紺野自身ってこと。ストーカーをやめさせるだけじゃなく、少なくない示談金を強要していたんだから。いわば自業自得、身から出た錆。どんな理由であれ、他者を脅迫してお金を要求する行為は罪深いものだよ。そんな人間の魂は天国へ送るべきとは言えないよねぇ？」

杏奈の主張に、日下は「ふむ」と小さく唸り黙り込んだ。反論しないところを見ると、少なからず同意見ということだろうか。

「ちょっと待って。まずは順序立てて説明するよ。結論を出すのはその後にしよう」

そう前置きして、壮吾は紺野がここへ至るまでの流れをおさらいすることにした。

「まず最初に紺野さんが会っていた畠中。彼は詩穂ちゃんのパパ活相手だった。彼女が関係を清算しようとすると逆上し、ストーカーに変貌。紺野さんは彼の弱みを握り、家族にバラさないことを条件にストーキング行為をやめさせて示談金を支払わせた。そして、カフェで待ち合わせていた香織さんにお金を渡した。畠中から受け取った示談金は、そのまま渡せば断られると思ったんだろう。だから彼女が見ていない間に強引にバッグに忍ばせることにした。あの時の不審な行動には、そういう意味があったんだ」

二人が異を唱えようとしないことを確認し、壮吾はさらに続ける。

「ここで一つの結論を言うと、杏奈の指摘通り、実質的に紺野さんを殺害したのは畠中ということになる。彼には動機もあって、その機会もあった。けれどそれは、百パーセント彼の意思で発生した計画殺人ではなく、不幸が重なって起きた突発的な犯行だったんだ」

「不幸が重なった？」

「突発的な……犯行……？」

それぞれに繰り返す杏奈と日下。二人の反応を確認した後、壮吾は血の海に横たわる紺野を見下ろした。

「紺野さんはこの場所で大量に出血し命を落とした。その事実は動かしようがない。でもそれ以前のことについては再考の余地があった。つまり、ここへ来る前に、すでに重度の怪我を負ってしまっていたという可能性だよ」

「犯人が、別にいるというのか？」

日下は身を乗り出すようにして言った。壮吾は曖昧にかぶりを振る。

「厳密には、『犯人』という言葉があてはまるかは疑問だ。というのも、たぶんその人物は殺意を持って紺野さんに危害を加えたわけじゃない。なにかしらの事故で、意図せず負傷させてしまったんだ」

「待って待って。あんな大量の出血を負ってここまで来るなんて不可能よ。血痕だって残るはずだし、途中で誰かが気づいて通報する。それに動ける状態だったなら、どうして自分で病院に行かなかったの？」

不満を前面に押し出したような口ぶりで、杏奈はそれらしい血痕の見られない地面を指し示す。彼女の言う通り、ここへ来るまでの道のりに、大量の血液が地面を濡らしているようなことはなかった。

その事実を真摯に受け止めつつ、壮吾は反論する。

「僕も最初はそう思ったよ。けど第一に、紺野さんはどうしてもこの場所に来なくてはならなかった。詩穂ちゃんをつけ狙う畠中としっかり話をつけて、二度とかかわらないよう約束させる必要があったからね。約束を破って写真を渡さなければ、自棄《やけ》を起こした畠中が何をするかわからないという危険性もあった。だから約束をすっぽかすわけにはいかなかったんだ。そして第二に、怪我を負った時点では、紺野さんはまだ大量に出血してはいなかった。突き刺さった金属片を抜かなかったおかげで、栓の役目を果たして出血を防いでくれたんだ」

「そうか。それでここまでたどり着くことができたんだ」

「逆に言えば、それさえ抜かなければ、死なずに済んだかもしれない、ということか」

杏奈は納得したように手を叩き、何かを察した日下が意味深に告げた。

二人が思い浮かべたであろう推測を、壮吾が言葉にしてまとめる。

「ここまでを整理すると、紺野さんは僕と話をした後、ある人物に呼び出されて別の場所へ移動した。たぶんその場所は、ここへ来る途中にあった金属工場の辺りだ。そこでその人物と揉み合いになり、紺野さんは突き飛ばされるかどうかして鉄くずの山に倒れ込んだ。相手は紺野さんが深刻な怪我を負ったことに気づかずその場を立ち去る。本来ならすぐに病院に向かうべきだけど、紺野さんは畠中と会うためにこの路地にやってきた。上着で前を隠せば、金属片は見えないだろうから、すれ違う人に気づかれることもない。そして、ここで畠中と話をしている最中に怪我のことを知られてしまった」

その先を想像して、壮吾は胸が焼けつくような怒りを覚えた。いったん言葉を切り、深い呼吸を繰り返してから話を再開する。

「その時、畠中の頭の中でどんな打算が働いたのか、僕に断言することはできない。でも、彼が吐き気を催すような身勝手さで紺野さんに殺意を抱いたことは明白だ。刺した人間がいるなら、自分が疑われることはないと思ったのかもしれない。そういう狡猾な考えのもとに畠中が金属片を引き抜いたせいで、紺野さんは傷口から大量に出血し、そのまま意識を失ってしまう。あとは現場を見た通りさ」

言い終えてしばらく、二人は口を開かなかった。壮吾の語る真相に疑いを抱いているのか、あるいは信じられない気持ちでいるのかもしれない。どちらとも判断のつかぬ状況の中、杏奈も日下も押し黙ったままで紺野の亡骸をじっと見下ろしていた。それぞれの表情は、なんとも名状しがたいような複雑な色にかすんでいた。

いつものように軽口を叩くでもなく、ただ冷静に使命を全うしようとする冷淡な態度を見せるでもなく、それはあたかも、紺野の死を純粋に悼んでいるかのようである。

この二人が人間の死に対してそんな反応を見せるのは、初めてのことだった。

「……それで、彼を別の場所に呼び出したというのは誰なんだ？」

やがて重々しく口を開いた日下が、いつも通りの視線を壮吾に向けた。今の今まで浮かべていたはずの悲愴な表情は、まるで錯覚であったかのように取り払われている。

「聡志くんだよ。僕が戻る直前、紺野さんのスマホに送られてきたメッセージは彼が紺野さんを呼び出すためのものだったんだ」

「根拠はあるのか？」

鋭く突っ込まれ、壮吾は一つうなずく。

「結果を見ているからこそ言えることだけど、紺野さんは命に代えてでも畠中との話に決着をつけようとしていた。そんな大切な話し合いの前に、どうでもいい相手から呼び出しの連絡を受けても、普通は断るはずだ。でも紺野さんは会いに行った。連絡を無視できない大切な相手だったからさ」

「香織さんか詩穂さんって可能性もあるんじゃない？」

「だとしたら、首尾を伝えるためにも畠中との話が終わってから会えばいい」

「じゃあ、元奥さんは？」

半ば意地になって問いかけてくる杏奈に対し、壮吾はゆるゆるとかぶりを振った。

「その可能性もないわけではないと思うけど、どちらかと言うと紺野さんは、保美さんに対して顔向けできないといった気持ちを抱いている。だから会いには行かなかったと思う。もちろん、それもこれも含めて僕の推測でしかないんだけど、やっぱり一番可能性が高いのは聡志くんだ。現に彼は、コンビニの前で詩穂ちゃんと話をする紺野さんをじっと見ていた。あそこにいたという事実があるだけで、僕の推測はかなりの信憑性を持つと思うんだ」

もちろん、ただの推測と言われてしまえばそれまでだけど。

内心でそう前置きすると、壮吾は続けた。

「聡志くんは自分たちを捨てた父親を許せず憎んでいた。よそに女性を作って家を出ていった父親を偶然見かけた彼がどんな気持ちだったのかは、正直わからない。でも、紺野さんが見知らぬ若い女の子と仲良く話をしているところを見た時に、彼の気持ちは怒りの方向へとシフトした。詩穂ちゃんを若い愛人と勘違いしたのか、それとも隠し子であることに気づいたか、はたまた相手が誰で、どんな関係であれ、自分たちを見捨てた男がのんきに笑っていることが、ただただ許せなかったのか。いずれにせよ、聡志くんの怒りのボルテージは頂点に達していた。一度は立ち去ったけれど、思い直して紺野さんを呼び出したんだ。一言文句を言わなきゃ気が済まなかったんだろうね」

まくしたてるように言ってから、壮吾は息継ぎをする。真剣な面持ちで聞き入っていた二人は、互いに視線でうなずき合った。どちらも壮吾の唱える仮説に異論はないらしい。

「聡志くんは適当な場所――金属工場横の空き地に紺野を呼び出したのね。あの辺りは人通りも少ないし、親子喧嘩にはちょうどいい場所だった。久々の再会にもかかわらず、息子は怒りに任せて父親を殴りつける。『この人でなし』とかなんとか言いながらね」

「そして、人でなしの父親は鉄くずの上に転倒して、腹に金属片が突き刺さってしまったわけだな」

茶化すように言った杏奈に続けて、日下が結論を述べる。

そういうこと、と壮吾は二人の意見を肯定した。

「あとはさっき説明した通りだよ。負傷したまま畠中と会い、金属片を引き抜かれたことで大量に血液を失った紺野さんは命を落とす。写真は奪われてしまったけれど、金属片についた血液によって、いずれ畠中の犯行ということは発覚するだろうから、今後彼が香織さんと詩穂ちゃんに危害を加えることはなくなるはずだ。彼女たちはきっと大丈夫。そう思う一方で、紺野さんが死の間際に気がかりだったのは、聡志くんのことだった」

「なるほど。致命傷を負うきっかけが実の息子との喧嘩だったってことがわかったら、きっと本人は立ち直れないよねぇ」

したり顔で、どことなく皮肉めいた口調が気になったが、杏奈の言うことは的を射ていた。

「紺野さんはまさしくそう思った。だから、僕にメッセージを残したんだ」

「……え？　なにそれ。メッセージ？」

素っ頓狂な声を上げ、杏奈は眉を寄せた。それから日下と顔を見合わせて首をひねる。

二人が不思議に思うのも無理はない。壮吾は紺野の遺体——その口元を指さした。

「これを見てほしいんだ。紺野さんの左手、人差し指を立てた状態で口のそばに添えられている。最初に見た時はこんな状態じゃなかった。でも今戻ってきたら、遺体の様子が変化していたんだ」

「やり直しの際に君と話をして、紺野の気持ちに変化が訪れたということか。このジェスチャーは、君に向けたメッセージなんだな」

合点がいった様子の日下にうなずいて、壮吾は紺野と同じジェスチャーをして見せた。

「これは見たまんま、沈黙を促すポーズだ。紺野さんは僕が事件の真相に気づくことを察していた。けど、そのことを聡志くんには知らせてほしくない。あくまで畠中の犯行として片づけてほしい。そう思ったからこそ、このジェスチャーをダイイングメッセージとして残した。直前に話をしている僕が警察に事情を聞かれた際に、聡志くんのことを口外しないようにってね」

壮吾は確信を込めて言い切った。一瞬、何か意味ありげな沈黙を挟んでから、日下が深く納得したような様子で喉を鳴らす。

「畠中と争い、金属片を引き抜かれた紺野が死の間際に考えたのは、畠中に対する怒りや憎しみではなく、真相を知った息子がいかに苦しむか、ということだった。己の命を顧みることなく、娘のために畠中との対話を優先しようとしたことも考慮すると、彼の死は単に恨みを買ったことによる自業自得ではなく……」

「自己犠牲、ってこと……？」

日下の後を引き継いで、杏奈が忌々しげに吐き捨てた。悪魔にとって、これほど厄介な行動原理は存在しないとでも言いたげに。

「つまり紺野さんの魂は、天国行きだ」

壮吾がきっぱりと告げる。杏奈は途端に口をとがらせ、不機嫌さを全身でアピールしながらも、それ以上文句を言おうとはしなかった。今回もまた魂を手に入れることができないと判断し、ふてくされているのだろう。だが不可解だったのは、彼女以上に日下の方が、納得のいかない表情をしていることだった。口惜しそうに唇をゆがめ、眉間に深い縦じわを寄せている。まるで、この結果に納得がいかないとでも言いたげなその様子には、壮吾はいささかの疑問を抱かずにはいられなかった。

「それじゃ、あたしはもう帰るね。あとはよろしく」

潔く手を引く意思を示し、杏奈はくるりと背を向けた。

「待って、一つ教えてほしいんだ」

「何よ？　おかしな質問だったら答えないからね」

呼びとめた壮吾に、杏奈が首だけで振り返った。

「今回、君は嘘をついたり、故意に誘導したりして僕を騙そうとはしなかった。やろうと思えば、紺野さんを悪党に仕立て上げることだってできたかもしれないのに、そうしなかったのはなぜなんだ？」

「あら心外。あたしはちゃんと紺野を悪党に仕立てようとしたよ。でも君が捨てられた子犬みたいな目で『紺野さんはそんな人じゃないよぅ』なんて必死に訴えるから、ちょっとかわいそうになっちゃっただけ。それに君は最初からこの男を天国に送ろうと思ってた。だから今回は小細工なんて通用しないと思ったの。疑いを抱いてない人間をいくらそそのかしたところで、付け入るスキなんてないからね」

投げやりな口調で言うと、杏奈は露骨に顔をしかめた。

「それでも、君が教えてくれたおかげで、僕は聡志くんが紺野さんを見ていたことに気づけた。わざわざやってきて僕にそのことを教えてくれたのは、真相に導くためだったんじゃないのか？」

「ふん。何言ってんの。あたしは悪魔だよ？　どうして自分の不利になるようなことを、わざわざしなきゃいけないのよ。言っておくけどね、あたしの行動の大半はただの気まぐれで、そこに深い意味なんてないの。ましてや、君のことを慮って同情するなんてことは絶対にない。悪魔ってのは、大概がそういうものなのよ」

身体全体でこちらを振り返り、杏奈は肩をすくめた。不遜な態度とは裏腹に、フリフリのついたメイド服っぽいコスチュームと、チャーミングな笑顔がこの場に似つかわしくない華やかさを演出している。

「ほら、そこのカタブツ天使。いつまでぼーっとしてんのよ。さっさと魂持っていかないと、天国のいけ好かない窓口係にまたチクチク言われちゃうよ」

「わかっている。今運ぼうとしていたところだ」

突然水を向けられ、我に返った日下が取り繕うように言って、紺野の遺体に手をかざす。

すると物言わず横たわる紺野の胸元から立ち上った白い煙のようなものが徐々に凝縮し、日下の手の内で一握りの白い塊へと変化した。

「ではさらばだ、友よ」

急かされるままに、日下は最低限の挨拶の言葉を残し、一瞬の閃光の後に姿を消した。漆黒の闇に沈む夜空から、ふわふわと光の粒子が舞い降り、壮吾の頭上へと降り注ぐ。それを見るともなしに眺めていると、すぐそばで杏奈が溜息をついた。

「――あのぼんやりしたキャラクター、どうにかならないのかしら」

ぼやくように独り言ち、「今度こそじゃあね」と壮吾に対して投げやりに言った杏奈は、地面に空いた黒い影の中に吸い込まれるようにして消えていった。

あっという間にとり残されてしまった壮吾のもとへ、寒々とした夜風が吹き込む。二人がこの場を去ったことで止まっていた時間が動き出したらしい。世界に音と色が戻ったのを確認して、壮吾は最後にもう一度、紺野の遺体を見下ろした。

「紺野さん……」

呼びかける声に続けて何か言いたいのに、ふさわしい言葉が浮かばない。だが何か言ったところで、魂を失った死体に伝わることなど何もないだろう。

頭ではわかっているのに、こみ上げる感情を抑えきれなくて、気づけば壮吾はとめどなく涙を流していた。

そうやってどれくらいの時間、血だまりに沈む恩人の姿を見下ろしていただろう。やがて遠くの方からパトカーのサイレンが聞こえてきて、壮吾は我に返った。慌てて路地から飛び出し、小走りに通りを進んでから何食わぬ顔で振り返ると、駆けつけた警察車両から出てきた警察関係者が路地の方へと走っていくところだった。スマホを片手にそれらを誘導しているのは、近所の飲食店の従業員らしき男性。遺体を発見し、警察に通報していたのだろう。

壮吾は誰とも目を合わせないよう意識して人ごみに紛れ、その場を後にした。

7

「はい、お待ちどおさま壮吾くん」

夕食時を過ぎた『万来亭』の店内。弾んだ声とともに厨房からやってきた美千瑠が、カウンター席に座る壮吾の前に巨大なお好み焼きをどんと置いた。

「みっちゃん、僕が頼んだのは天津丼だよ。なんでお好み焼き……しかも形がおかしくないかな？」

「みっちゃん特製の『心』を込めたハート形お好み焼きよ。ほら、生地がピンク色でかわいいでしょ？　これ、新メニューにできるかも」

にっこりと、邪気のない笑みを浮かべる美千瑠。壮吾はつい苦笑しつつ、それ以上文句を言わずに割り箸を割った。彼女が人の話を聞かないのは、今に始まったことじゃない。とても一人前とは思えない巨大なお好み焼きの上で、ゆらゆらと生き物のようにゆらめく鰹節を見つめながら、壮吾は重々しい溜息とともに肩を落とす。

「今日もまた暗い顔。壮吾くん、最近ずっとそんな調子だね」

「僕が？」

問い返しながら美千瑠の方を見た瞬間、壮吾は箸を持つ手を止めた。彼女の顔に思いがけず憂鬱そうな、陰りのある表情が浮いていたからだ。

「前はもう少し、楽しそうな顔をしてたよ。仕事は失敗ばかりで報酬をもらえないことも多かったけど、それでも明るくて元気で、いつも璃子に笑いかけてくれた。でも、最近はいつも上の空っていうか……」

言葉を濁した美千瑠から視線を外し、カウンター端に座る璃子を見ると、お気に入りの絵本を手にしたまま、こくりこくりと舟をこいでいた。

「そう、かもしれないね。ここのところ考えることが多くてつい……」

「違うの。別に壮吾くんを責めてるわけじゃない。壮吾くんはあの子の父親じゃないんだし、何の義務もないんだから。もちろん、父親に立候補してくれるっていうなら、私としてもは大歓迎だけど」

軽口交じりに言われ、壮吾は苦笑する。その反応に満足げな表情を見せて、美千瑠は小さく笑った。

「今の仕事、どうしても続けなきゃならないの？」

「……わからない」

そう呟いてから数拍おいて、壮吾は胸の内にわだかまっていた言葉を吐き出した。

「前は辞めたいと思っていたんだ。それこそ、こんなことにはかかわりたくないって本気で思ってた。逃げられるものなら逃げ出したいともね」

「だったら――」

「でも今は少し違う。僕がしていることはきっと、とても意義のあることで、その役目が僕に巡ってきたことも、きっと意味があるんだって気がする。それでも、くじけそうになることは多いんだけどね」

苦笑交じりに言うと、美千瑠は少しだけ目を瞬いて、「……そうなんだ」と一言。それから柔らかく微笑した。その表情に、壮吾ははっと息を呑む。不覚にも心臓が早鐘を打つ音が、胸の奥から響いてきた。

「壮吾くん？　どうかした？」

「あ、いや何でもないよ。何でもない。ないない……」

ぶつぶつとうわごとのように繰り返す壮吾を怪訝そうに一瞥してから、美千瑠はまた笑う。今はその笑顔が、やたらとまぶしく思えて、壮吾はたまらず視線をそらした。

その後、美千瑠は厨房の剛三に一声かけると、カウンター席の端で居眠りする璃子を抱きかかえ、店の奥——住居の方に運んでいく。その背中を見送ってから、壮吾は深く呼吸をして胸の高鳴りを落ち着け、紺野の事件について思考を傾けた。

『万来亭』に帰ってくる道すがら、逆町から連絡があり、紺野が亡くなったことを告げられた。逆町は壮吾と紺野の関係を知っており、捜査途中にもかかわらずこっそりと連絡をしてくれたのだった。壮吾が今日、紺野に会ったことを話すと、そのうち事情聴取があるかもしれないと前置きした後で、逆町は事件のあらましをこっそり教えてくれた。

壮吾が推測した通り、犯人が畠中であることはすぐに特定されたらしい。その身柄もまもなく確保され、犯行を認めているというから、事件は早期解決の兆しを見せている。

ただ、畠中は警察の取り調べに対し、待ち合わせ場所に行った時、紺野はすでに何者かに刺されていた。自分はただ凶器を引き抜いただけだという旨の供述をしているらしいが、十代の少女を相手にパパ活に興じ、強引に肉体関係を迫ったうえストーカー化した人間の言うことなど、警察はまともに取り合うつもりはないらしい。そのおかげもあり、紺野が致命傷を負うきっかけとなった聡志との出来事は、壮吾が口外しない限り明るみに出ることはないだろう。紺野が死ぬ間際に抱いた最後の願いは、無事に果たされそうである。

正直なところ、このことを聡志に話すべきかについて、少しだけ悩みはした。だが、知ってしまったら聡志は紺野に向けていた怒りをそのまま罪悪感に変換し、自分を責めてしまうだろう。そんなことになっても、誰も得をしない。だったら、紺野のダイイングメッセージを遺言ととらえ、最後まで壮吾一人の胸にとどめておくのが正しい判断であるように思えたのだった。

紅しょうがを大量に投入したせいで生地が赤く染まったお好み焼きを半分ほど平らげたところで、ふいにテーブルの上でスマホが鳴動した。表示を見て、壮吾は一瞬ためらった末に通話ボタンをタップする。

『――よう、俺だよ。今日はせっかく会えたってのに、話の途中でいきなり帰っちまうなんて、ひどいじゃねえか』

傷ついたぜ、と軽口交じりに言った電話の相手は六郷雅哉だった。結果的に食い逃げのような形で店を出てきてしまったが、口調から察するにそのことを怒っている様子はなかった。

「そのことについては謝るよ。また今度、日を改めて話を聞かせてくれないかな」

『もちろんそれはいいんだけどな。実はあんたが帰ってから何気なく店を整理してたら、出てきたんだよ』

「出てきたって、何が？」

『決まってんだろ。依頼人の写真だよ』

その一言に、壮吾は心臓を撃ち抜かれたような衝撃を受けた。すぐには言葉が見つからず、スマホを耳に当てたまま呆然とする。

「本当なのか？」

『おいおい疑うのか？　本当だよ。いくら匿名とはいえ、依頼人は仕事を依頼するためにこの店に来る必要がある。この写真は、何かの保険にうちのボスが防犯カメラの映像をキャプチャして保存しておいたものだ。俺もこのデータの存在はすっかり忘れててよ、ボスが撮り溜めした大量の如何わしい写真の中に埋もれるように……って、まあそれはどうでもいいか』

己の失言を咳払いで誤魔化しつつ、六郷は先を続けた。

『とにかくだ。解像度はあまり高くねえが、人相はばっちりわかるぜ』

壮吾は寝入りばなにひっぱたかれたような気持ちで席を立った。どこへ行こうというわけではないが、のんびり座っている気分になれず、入口の戸を開いて店の外に出る。

「それで、その依頼人は何者なんだ？」

『詳しいことは俺にもわからん。見覚えのない顔だからな。けど、ひょっとしたらあんたが知っている人間かもしれないから、一応データを送っておくぜ。もちろんこれはでっかい貸しだ。忘れるなよ』

念入りに言い含め、挨拶もそこそこに六郷は一方的に通話を終えた。それからほどなくしてメッセージ受信の通知音が鳴る。

画面を確認し、メッセージアプリを開いて添付された画像を確認した途端、壮吾はさっきと同じか、それ以上の衝撃にさらされ、危うくスマホを取り落としそうになった。

写真は、『ヴィレッジ』店内のカウンター席に座る男を正面から撮影していた。男は帽子を目深にかぶり、人目を気にするように入口の方へ視線をやっている。

その横顔には、確かに見覚えがあった。壮吾は我が目を疑い、何度も目を凝らしてその認識に間違いがないかを確認する。

だが何度確認しても、間違いだなんて思えなかった。

「どうして、紺野さんが……」

そこに写っていたのは、まぎれもなく生前の紺野の姿であった。

誰が応じるでもない、無意味な自問を口中で繰り返し、壮吾は全身の血が抜けていくような感覚に陥《おちい》った。

「何が……どうなって……」

冷たい夜の風が、消え入りそうな呟きをかき消すかのように吹き抜けていった。

エピローグ

風のない、静かな夜だった。

腕時計の針は深夜零時を指している。

——そろそろか。

壮吾が内心で呟くのと同じタイミングで、周囲の空気が変わった。最初は重く、凍てつくような気配。その後すぐに、暖かな陽だまりのようなぬくもりが壮吾の背中を包む。

振り返ると、もはや見慣れた路地裏の一角、寒々とした街灯の光に照らされて肩を並べる天使と悪魔の姿があった。

「珍しいじゃない。君の方からあたしたちを呼び出すなんて」

「友よ。何か話したいことがあるのか？」

「ああ、そうなんだ」

ぽつりと応じた壮吾の声色、そして表情を観察し、日下と杏奈は互いに顔を見合わせ、それから改めて壮吾に視線を戻すと、わずかに警戒するような面持ちを浮かべた。

ずしりと質量を感じさせるほどの沈黙の中、壮吾は静かな口調で告げる。

「あの日、ここで僕を襲ったのが誰だったのか、わかったんだよ」

言い終えた途端、真っ先に反応を示したのは杏奈だった。二度、三度と瞬きを繰り返し、取り繕うような薄ら笑いが口元に浮かぶ。

「ほう、それは本当か？」

日下もまた、いい食いつきの姿勢を見せた。

「その前に、まずは僕の考えを二人に聞いてほしい。その内容が事実通りだったら正直に答えてほしいんだ」

「ずいぶん回りくどい言い方するじゃない。で、何が言いたいわけ？」

「……君たちが僕に隠していることだよ。これ以上とぼけるのはやめにしないか？」

壮吾が低く押し殺した声で尋ねると、二人はわずかに息をのみ、その表情に緊張の色を見せた。日下は言葉を詰まらせるように口元を結び、杏奈はどこか挑戦的な笑みを浮かべている。

「単刀直入に言うよ。僕が『手違い』によって命を落としたあの日、僕を襲ったのは紺野さんだったんじゃないのか？」

問いかけた言葉に対しても、やはり反応はない。様子を窺うような沈黙に対し、壮吾は挑みかかるような気分で言葉を重ねた。

「僕は君たちに会う前、ある調査依頼を受けて一人の人物について調査していた。その人物というのは、この町で事件が起きるたびに事件現場に現れては、関係者に話を聞いて回る不審な人物であるらしい。しかも、警察が駆けつけた時には決まって現場付近で目撃されているのに、事件には一切関与していない。記者か何かのようにも思えるけれど、実際はどうかわからない。おまけに話を聞かれた関係者は、その人物の人相をよく覚えていないそうなんだ。いくら思い出そうとしても、まるで記憶を部分的に削除されたみたいに、顔が思い出せなくなってしまう。警察や一部の人たちの間で、この現象はある種の都市伝説のようにとらえられているらしい」

「……それで？」

日下が先を促す。何か答えるのは、話が終わってからというわけか。

「僕は、自分が調べていた不審人物というのは紺野さんだったんじゃないかと思ってる。数日前の件だけじゃなくて、紺野さんはきっと日常的に、この場所を密会場所として利用していたんだ。だから半年前に僕を襲った時もここへ誘い込み、後ろから近づいて僕を殴りつけた」

この路地へやってきた壮吾の背後から、足音もなく現れた紺野の姿を脳内に思い返しながら、壮吾は言った。

「仮にそうだとして、どうして紺野が君を襲う必要があるの？　彼とは仲が良かったんでしょ？」

「もちろん、紺野さんは僕が憎くて襲ったわけじゃあないと思う。本当の目的は、僕を君たちに引き会わせることだったんだよ」

言い終えると同時に、壮吾はスマホに保存していた写真を二人に掲げて見せる。

「これは、ある喫茶店の店員が送ってきた写真だ。彼はいろいろな調査依頼を仲介していて、僕に紺野さんの調査を依頼してきたことを覚えていた。念のために言うと、その彼も記憶を操作されたみたいに、一部分だけがすっぽり抜け落ちている状態だ。その彼がこの写真に写っている紺野さんが依頼人だとはっきり断言したんだ。つまり、僕の仮説とこの情報を照らし合わせると、調査を依頼した人物とその調査対象が、どちらも紺野さんであるということになってしまう」

「それはいくら何でもおかしいんじゃない？　矛盾してる。紺野が自分で自分の調査を依頼して、何の得があるっていうの？」

さっと掲げた手で壮吾の発言を否定し、杏奈は異を唱えた。

「確かに紺野さんの行動には矛盾があった。でもそれは間違いなんかじゃなく、意図された『矛盾』だったんだ」

あえて一呼吸おいて、焦らすように間を置いてから壮吾は一気に畳みかける。

「結論から言う。紺野さんは『魂の選別』を行う君たちの代行者――つまり僕の前任者だった。でも、使命の重さに耐えかねて役目を辞退しようとしたんだ。その紺野さんが僕を襲って君たちにひき会わせた理由はただ一つ。君たちがそうするよう仕向けたからだ」

決めつけるような発言に対し、二人ははっきりと応じようとはせず、曖昧な態度を見せただけだった。

「君たちは前に言った。この代行者という使命は、ずっと昔から続けられていることだと。その時代、土地に沿った倫理観や正義感、人間の感情を参考にするために、必要に応じてふさわしい人間に白羽の矢を立てていると。だけどもし、その使命を拒否する人間がいたらどうするのか。そう考えた時、僕の頭に一つの可能性が思い浮かんだんだ」

「また、お得意のスイリを披露してくれるってわけ？」

茶化すような杏奈の返しに、壮吾は「そんな大それたものじゃないよ」と苦笑交じりに応じた。

「これまでの会話を思い出してみて気づいたんだ。そもそも君たちには、運命と無関係に人間の命を奪う権利は与えられていない。そうじゃなかったら、魂の選別それ自体が意味を持たなくなってしまうからね。そうだろ？」

「確かにその通りだ。私たちに、その権限はない」

「ちょっと……！」

当たり前のように応じた日下に対し、だんまりを決め込もうとしていたであろう杏奈が不満げに訴えた。

「つまり君たちには、使命を拒否しようとする人間に対し制裁を加えることはできない。しかし、だからと言って簡単に使命を投げ出されては面目がまる潰れだ。そこで君たちは、代行者を辞めたいと申し出た紺野さんに、代わりを用意させることにした。そして選ばれたのが僕だったんだ」

壮吾はもう一度、スマホの画像を二人に掲げて見せる。

「おそらく紺野さんは、興信所に所属していた頃に君たちと出会い、代行者としての使命を受け入れた。けれど何人もの死に直面するうち、魂の選別という重圧に苦しむようになった。自分の選択が本当に正しいのかを悩み続け、人の死後の行き先を左右するという大役がプレッシャーになっていった。君たちに呼び出されるたびに仕事を放り出して被害者の死の真相を探るうち、まともに仕事をこなすことが難しくなっていく。私生活でも妻や息子に理解してもらえないという孤独感から、ろくに会話も交わさなくなった。誰にも相談できず、一人で抱え込んだ挙句、部屋に引きこもるようになって精神的に限界を迎えた紺野さんは、やがて君たちの申し出を受け入れて、僕にその役目を継がせようとしたんだ」

一息にまくしたてて、壮吾はスマホを持つ手を下ろす。

「そのことを僕に説明しなかったのはたぶん、単純に信じてもらえるはずがないと思ったからだ。もしかすると、余計なことを話されては困るからと、君たちが直接の関与を禁止したからかもしれない。だから紺野さんは、僕に自分のことを調査させておびき出すことで君たちとの対面を実現させた。そして君たちは、まんまと僕を誘導し、使命を受け入れさせることに成功した」

「誘導ね。またずいぶんな言いぐさじゃない。忘れてるみたいだから言うけど、君は生き返ることを条件に、自分からこの使命を受け入れたんだよ」

不満げに声を上げる杏奈。その表情には、依然として挑戦的な笑みが浮かんだままだ。

「わかってるよ。でも、君はそこでも嘘をついた。そもそも僕は最初に君たちと会った時、死んでなんかいなかったんだ」

瞬間、杏奈の顔から薄ら笑いが失われ、表情が凍りついた。金づちで叩けば、ひびが入っていたかもしれない。

「僕は生きていた。殴られて昏倒し、一時的に仮死状態ではあったかもしれないけど、致命傷を負ったわけではなかった。手違いが原因で命を落としたなんて、大嘘だったんだよ」

「そ、それは、あたしたちが傷を癒して魂を元に戻したからで……」

しどろもどろに弁解しようとする杏奈を、壮吾はかぶりを振って遮った。

「それも嘘だ。使命の後継者にするために紺野さんが僕の命を奪う。そんな計画を知ってて見過ごしたのだとしたら、君たちは殺人を共謀したことになる。悪魔ならいざ知らず、天使がそんなことを許すはずがない」

そうだろ、と日下に問うと、彼は口元を強く引き結び、眉間に深いしわを寄せた。同じように明らかな動揺を浮かべて、杏奈は口を噤《つぐ》んだ。それぞれの反応に確信を強め、壮吾はさらに説明を続ける。

「頭を殴られ昏倒している僕の夢に現れた君たちは、記憶をいじられたせいで状況がわからなくなっていた僕をうまく誘導して嘘の取引を持ち掛けた。使命を受け入れないと生き返ることができない。そう言われた僕に拒否権なんてなかった。結果的に僕は代行者になって、前任の紺野さんは役目を解任された。そして君たちは、鍵屋の信さんや六郷雅哉にしたように、使命に関連する記憶を消去したうえで紺野さんを解放した」

最初にこの考えに思い至った時、自分でも無理があるように思えた。だが、あらゆる情報をかき集め、それらをパズルのピースのように並べた時、最も納得のいく絵柄を浮かび上がらせたのがこの仮説だった。

そして今、その仮説は確証を得つつある。

「考えてみれば、最初から答えは明白だったんだ。君の心理的な誘導のせいで本質が見えなくなっていただけで、答えは最初から僕の目の前にあった。もし僕が本当に命を落としていたのなら、そこにどんな理由があったとしても『生き返る』ことなんて絶対に不可能だったはずなんだ」

死の運命は決して覆らない。そこにどんな理由があろうとも絶対に。魂の選別を行う上で何度も突きつけられ、思い知らされたその鉄則を捻じ曲げて、僕だけが生き返れる道理などありはしないのだ。たとえそれが、天使と悪魔に選出された代行者だとしても例外はない。

「以上のことから僕ははじめから死んでいないし、紺野さんも僕を殺すつもりなんてなかった。彼の魂を天国行きに決めた時、君たちが異を唱えなかったこともそれを証明している。何もかも僕を騙して、魂の選別をさせるために仕掛けたペテンだったんだよ」

きっぱりと言い切った壮吾は、改めて日下と杏奈を真正面から見据えた。

杏奈の顔からは、もはや余裕は失われ、あからさまな焦りの色がありありと浮かんでいた。自らが仕掛けた嘘を暴かれ、悪事が露呈した今、自分が優位に立っているという感覚が失われてしまったのだろう。それは、傍らで黙り込んでいる日下も同様に見えた。彼が率先して壮吾を陥れようとしたとは言えないかもしれないが、少なからず杏奈のペテンを見て見ぬふりをしたのは事実なのだから。

「心配しなくていい。本当のことがわかったからって、使命を投げ出したりはしないよ」

ぐうの音も出ない様子で押し黙る杏奈にそう告げると、彼女は「本当に？」と表情をほころばせる。

「ただし、もう君の嘘には付き合わない。僕を誘導しようとするのもやめてくれ。いや、それ以前に僕は君を信用しない。これからは天使である日下の言葉だけを信じることにするよ」

最初からそうしておけば、もっと早い段階でこのペテンに気づくことができただろうからと続けて、壮吾は嘆息した。

それから日下を振り返り、

「君は僕を騙すことも、誘導することもしなかった。いつだって公平な立場に立って、僕を導いてくれた。僕が誤った選択をしたり、感情に流されたりしないか心配してくれた。魂を天国に送ろうとした時ですら、本当に後悔しないかと確認してくれた。君が助けてくれれば、僕はきっとこの先も正しい選択ができる気がするんだ」

「正しい選択？」

日下が怪訝に問い返す。壮吾はうなずき、

「どんな罪を負った人でも悔い改めれば赦される。罪を償えばやり直せる。だからきっと、魂にもそのチャンスはある。僕はそう思うんだ。罪人を悪とみなして機械的に地獄に落とすんじゃなくて、天国へ向かわせることこそが、正しい道である気がする」

「それはつまり、優先的に魂を天国へ送るということか？」

日下の表情が凍りつく。咎めるような物言いに、壮吾はほんの少しだけたじろいだ。

「そうだよ。どんな魂でも等しく、天国へ行く資格はあるはずだろ？」

「そうか……」

何事か考え込むように腕組みをした日下は、重々しい声を出してうつむいた。それからじっくり時間をかけ、やがて顔を上げると、

「そんなことをされちゃあ、困るんだよなぁ……」

豹変だった。それまでとは別人のような口調で、日下は吐き捨てる。一度うつむけた顔をゆっくりと持ち上げた時、そこに浮かんでいた表情は、見る者すべてを嫌悪するような冷笑だった。

「く……くくく……」

戸惑う壮吾を嘲るように、日下は声を上げて笑い出す。

「うふふ……あははははは！」

日下に同調する形で杏奈もまた笑い出した。耳にする者すべてを蔑むような二つの哄笑は、やがて闇に閉ざされた路地裏に大きく響き渡った。

「な、何がおかしいんだよ」

壮吾が語気を強めて言うと、二人は笑うのをやめて顔を見合わせ、数秒停止。だが、またすぐに笑い出す。人を馬鹿にしているとしか思えないその態度に、壮吾は耐えがたい怒りを覚え声を荒らげた。

「だから、何で笑ってるんだよ。僕は真剣に話してるのに」

「ああー、ごめんごめん。君がすべてを見抜いたみたいなことを真剣な顔で言うから、ついおかしくて……」

「でも、実際こうして君たちの嘘を見抜いて……」

「だから、それが違うと言っているんだ。いい加減に気づいたらどうだこの愚図め」

ぴしゃりと吐き捨てるような口調で言われ、壮吾は固まった。低く響き渡るその声は、紛れもなく日下の口から発せられたものだった。

「まったく、人間ってのはどうしてこうのんきなんだ？　この期に及んで、まだ自分が騙されていたことに気づかないとは」

忌々しげに言いながら、日下は首元のネクタイに手を伸ばす。そこでふと何かに気づき手を止めると、やれやれとばかりに大きな溜息をつき、おもむろに指を打ち鳴らした。パチンと軽快な音が周囲に響いた直後、日下の服装は真新しく、しわ一つない黒のスーツに変貌していた。同様に靴も、ネクタイも、悪趣味な金の腕時計に至るまで、すべてが新調されたばかりのものにすげ変えられている。

「えぇ……」

思わず驚嘆する壮吾に向かって、にんまりと勝ち誇ったような表情を浮かべた日下は、軽く両手をこすり合わせて髪をかき上げた。額をあらわにしたオールバックに近いヘアスタイルに変化したことで、彼の『変身』は完了したようだった。つい三秒前までとは打って変わり、日下の印象はくたびれたサラリーマンなどではなく、大企業の社長か、屈強な家族《ファミリー》を抱えるマフィアのボスに様変わりしていた。

「驚いた顔してどうした。豆鉄砲を食らった鳩がそのまま縊《くび》り殺されたみたいじゃあないか」

発する言葉にも、日下に抱いていた印象とはまるで対極的な、品のなさが感じられてならない。あまりの変わりように困惑し、返す言葉の見つからない壮吾を見かねて、杏奈が口を挟んだ。

「ちょっとちょっと、いきなり本性現わしすぎなのよ。今の今まで人畜無害な心優しい天使だと思っていたあんたが、急に怪しい組織の首領《ドン》みたいになったんだから、驚くのも無理ないでしょ」

「ぐはは、それはそうだな。悪かった。驚かせてすまない」

日下は大口を開け、豪快に笑いながら肩を揺らす。何から何までこれまでの日下とは全く違う言動、立ち居振る舞い。その様子は、やはり別人のようで……。

——別人……？

自ら頭に浮かんだ考えに疑問を持ち、壮吾は束の間思案する。たった今杏奈が口にした言葉が脳裏をよぎる。

——天使だと思っていたあんたが……天使だと……思って……。

まさか、という言葉が喉元まで出かかった時、先回りする形で日下が口を開いた。

「やっと気づいたようだな。お前は確かに俺たちの茶番を見抜いて、前任者が紺野だという事実にたどり着いた。だがそれは、真実の上っ面しか撫でてはいなかった」

上っ面。その言葉が、壮吾の脳内に突き刺さり、抜けない棘となって忌々しい痛みを招く。まだはっきりと状況を理解できずにいる壮吾を蛇のようなまなざしで見つめていた杏奈がその先を引き継いだ。

「君の推理、五十点だね。満点にはほど遠いみたい。そもそもあたしたちの目的は、君に『魂の選別をさせる』ことだけじゃなかった。『選別した魂を地獄行きにしてもらうこと』だったんだよ」

「魂を……地獄に……？」

乾いた喉が張りつき、呼吸すらもままならない。それほどにショックを受け唖然とする壮吾がかすれた声で繰り返すと、杏奈は小さい子供に言い聞かせるように、ゆっくりとした口調で説明を続ける。

「でもそのために君を買収するわけにはいかなかった。代行者としての使命を与えられた人間はあくまで自分の意思で魂の行き先を選別しなきゃダメなの。だから君には公平に魂を裁いた『つもり』でいてもらわなきゃならなかった。この決まりはあたしたちと天国側との取り決めだし、破ることは許されないからね」

「あいつら、ろくに現場に出てこないくせに、そういうところにだけはしっかりと目を光らせてるからな。私たちがミスでもしようものなら、ここぞとばかりに責め立ててくる」

不機嫌さを隠そうともせずに吐き捨て、日下は盛大に舌打ちをした。

「あいつらって……君も天使じゃ……」

言いかけた時、またしても日下はゲラゲラと笑い出す。たった今壮吾が口にした言葉が、おかしくてたまらないとでも言いたげに。

その反応を見て、壮吾は最後の確信を得た。そもそも、その前提自体が大きな勘違いであったのだと。

「……そうか。君は天使じゃなくて、悪魔だったんだな」

愕然として告げた言葉を、日下はさも当然のようにうなずき、小さく手まで叩いて肯定した。

「さすがは名探偵。ご明察だ」

そんな言葉も、この状況で言われればただの嫌みにしか聞こえない。

悔しさを紛らわすように唇を噛みしめた壮吾を憐れむかのごとく——というより愉快でたまらないといった表情を浮かべて、杏奈が補足をする。

「魂の選別は、もともと天使と悪魔が二人一組で行うよう神が命じた使命だった。でも、天使どもはあたしたちを見下して、一緒に仕事をすることを拒んだ。そのくせ権利ばかりを主張して、善人の魂を天国に『持ってこい』なんてあたしたちに命令したの。ひどいと思わない？　何様のつもりって感じよ」

喋りながら怒りのボルテージを高ぶらせ、ぎりぎりと歯をこすり合わせる杏奈に続き、日下が説明を引き継いだ。

「私たちは当然、上に掛け合った。だが、天国と地獄のバランスというのはかなり曖昧でね。お偉方は天国の連中に取り入ることで必死なんだ。だから現場の意見なんてまともに聞いてはくれない。それどころか、あまり天使を怒らせないで、言うことを聞いてやってくれなんてぬかす始末だ」

おかげでこのざまだよと、日下は不本意そうに肩をすくめる。

「結局、天国行きに選ばれた魂を、私たちがピザの配達人よろしく天国の窓口まで運ぶ羽目になった。そんなことを何千年と繰り返すうち、今じゃあそれが当たり前のようになって、天使どもは地上でどんな問題が起ころうが、その重い腰を上げようとはしない。おまけに奴ら、こっちが下手に出ていればいい気になって。『もっと迅速に運んでいただくことはできませんか』なんてのたまうんだ。青白い肌をしたひょろっこい天使がだぞ。クソ！　思い出すだけで腹が立つぜ！」

機械のように無表情で、何事に対しても温厚なたたずまいだった頃の様子はどこへやら。喋りながら怒り心頭の日下。日頃から天使に対してかなりの不満を溜め込んでいるらしい。

「だから、少しでも多くの魂を手に入れるために僕を騙したのか？　そのために大嫌いな天使のふりをして、プライドを捨ててまで僕を誘導しようと？」

「涙ぐましい努力と言ってくれ。そのために、クソ忌々しい聖書まで勉強したんだからな」

「でもあれ、間違えてたわよ。最初の殺人を犯したのはカインの方だもの」

「なに、そうなのか？」

日下は困惑した様子で目を瞬く。確かに、アベルとカインの話をたとえに出した時、日下は「アベルがカインを手にかけた」と言ったが、旧約聖書の創世記において兄弟を殺したのはカインの方だ。それから最後の審判においてミカエルが人を『子牛と山羊』に分けるというくだりを持ち出したこともあったが、正しくは『羊と山羊』である。どちらも、慌てて聖書を読み込んだが故のケアレスミスだったようだが、その時は別のことに気を取られて、気づくことができなかった。

ほかにも、思い返してみればおかしな言動はいくつもあった。特に、壮吾が魂を天国へ送ろうとする時、彼は常に「本当にいいのか」と必要以上に確認してきていた。あれは、壮吾の意思確認のためではなく、できることなら思い直してほしいという気持ちの表れだったのだ。

それらの事実に今更ながら気づかされ、壮吾はひどく打ちのめされたような気分を味わった。

「私が本物の天使じゃなくてがっかりしたという顔だな。だが、天使というのは人間が思うような存在ではないぞ。さっきも言った通り、奴らは天国に張りついて、梃子《てこ》でも動こうとしない。我々が少しばかり嘘をついても気づきもしないのさ。人間を傷つけたり脅しつけたりして無理やり選択を操作するようなルール違反を犯さない限りはな」

「紺野さんにも、同じ手を使ったのか？」

頭に浮かんだ疑問をそのまま口に出して問うと、杏奈はぶるぶると大げさなくらいにかぶりを振った。

「まさか。今回が初めてだよ。紺野の時は、あたしたち二人とも正直に悪魔だって名乗った。そのうえで、いろいろな手を使って魂を地獄に送ってくれるよう誘導しようとしたんだけどね。なかなかうまくいかなかったの」

残念そうに眉を寄せる杏奈。だが、彼女のその言葉がそのまま真実を語っているとは、どうしても思えなかった。おそらく彼らは、執拗に紺野に甘言を吐き、事実を捻じ曲げるような助言を繰り返しては、被害者の魂を地獄へ送るよう仕向けていたのではないか。紺野が苦悩し、精神的に追い詰められてしまったのも、単に人の魂を選別するという使命に対する重圧からではなく、卑劣な悪魔とかかわり続けなければならないことへの抵抗が根本原因としてあったからではないだろうか。

そう考えれば、いろいろなことに納得がいった。

「仲良くやっていたはずなのにさぁ。紺野はあたしたちのせいで被害者の魂の行き先を正しく判断ができなくなったって言い出してね。だったら次の代行者を用意しろって言ったら、君を選んだってわけ。君のことを、あたしたちの誘惑に負けない強い心の持ち主だって言ってたよ」

「だったら、最初に本当のことを言ってくれればよかったのに。どうして、わざわざ手の込んだことをして僕を陥れるような真似を……」

弱々しく語尾を濁した壮吾を見かねたように、日下がその口を開く。

「正直に話してまともに信じる人間がどこにいる？　いくらお人よしのお前でも、最初からこんな話をされていたら、信じるより先に紺野の精神状態を疑ったはずだ。それに紺野は、お前にこの役目を押しつけることが後ろめたかった。簡単に言えば、お前に合わせる顔がなかったんだろう。それでもお前を選んだのは、紺野が今でもお前を信頼し、高く評価していたからだ。我々の誘惑に屈することなく使命を全うできる人間は、お前しかいないとな」

日下の発言に対し、壮吾は思わず首を横に振った。

「そんなことない。僕は一緒に働いていた頃から迷惑をかけっぱなしで、役に立つことなんて一つもできなかった。紺野さんが探偵社を出ていく時も、何一つ助けになることができなくて……」

言葉をさまよわせた壮吾に軽く笑いかけ、杏奈は肩をすくめた。

「あいつのおかげで、あたしたちは君に興味がわいた。正義感が強くていちいち熱苦しい紺野がそこまで言う人間ってどんな奴だろうって、自分の目で確かめたくなった。話の通りに直情的で馬鹿が付くぐらいお人よしなら、騙し甲斐もあるだろうと思ってね」

「だから、無事に使命を放棄させる代わりに、紺野には一芝居打ってもらうことにした。お前と事前に接触することを禁じ、殴りつけて昏倒させ、死んだと思い込ませたうえで、我々との対話を演出してもらったんだ」

「お察しの通り、あたしたちは、直接人間に危害を加えることは許されていないからね」

付け足すように言って、杏奈は意味深に笑う。

「別れ際に紺野があんなことを口走ったのも、やはり罪悪感の表れだったんだろうな」

——すまなかったな、壮吾。

巻き戻された時間の中で、最後に交わした紺野の言葉が壮吾の脳裏をよぎった。

「でも、紺野さんは君たちに『魂の選別』に関する記憶を消されたはずだろ」

「いいや、消したんじゃなく眠らせただけだ。人の記憶というのは、そう都合よく消せるような代物じゃあない。ましてや肉体ではなく、魂に刻まれたものならばなおさらだ。お前と再会して話をする中で、紺野はすべてを思い出していった。そして、だからこそ自分の身に訪れる死の運命を受け入れ、最後に自分が為すべきことに気づくことができたんだ」

日下の言葉に、杏奈が同調を示す。

「一度目と二度目で遺体の状況が変化したのは、そういう理由だったんだよね。君がやってきたことで、死の運命を察し、そこから逃れられないことを知っていた紺野は、自らの死のきっかけが息子にあるという事実を隠すことを優先し、その願いを君に託したんだよ」

血だまりの中に倒れ込む紺野の姿がフラッシュバックする。その口元に添えられた人差し指。彼が最後の瞬間に愛する息子のことを思い、壮吾に託したメッセージ。命と引き換えに残した深い愛情。

胸の内が、かっと熱くなった。壮吾は無意識に口元を手で覆う。

「とは言え、我々にとっては不都合な真実が露呈してしまった。お前の正義感を利用するには、私のことを天使だと思い込んでいてくれた方が都合がよかった。そのために、お前と鍵屋、それから六郷雅哉の記憶を操作し眠らせたというのに、その苦労が水の泡だな……」

日下はしかめっ面を隠そうともせずに嘆息する。

「これ以上、お前を騙し通すことはできない。もし使命を続けるのが嫌になったなら、我々はその意思を尊重しなくてはならない。だから、正直に言ってくれ」

「……え、辞めていいの？」

思わず身を乗り出して問い返す。その直後、ちょっと待ったとばかりに杏奈が割り込んできた。

「ちょっと、何勝手なこと言ってるのよ。いくら何でもそれは潔すぎない？　彼が使命を辞退しちゃったら、また一から都合のいい人間を探さなきゃならないんだよ？」

「仕方がないだろう。最初から彼とは『仮契約』の状態なんだ。今なら身代わりを立てることなく自由になれるし、そのことに対するペナルティを課すこともできない」

お手上げだよ。と日下は両手を広げた。二人のやり取りを注意深く観察していた壮吾は、飛び上がりたくなる衝動を必死に押しとどめたものの、こらえ切れずに声を弾ませた。

「それ、本当なのか……？」

仮契約。そういえば最初に会った時、そんなことを言われた気がする。

「もちろん本当だ。君は彼女の説明を真に受けて、自分が生き返るために申し出を受け入れた。だがそれでは本当の意味で『魂の選別』の使命を受け入れたことにはならない。契約に必要なのは、君自身の口から使命を受け入れる旨を言葉にすることなのだ」

――受け入れてくれる？

――わかった。やるよ。

確かにあの時、壮吾は自分の言葉で「使命を受け入れる」とは発言していない。半ば強引に引き込まれたから仮契約でしかないと、そういうことなのか。そして仮契約である以上、いつでも使命を辞退することができる……。

「つまり君たちの許しがなくても、僕の意思で辞めることができるってことなのか？」

身を乗り出すようにして問いかけると、日下は渋々といった様子でそれを肯定した。

「もちろん、我々としては本意じゃあない。いろいろあったが、私はお前のことを気に入っているし、ともに使命を全うする中で築き上げた信頼関係を無下にするのは、いささか残念でならないからな」

大真面目な顔をして『信頼関係』などと、よく言えたものである。

とはいえ、これまで三つの殺人事件にかかわり、魂の選別を共に行ってきたのは事実だし、利用されていたとはいえ、真正面からそんなことを言われると、壮吾としても悪い気はしなかった。

「これは私の個人的な見解だが、お前は前任の紺野よりもこの使命に向いている。人の死の真相を解き明かすことを、単に魂の選別に必要だからではなく、彼らの死を意味のあるものとして受け止める手段として行っている。不条理かつ理不尽な死の運命を目の当たりにしても、杏奈が執拗に誘導を仕掛けたとしても屈することはなかった。私は、お前のそういう骨のあるところが好きなんだ」

言い終えると同時に、日下はちら、と思わしげに杏奈に視線をやった。彼女はむすっと口をとがらせ、さも面白くなさそうに手を後ろで組んで、

「あたしに振らないでよ。辞めたいならさっさと辞めちゃえばいいじゃん」

突き放すような口調の中に、ふてくされた響きがあった。心なしか、その声も震えている。彼女なりに別れを惜しんでくれているのだろうかと、壮吾は不覚にも胸がじんとした。

そして、だからこそ辞めるという選択肢を選ぶことはできなかった。

「……いや、やるよ」

「なに……？」

思わずといった調子で問い返した日下をまっすぐに見据え、壮吾はもう一度、強い口調で言った。

「さっきも言ったけど、この使命は僕が続けるべきだと思う」

「それって、あたしたちの側についてくれるってこと？　魂を地獄に送ってくれるのね？」

「違うよ。そういう話じゃない」

弾んだ声を上げる杏奈にかぶりを振って、壮吾は先を続ける。

「二人とも悪魔だってことも、天使がすごく嫌な奴だっていう話も理解できた。でもこの使命は、そういったことに左右されずに行うべきだってことさ」

「やはり、どんな魂も天国へ行くべきだと言いたいのか？」

「さっきまではそう思っていたけど、君たちのおかげで少しだけ目が覚めた気がするよ。だからどちらと決めつけるんじゃなくて、正直な気持ちで決める。これまでと同じようにね」

それが、自分を信じて使命を引き継いでくれた紺野の遺志でもあるのだから。そう内心で独り言ち、壮吾は強く口元を引き結んだ。

「なぜそこまで頑なになる？　他人の運命……ましてや死後の行き先など、お前には何の関係もないはずだ。多少、良心が咎めたところで、時間が経てば忘れられるだろう。我々と手を組んだ方が、何かと都合がいいに決まっているじゃあないか」

再三にわたる誘い文句を、壮吾は毅然とした態度で突っぱねる。

「僕は、自分が選んだ道を間違いだとは思いたくない。正しかったって信じたいんだ」

強く言い切ったその声は、不恰好に震えていた。

探偵社にいた頃——特に紺野がいなくなった後、壮吾は仕事に生きがいを見出せなくなっていた。日々、多くの依頼人に接し、調査対象を調べれば調べるほど、それぞれが抱える事情が見えてくる。それこそ、自分一人では抱え切れないような苦しい局面に遭遇することが、何度もあった。そんな中で、自分は何も選択しない。ただ、知りえた情報を依頼人に開示するだけだった。それをすることで、彼らの関係が壊れてしまったり、いらぬ誤解を生んでしまうことだってあるのに、そうした意見をはさむことも許されなかった。

そんな日々を繰り返すうち、他人の悩みや苦しみが、どこか遠くの世界のことのように感じられるようになり、やがては何も感じなくなる。もはや大げさではなく、生きているのか死んでいるのかもわからないような毎日。

それが嫌でたまらなかった。だからある時、妻の不倫を疑う男性に対し、調査結果を偽って報告した。妻は確かに昔の恋人と逢瀬を重ねていたが、それは夫が疑うようなものではなく、不治の病によって余命いくばくもない元恋人の最期を看取ってやるためだった。結ばれはしなかったが本気で愛した人と最期を過ごしたいという元恋人の願いを受け入れ、夫の目を盗んで彼の元に通いつめて身の周りの世話をしたり、たわいもない話をしていたのだ。

もしその事実を正直に報告していたら、夫は容赦なく妻と元恋人に慰謝料を請求していたはずだ。傲慢を絵に描いたようなその依頼人は、病に倒れ、ほどなくして死を迎えようとしている男性の最期の時間を、汚名と屈辱に満ちたものにしてやろうという悪意をみなぎらせていた。自らは、二回りも年下の若い女の身体にどっぷりと溺れているというのに、そのことを棚に上げて妻の純愛を踏みにじろうとしていた。そんな男の手助けをすることが、正義とは思えなかった。

探偵として信頼を失い、会社に不利益を被らせたことは申し訳ない気持ちでいっぱいだ。

婚約者に愛想をつかされたのも、当然だったかもしれない。それでも、あの時の自分の選択は間違っていなかったと思いたかった。自分の正義を貫ける場所にいたいと思った。日下や杏奈と出会い、苦悩しながらも取り組んだ『魂の選別』が、壮吾にとってその『居場所』になりつつあるのもまた、明確な事実であった。

「きっと、僕は君たちのおかげで変われたんだと思う。今なら、この使命を受け入れて魂の選別を行うことが自分に必要だったんだって、わかる気がするよ。だから、もう少しこの使命を——」

うつむけていた顔を持ち上げた瞬間、壮吾はとてつもない違和感に襲われて言葉を切った。

日下と杏奈は、喋っている壮吾をそっちのけで顔を見合わせ、うんうんとうなずき合っている。それぞれの顔には、さっきまでのしおらしさは見出せず、別れを惜しんで泣き出しそうにしていた表情もどこかへ消え去っていた。

二人の変化に戸惑う壮吾へと視線を向け、杏奈はその端整な作りの顔に似つかわしくない、粘りつくほどの不気味な笑みを浮かべる。

「——今、言ったね」

「え？」

「確かに言った。はっきりと聞いたぞ」

日下が満足げに、何度も首を縦に振る。

「言ったって、何が？　ちょっと……」

追いすがるように聞いた壮吾の声を無視して、杏奈は唐突に両手を広げた。その瞬間、足元から伸びた彼女の影が、すさまじい速度で伸び、壮吾の足元に達する。その影はまるで足かせのように、壮吾の両足をがっちりと固定し、身動きを封じた。どれだけもがいても、コンクリートで固められたみたいにびくともしない。

「な、何するんだ。乱暴はやめ――」

「決まってるでしょ。本契約に進むのよ。君はさっき確かに『この使命を受け入れて魂の選別を行う』と言ったじゃない」

「はぁ？　何言ってるんだ。話を聞いてなかったのか？　僕はそれが自分に必要だったたって話をしただけで……」

誤解を生むような物言いはしていない。明らかにこちらの発言を曲解――いや、都合よく切り取って、勝手に解釈している。そのことについて抗議しようとしても、聞き入れてはもらえなかった。

「本契約を結ぶにあたり、これからは今まで以上に我々と深くつながる必要がある」

「つながる？」

「具体的に言えば、どこにいても何をしてても、基本的に君のやることなすことすべてあたしたちに筒抜けってことよ。そしてお互いに呼べばいつでも会える。電話もいらないし、たとえ寝ていたとしても一瞬であたしたちのところに飛んでこられるんだから、今まで以上に便利でしょ？」

「何を言って……そういう問題じゃ……あ、痛っ！」

壮吾の抗議を遮るように、杏奈は伸ばしていた影を唐突に引っ込めた。影が離れるタイミングで、壮吾の身体には言い知れぬ悪寒のようなものが走り、全身を針で突き刺したような痛みが駆け巡った。特に痛みの強い両手腕を見下ろすと、以前左腕につけられた黒い痣が、なぜか右腕にも現れていた。

「どうなってるんだよ。これ、増えてるじゃないか」

「今言ったでしょ。これまでよりもずっと強くつながった証よ。もちろん、あたしたちの呼び出しを無視して使命をないがしろにしたり、死の運命を故意に変えようとしたりしたら、今まで通りに罰を与えるから」

つまり、肉体が腐り落ちる例の幻覚は、継続するということらしい。

「でもあれは、僕が一度死んだと思わせて使命に縛りつけるための幻だろ？　これが本契約だっていうなら、もう必要ないはずだ」

「最初はそうだったんだけど、君は油断するとすぐに情にほだされて余計なことを口走っちゃいそうだから、戒めとして残しておくことにする」

「そんなぁ……」

自分でも情けなくなるような声を漏らし、壮吾はその場に頽れた。こんな一方的なやり方はあんまりじゃないかと抗議しようとするも、すぐにそれが無駄であることに気づかされる。

なにしろ相手は二人とも悪魔なのだ。一方は息をするように嘘をつき、何を考えているのかわからない。もう一方は平気で天使を名乗り、身分を偽る反則級のペテン師だ。慈悲も、情けも関係ない。この二人にどれだけ弁解したところで勝ち目はないだろうし、本来ならばこの悪魔たちをうまくいさめてくれるはずの天使は、めったなことでは地上に現れないらしい。つまり助けなんて来ないということだ。

高笑いする杏奈を前に、壮吾は頭を抱えてうなだれる。そうやって自分の不注意な発言を呪いつつも、しかし心のどこかで、まあいいかと楽天的な考えを抱いている自分に気づき、複雑な思いに駆られる。

「さてと、それじゃあ今日はもういいかしら？　夜遅くまで起きていたら、お肌に悪い影響が出ちゃうのよね。明日は年収八千万オーバーの若手実業家ばかりを集めた合コ……いやパーティがあって忙しいし」

「私も明日は午前中から会議なんだ。日下輝夫は低血圧で朝に弱いから、ゆっくり休まないとプレゼンに支障が出るからな」

杏奈はともかく、ヤクザの若頭のような恰好をした日下にはあまりにも似つかわしくない発言である。二人とも、目的を果たしたことに満足し、一方的に話を終えて帰路に就こうとしていた。

「ちょ、ちょっと待って……そんなあっさり……まだ話の途中……」

呼びとめる声が届いていないのか、聞こえていてもあえて無視しているのだろう。杏奈は壮吾の話などそっちのけで上機嫌に笑いながら、別れの挨拶もなしにずるずると地面の中に消えてしまう。一方の日下は立ち止まってこちらを振り返り、

「また会おう、友よ……なんてな」

天使のふりをしていた時の決め台詞をわざとらしく口にした。その顔には、皮肉めいた薄笑いがこれでもかとばかりに浮かんでいる。

そして、彼もまた足元に黒い影の輪を広げ、その中に沈んでいく。これまで、閃光を放ち姿を消していたのは、彼が天使を演じるための幻覚でしかなかったことを、壮吾はこの時よ

うやく悟るのだった。

一人、路地裏に残された壮吾はただ茫然と立ち尽くす。彼らを言い負かし、その悪事を暴いてやるつもりだったのに、気づけばこちらがやり込められたような終わり方だった。

狡猾な悪魔を相手に、やはり人間の論理など通用しないということか。

「……なんだよ。まったく」

独り言ちて、壮吾はがりがりと頭をかいた。

こうなったら、やるしかない。彼らがどんなにずる賢く立ち回り、壮吾を惑わすような発言を繰り返して死者の魂を手に入れようとしても、それに屈することなく正しい選別をする。それが自分にできる唯一の抵抗なのだと内心で強く言い放ち、壮吾は深く息を吸い込んだ。そして、自分にこの役目が巡ってきたことについて、今一度考える。

人の死を目の当たりにし、それを変えられないことに苦しみながらも、前に進むために死の真相を解き明かし、その意味を正しい方向に変える。それはきっと、死を忌避するのではなく、その先に続く輪廻《りんね》に目を向けること。人知の及ばぬ宇宙の片隅にはきっと、そんな役割も必要なのだ。

何気なく見上げた空——周囲を雑居ビルに囲まれた狭い空に、一条の星が瞬いた。

その光はまるで、卑劣で傲慢な悪魔たちが運ぶ魂の輝きのように見えた。

『逆行探偵　鳥間壮吾の憂鬱な使命』了

本書はフィクションです（単行本書き下ろし）。
実在する人物や団体などとは関係ありません。

阿泉来堂（Raidou Azumi）

北海道在住。第40回横溝正史ミステリ&ホラー大賞読者賞を受賞した『ナキメサマ』でデビュー。

著書に『ぬばたまの黒女』『忌木のマジナイ 作家・那々木悠志郎、最初の事件』『邪宗館の惨劇』『贋物霊媒師』『バベルの古書 猟奇犯罪プロファイル』『死人の口入れ屋』など。

逆《ぎゃっ》行《こう》探《たん》偵《てい》　烏《からす》間《ま》壮吾《しょうご》の憂鬱《ゆううつ》な使命《しめい》

2024年4月15日　第一刷発行

著者　阿泉来堂
カバーイラスト　秋赤音
ブックデザイン　bookwall
編集　福永恵子（産業編集センター）
発行　株式会社産業編集センター
〒112-0011 東京都文京区千石4-39-17
印刷・製本　株式会社シナノパブリッシングプレス

ISBN978-4-86311-400-5　C0093